韓晗　著

可敘述的現代性

——期刊史料、大眾傳播與中國
現代文學體制（1919～1949）

謹以此書，獻給我們相識的第九百天

This book is

contributed to the 900th day since we met

代序　開墾學術的處女地

——序韓晗《可敘述的現代性》

樊星

　　韓晗出生於 1985 年，屬於「80 後」。這個年齡段的青年喜歡寫詩、寫小說的不少，喜歡研究文學的似乎不多。而作家陳應松在向我推薦韓晗時一再強調的一句話就是:「這個人是真的喜歡這個東西（指文學研究），這樣的年輕人現在真的不多！」後來，我瞭解到韓晗已經出版了散文集《大國小城》、學術專著《中國當代文學發展三十年》等八種，更感到了應松兄此言不虛。這不，作為一名博士研究生，入學不到半年，韓晗又拿出了他的最新成果《可敘述的現代性——期刊史料、大眾傳播與中國現代文學體制（1919～1949）》，並告訴我，其中的幾篇已經或即將在《書屋》、《汕頭大學學報》等刊發表。藉此書在臺灣出版之機，韓晗希望我能寫篇序言，我當然樂意玉成此事。

　　期刊研究、文學的傳播研究都是近年來學界的熱門話題。關於那些深刻影響了現當代文學發展的重要期刊的研究，已經有了相當可觀的成果。韓晗一面敏銳地抓住了這個新的學術增長點，一面迅速進入了對於那些學界一時尚未關注的期刊的研究，通過對原刊的細緻閱讀、研究，有所發現，從而開拓出一片屬於自己的園地。例如《絜茜》、《夜鶯》、《武漢大學文哲季刊》、《吶喊（烽火）》這些學界的研究顯然還不夠的刊物，韓晗都能拂去歷史的煙塵，還其清晰的歷史面目，揭示其在歷史上也許不那麼深遠、但不容忽略的文化

意義。這樣，這本書就具有了某種拓展新知、填補空白的意義。同時，韓晗有意在對於不同期刊的研究中剔發不同的文化意義，努力呈現出對於期刊研究的多側面理解，也使得本書具有了搖曳多姿的靈動感。此外，更有意義的是，韓晗能夠走入歷史的深處，去理解那些前輩文化人的追求與迷惘，去發掘那些好像已經湮沒在歷史廢墟中的文化陳跡，我覺得是顯示了一個「80後」學人對於前輩和歷史的濃厚興趣、也是顯示了文心的薪盡火傳的。

現在有不少青年學人，常常習慣從某一西方的流行理論入手去討論問題。然而，西方的理論到底能在多大程度上解釋中國千變萬化的文學現象，卻是一個問題。甚至在西方，對文學評論的理論化傾向的質疑也時有所聞。美國文學評論家韋勒克就曾經指出：「當前迫切的問題……理論是接受了，而與文本的接觸卻越來越少了。」[1] 因此，如何從對於文本的閱讀感覺入手，去感受、描述文學的豐富與微妙，進而深刻領悟人生的豐富與微妙，就成為避免淪為流行理論附庸的關鍵所在。我在讀了這部書稿以後，感到韓晗既能關注新的理論，並從中攝取研究的靈感，又能不為理論所囿，努力還原文學與歷史的複雜多變，讀來常有移步換景之感。例如〈「遺失的美好」〉一章對《絜茜》月刊的研究對於〈三個張資平〉、〈兩個《絜茜》月刊〉的發現就頗有新意地揭示了中國文人命運的多變；〈知識分子、公共交往以及話語範式〉一章中對《武漢大學文哲季刊》創刊號特色的發現──「『重中輕西』、『昌明國粹』仿佛是《季刊》的辦刊宗旨──這與以歐美留學生為主要撰稿梯隊的刊物似乎十分不符」，同時這一現象也有特別的文化意義：「恰恰因為有著一群優秀的留學生（尤其是歐美留學生）供稿者，他們既有著西學的視野，又有著國

---

[1]　韋勒克，《大學裡的批評》，《外國文藝》第 4 期，1987。

學的底子」，做起「昌明國粹」的事業來才別具特色……都能體現出作者從史料的鉤沉、分析入手，去重新發現歷史的風雲變幻、歷史人物的命運多變的求實精神。

另一方面，還應該看到，還原歷史的複雜絕非易事。任何一種文學現象，都與特定的歷史背景、社會問題、人事糾葛纏繞在一起，沒有深厚的學養，是難以透徹地做到「知人論世」的。而深厚的學養，當然是建立在常年的積累基礎之上的。由於作者畢竟年輕，雖然在對於那些「冷門」期刊的研究上能夠有所發現，但當他試圖「以點帶面」評論那些錯綜複雜的思潮時，有時難以做到深處，就顯示了作者之短。例如書中對於現代文學史上唯美主義、民族主義思潮的評述就明顯有簡單化之嫌。因此，這本書雖然已經出版，還是需要進一步打磨的。我相信韓晗是可以做得更好的，既然他真心地喜歡學問。而且，他還如此年輕！

2010 年 12 月 24 日於武漢大學

樊星，1957 年生，湖北武漢人，當代著名文學評論家、文藝理論家，文學博士，武漢大學文學院教授、博士生導師，德國特利爾大學（Universität Trier）客座教授、美國俄勒岡太平洋大學（Pacific University）訪問學者。兼任武漢市作家協會副主席、中國新文學學會副會長、湖北省文藝理論家協會副主席等職。主要研究方向為當代文化與文化批評。自上個世紀八十年代起，已陸續出版《當代文學與地域文化》、《世紀末文化思潮史》、《別了，二十世紀》、《當代文學與多維文化》、《當代文學新視野講演錄》、《中國當代文學與美國文學》等學術專著，並主編了《永遠的紅色經典──紅色經典創作影響史話》一書，曾獲屈原文藝獎、中國文聯優秀文藝論文一等獎等重要獎項多次，在國內外有著廣泛的學術影響。

目　次

代　序　開墾學術的處女地
　　　　——序韓晗《可敘述的現代性》...................................... i

導　論　建構「群像式」的現代文學史料學研究
　　　　——兼談「二十世紀文學史」的學術困境及其出路..........1

第一章　國家意識、文學敘事與學者參政
　　　　——以《新語》半月刊為核心的史料考辨.....................15

第二章　「遺失的美好」
　　　　——以《絮茜》月刊為核心的史料考辨.........................31

第三章　知識分子、公共交往以及話語範式
　　　　——以 1930～1937 年《武漢大學文哲季刊》為核心的
　　　　　　學術考察 55

第四章　獅吼聲何處
　　　　——關於《獅吼》雜誌及其後期文學活動史料考............81

第五章　「怎樣遺忘，怎樣回憶？」
　　　　——以《現代文學評論》為支點的史料考察.................103

第六章　「那歌聲去了」
　　　　——重評《夜鶯》雜誌及史料辨酌 123

第七章　從「話語媒介」到「文學場」
　　　　——以《筆談》雜誌為核心的史料考察.....................147

第八章　烽火中的吶喊
　　　　——以《吶喊（烽火）》週刊為支點的學術考察............ 167

第九章　上清舊文學之弊，下開新儒家之源
　　　　——關於《學衡》雜誌的再思考與再認識.................... 193

餘　論　關於現代文學期刊研究的建議與思考 207

後記與致謝 219

建構「群像式」的現代文學史料學研究
——兼談「二十世紀文學史」的學術困境及其出路

> 天使是插上了翅膀的撒旦，歷史往往隱藏於假像的背後。
>
> ——吉奧喬・阿甘本（Giorgio Agamben），1997

> 只有在一種特定時間意識，即線性是不可逆的、無法阻止地
> 流逝的歷史性時間意識的框架中，現代性這個概念才能被構
> 想出來。
>
> ——馬泰・卡林內斯庫（Matei Calinescu），1987

一

　　「二十世紀文學史」[1]是一個近些年曾在文學研究界引起強烈
反響與高度關注的語彙，此語彙與海外中文研究界的「現代文學」
這一名詞在內涵上幾乎保持高度一致，即否定「1949 年」在文學
史研究上的積極意義，進而認同「五四」不但是現代文學的邏輯開
端，更是當代文學的精神來源。若是套用李澤厚的話來講，就是「啟
蒙壓倒革命」。

---

[1] 大陸現當代文學學界對於文學的概念定義時常會陷入「時間性修飾」，即使
用某個特定的時間段來定義文學，而這種定義恰恰因為片面性、粗略性而缺
乏嚴謹的合法性。譬如「八零後文學」、「九十年代文學」等等，實際上這類
界定關於「文學」這一特定語彙的修飾並不能完整、準確地定義這類定義所
包含的文學範疇，因為文學的發展並不以人為的時間、國界所限定的。

1

　　當然，誰也無法否認「五四」對於中國文學的意義所在，儘管不斷有現代文學學者一再上溯現代文學之邏輯起點為晚清甚至更早[2]，但他們誰也無法抹殺「五四」的重要價值；同理，我們也不能刻意忽視「1949 年」這一特定的歷史時刻，縱然信奉「二十世紀文學」甚至「現代文學」就是「當代文學」[3]的學者，也無法迴避一個現實：中國文學確實在 1949 年此處有一個轉彎，並且是大轉彎。

　　筆者認為，轉彎之後，中國現代文學遂由一條大路分成了兩條路，一條貌如「金光大道」，但卻與前路有著九十度的轉折，大陸學界稱之為「中國當代文學」，另一條看似「通幽曲徑」，但卻是前路之精神延續，大陸學界稱之為「港臺文學」，兩條道路，各有千秋。

　　問題不言自明，「1949 年」作為一個特定的歷史符號，其意義究竟為何？在這裡，我們可以在無數本不同的文學史教材中找尋到五光十色的答案，但是這些答案並非都指向問題的本質。研究界對大陸「現當代文學」分野之態度實質上應證了他們對於政治與當代文學生產關係之態度。因為大部分研究者們都認為，1949 年之後，

2　在這裡，筆者更傾向於王德威先生對於文學史發展先承後續關係的認定，即「沒有晚清，何來五四」，同理，「沒有現代，何來當代」亦構成了「現代文學」與「當代文學」的精神關係。「當代文學」雖與「現代文學」屬於兩條不同的路數，但是 1949 年作為一種政治年代的符號，改變的是文學的精神能指與意識形態代言，但卻未改變文學自身的敘事範式、結構策略與表達形式。

3　關於「當代文學」（或現代文學），目前在海內外研究界有三種不同的英文翻譯，實際上暗含了對待「現（當）代文學」這一特定內涵的三種不同認識。其一是「modern literature」，這個片語實際上是「現代文學」的直譯，意味著具備「現代性」意識即啟蒙、民主、自由等普世價值意識形態相聯繫的文學；其二是「contemporary literature」，這個片語則意味著認可「當代文學」具備共時性、開放性這一特質，並將其作為當代文學研究的入手點；其三則是「mandarin literature」，直譯為「白話文文學」，目前這個譯法在香港、澳門以及東南亞學術界比較常用，主要指白話文運動之後的中國文學，該譯法一般暗含了認同「現（當）代文學」在語言、文字上的現代特徵。

政治開始對文學進行全面干預，使得「五四」建立的「文學道統」迅速瓦解，文學不再具備其應有的啟蒙價值，取而代之是類似於《紅旗歌謠》式的詩歌、《金光大道》式的小說與「樣板戲」式的戲劇。政治將文學全面解構之後，使得文學不但「告別五四」，甚至還走向了「五四」的反面。

正視並否定「左傾」思潮對文學的干預，這是必須的前提。但我們本身不應否定一段過去的「歷史」。海頓・懷特（Hayden White）曾有一個著名的論斷：文學是「可敘述」的文本，而歷史是「不可敘述」的文本，事實上，歷史同樣是「不可否定」的文本，我們只能否定某種思潮、某條理論、某個具體的方案或政策，但是我們不能全盤否定一段由人類群體所共同創造的時間維度──譬如一棒子打死「八十年代」、徹底否定「晚清」以及認為「十七年」一無是處。

再將思考重新回歸到問題本身上來，對於「現當代文學」之分野，我們既不必橫加批判，也不必故作無視，1949 年之於中國文學之意義，並非三言兩語可能說清，也絕非一兩位學者甚至一兩代人可以定論，作為生活在「當代史」中的我們，面對已經存在的時間分野、歷史現象，最有效的解讀策略便是在研究範式上尋找突破──對於 1949 年之前的文學，我們該如何研究？對於 1949 年之後的文學，我們又該如何研究？

筆者認為，1949 年這個時間概念，它的意義並不在於文學的生成機制，而在於對於其的研究、解讀機制。因為從長遠的大歷史觀看，1949 年與萬曆十五年、貞觀元年一樣，都是一個歷史長河中的年份。我們無法去否定遠古洪荒，亦同樣無法否定已經逝去的「現代史」，因為，他們都是已經逝去的「歷史」。

說通俗一點，所謂「歷史」就是愛倫坡《紅色假面舞會》裡那句耳熟能詳的名言：

「他們，都不見了。」

二

　　就現代文學史、當代文學史（為敘述方便，下文將統一按此敘述）的研究方式而言，目前學術界並未對其提出明確的質疑或是界定。更多的學者用「二十世紀文學史」這個宏大命題來消解 1949 年這一時間分野，使得現當代文學史在同一個研究範式下進行。當然，我並非批評研究範式的多元化，在這裡，我想小心翼翼置喙的是：在名目繁多的研究方式中，有沒有更好的辦法，來分清現代文學與當代文學？

　　要回答這個問題，我們必須先回答另一個問題：作為現當代文學分野的 1949 年，究竟在哪個層面上影響到了現當代文學的研究？

　　筆者拙以為，這一問題首當從「失蹤者」來回答。

　　所謂「失蹤者」便是後來文學研究者緘口不提的作家、作品、思潮與現象，誰也無法否認或逃避，現代文學短短三十年，誕生出了一大批巍巍在上的經典：魯迅、郭沫若、巴金、老舍、曹禺、葉聖陶、田漢……他們不但以英雄的表像出現在從小學到博士的教材裡，還以經典的扮相、大師的形象在社會生活的各個方面呈現，遠看宛如復活節島上的巨石陣，使人不得不高山仰止、膜拜不已。縱觀中國古代、近代文學史，屈子歌賦，李杜詩篇以及三袁文章，有誰可與文學旗手魯迅先生相抗衡？

　　但是，與此同時也誕生出了一批失蹤者：邵洵美、李贊華、向培良、張資平、章克標、丁嘉樹、羅隆基、許君遠，甚至包括近十餘年之內「走紅」的梁實秋、周作人與張愛玲……與經典們不同在於，他們已然在之前甚至當下的研究界「失蹤」──其中絕大部分

人的文字、生平甚至姓名均不見於當下的任何資料。現代文學「失蹤者」何其多也，短短六十年，部分主流當代文學史研究者們「拐賣人口」的水平恐怕連最牛的人販子也難以望其項背。無怪乎一位本科生向一位現代文學碩士生導師請教「羅隆基是誰時」，這位老師竟汗如雨下，最後以「不該問的別問」草草收場。

勿怪這位老師水平低下，現代文學史中「不該問」的問題恐怕每一個文學史家心裡都有一本賬，被魯迅先生罵過的不該問、「國防文學」與「大眾文學」論戰時站錯隊伍的不該問、參加過「三民主義文學」與「民族主義文學」的也不該問，1949 年之後被打成「右派」的更不該問，在前些年甚至連胡適、羅家倫與傅斯年都不該問——理由竟是：他們 1949 年之後去了臺灣。粗粗算下來，「該問」的也就只有從「左聯」的魯迅到「延安」的趙樹理等寥寥數人。不過，至於「左聯」，千萬也不該詳問，因為若是有聰明點的學生問起魯迅罵周揚的原因，恐怕不知哪一位倒楣的老師又要「汗如雨下」了。

「失蹤者」如此之多，故為後來研究者平添許多困難。無怪乎研究者們常常感歎：文藝思潮研究常是「掐頭去尾」，關注某個文學爭鳴最後才發現「有始無終」，史料研究到了一半斷了線，彷彿看懸疑小說看了高潮沒了下文。對於一些人或事，要麼被以「反動」、「政客」甚至「特務」冠之，要麼在官方的文學史裡索性不提——想當年，談唯美主義不提獅吼社，提民族文學不論及《現代文學評論》，研究民主黨派對現代文學體制的影響卻避開《聿茜》雜誌……凡此種種，竟已被之前的主流研究界視為常態。時至今日，與「極左時代」相比，話語環境確實寬鬆許多，某些話題相對已經不再是禁區，但是關於其史料也匱乏、散佚了。

在大量「失蹤者」產生的前提下研究現代文學，實際上違背了文學史研究的基本原則。所謂文學史研究，是歷史研究與文學研究

的跨學科結合，說細一點，歷史學研究方式是方法論基礎，而文學研究方式（如文本解讀、意識形態分析、審美分析）等等是在此基礎之上的樓閣，若無充分的歷史學研究訓練就貿然闖入文學史研究，好比是沒有學過解剖學的醫生給人動刀，導致的結果就是研究者與被研究者「瞬間死亡」——因為一手資料一旦被發現，研究者就面臨不斷「被商榷」甚至「被否定」的結果，而被研究者卻因為各路英雄的「各樣研究」被塗抹到如京劇臉譜一般，越描越花，離真容越來越遠。

時至今日，現代文學研究被後學者視為畏途。相比之下，當代文學研究反倒成了一塊熱土。因為當代文學尤其是「新時期文學」屬於「紅旗下」甚至「春風裡」的文學創作，且 1949 年以來，中國大陸官方對於出版體制的管理尤為嚴格，尤其是新時期文學，少有被爭議之作，而且作家作品都好找到，並且健在者為多數，而現代文學恰恰與之相反——出版管理政策鬆動，多數刊物沒有「刊號」，作家學者編輯者們意識形態不一，且當時國內時局動盪、意識形態多元化，從文者們投延安毛澤東者有之，投重慶蔣介石者有之，投南京汪精衛者也有之。如此看來，大家都「棄現代」而「奔當代」便不足為奇了。

三

問題不言自明，1949 年之於現當代文學最大的意義，便是導致無數「失蹤者」的產生。但是做現代文學研究的前提必須要像做歷史研究一樣「回到歷史現場」——即盡力找回這些失蹤者，若是找不到失蹤者，研究只能靠並不可靠的「二手資料」，而這卻是歷史研究中的大忌諱。因此，我常常天馬行空地遐想一個很有趣的問

題：若是有人故意（或是無意）在自己某篇論文裡造假史料，豈不是如多米諾骨牌一般，要害苦後面靠「二手資料」吃飯的人？

　　與我持同樣想法的人應不在少數，所以現代文學的風險之大，令許多研究者望而卻步。但與其他文學專業相比，現代文學的研究隊伍仍不可小覷，每年碩博畢業論文關於現代文學研究數以萬篇，洋洋灑灑涉及到他們可以觸及的各個角落，無怪乎錢理群教授稱現代文學為「貧瘠的礦區」——因為關於魯迅、郭沫若、老舍等作家的專題研究，已然成為「魯學」、「郭學」的龐大梯隊，甚至許多受他們影響的二三流作家也都相繼有了評傳、年表與相關研究專著。

　　但是事實上是，當下現代文學的研究狀況竟近似天文學界對宇宙研究狀況：對於已知的，耳熟能詳，成了常識；對於未知的，白紙一張，並且也懶得再去過問。因為，「現代文學」目前最為多見的三種研究方式，大大制約了該學科的發展。

　　第一種方式是「通史研究法」。此類研究法為國內各大高校、研究所在編寫教材時普遍採用，開口提五四，談到 1949 年就戛然而止，大體沿用之前已出版文學史的慣例，只看大局，不管細節，只說知道的、該說的，避諱不知道的、不該說的，從五四、創造社、左聯到抗戰再到延安文藝座談會一路下來，就是一本看似壯觀的現代文學史。進而大量現代文學史的出版導致現代文學研究界呈現出了如房地產界的虛假繁榮。

　　當然，這種研究法的最大好處就是洞觀全局，避免以偏概全的主觀性。但是這卻是一種非常簡便的研究法，就像是為中小學生編寫《上下五千年》一樣，並不需要豐富的史料與學科知識作為支撐，知道是常識，不知道是謎案，正所謂「子不語是非爭議」是也，找準一條歷史線索，趕知道的寫上去，這便是該研究方法所帶給後學者的困境。

第二種方式是「作家作品研究法」。「搞現代文學研究，跟著作家作品走」——這是自上個世紀八十年代以來，現代文學研究者（尤其是青年學者）們最為常用的方式，一批又一批的研究者靠對老作家的研究、關注以及評傳撰寫進入文學研究界，待到成名之後，便不再去過問這個為他們所用的課題，譬如田漢之於朱壽桐、曹禺之於田本相，以及魯迅之於汪暉等等，在他們之後，「曹學」、「魯學」陣營紛紛崛起、壯大。

這類方式的好處便是可以對一個作家形成「傳記式」的研究，但是其最壞的影響就是此研究方式一旦蔓延到了當代文學研究界，就抹殺了文學史與文學批評的邏輯界限。王安憶、余華與韓少功等健在作家的身後都跟著了一群群的研究者，一本本的研究資料層出不窮。一種文學研究方式貫穿現代文學與當代文學兩大領域，無疑會使得文學史與文學批評的界限模糊不清。

第三種方式是「理論前置」研究法。中國「現代文學研究」起源於上個世紀五十年代的「批判胡適」，崛起於上個世紀八十年代的「重回五四」，興盛於上個世紀九十年代的「重寫文學史」。在本世紀，雖然有不在少數的學者視現代文學研究為畏途，但是仍有一些從事前沿理論研究的學者，將目光投射到了仍然頗為熱鬧的現代文學研究領域。

從上個世紀八十年代勃興的「後現代」開始，到「後殖民」、「女性主義」、「後結構主義」、「神話原型」等等，理論層出不窮使人目不暇接，這些理論不但可以解讀當代文學，試圖讓中國當代文學與國際文學研究接軌，甚至還有學者用這些理論來解讀屈原、李白——更多的是被應用到現代文學的研究中，如魯迅作品中的解構意識、蕭紅與女性主義、後殖民與戴望舒等等——當然這未嘗不可，本身中國現代文學就是在西方的文學理論下影響產生的，即「作為他者的現代性生成」，但是西方文學理論傳入到 1949 年前的中國，

無非是現代主義、浪漫主義、現實主義與唯美主義等等十來種，新批評、女性主義雖有引入，但是根本未成氣候，更對作家無甚影響，但看看現在現代文學研究界被用到層出不窮的新理論，有時筆者都不禁感歎：怎麼現在一下子弄來了這麼多？

雖然文學本無疆界，經典不懼歷史，但是這些方式是否真的可以起到應有的文學史研究效能？很難說。

近年來，隨著比較文學的興盛，這類研究方法被發展到了極致，在某些批評家的筆下，川端康成可以與錢鍾書橫向比較，莎士比亞可以與郭敬明縱向研究，所得結論亦是令人瞠目結舌甚至忍俊不禁，正所謂是「沒有不能比，只有不敢比，有了好理論，管他作家在哪裡」。於是乎，某位地方文士的雜文在一些青年學子的筆下開始有了「後殖民」的視野，一些本屬文學愛好者的退休幹部，其詩文竟也被咀嚼出了「後結構主義」的特質，凡此種種，不勝枚舉。文學研究進入到如同化妝師甚至整容醫生的境界，真不知蘭色姆、福柯等經典西方文學理論的作者在九泉之下望著東方的文學批評界是否會呼天搶地、捶胸頓足。

四

如上所羅列現代文學的三種研究方式，在當下現代文學研究界時有出現。隨便翻開一本文學類的學術刊物，便可看到上述三種方式中的任何一種被應用到現代文學的研究當中，當然某些高人「雙管齊下」甚至「三者並用」也並非是不可能，在這樣的語境下，現代文學研究該如何推進？

前文所述已進入到問題的實質，即重視史料的研究意義，1949年及其後的政治意識形態遮蔽了現代文學史中的一些現象，部分研

究者開始關注已經散佚的史料——在歷次群體性瘋狂的政治性運動中，許多史料早已灰飛煙滅甚至被送入造紙廠甚至被付之一炬。

沒有史料，如何研究現代文學史？沒有一手史料，如何可以甄別政治語境下的文學史研究？

「重新回到歷史現場」這一觀點，在大陸學術界尚屬被「新提」的觀念，但在海外卻有了一定的研究基礎。如王德威、蔡登山、方長安、陳子善與謝泳等學者一直在致力於現代文學的史料學研究，以及青年學者如金理、梅傑等近年來也有新成果問世。可這支隊伍與前面所述的三支大軍相比，仍是勢單力薄，難以與之匹敵。國內關於文學評論的學術刊物林林總總，但是純粹關於現代文學史料學研究的，僅有以季刊發行的《新文學史料》，如此說來，對於史料的研究，現當代文學研究界尚未提升到研究日程。

但公正地說，近五年來，關於現代文學的史料學研究已經是其歷史發展的最好時期。尤其是隨著一批雜誌、書信與檔案的解密與重現，現代文學史上的「失蹤者」開始不斷被挖掘，譬如張愛玲、邵洵美、張資平等「失蹤者」的文集、評傳均已面世，而且張愛玲憑藉其獨有的跨文化闡釋，使得她具備了在當代的文化聲望，「張學」已然成為了本世紀現代文學學術史上的研究熱點。

一旦以史料學為核心的現代文學史研究開始勃興，那麼以「二十世紀文學史」為幌子，意圖以一種研究範式來「打通」現當代界限的這一研究方法之理論邏輯也即將走向崩潰。因為作為實證研究的現代文學「史料學」與作為理論研究的當代「文學批評」本屬於兩種不同的範疇，在當代文學尤其是新時期文學中，批評家作為在場者，其任何言論都參與這個系統的構建並具備了口述史的意義。因此，當代文學的體系是開放、可修改的。在這重語境下，當代文學必須採取「文學批評」的姿態，憑藉批評家的力量，來完善、建構新的文學體系。

現代文學的時代已經結束，並且因為政治意識形態的過渡導致了如此多的「失蹤者」。我們誰也無法參與這一體系的構建，只有在史料研究中「求真」，研究者們可以解讀張愛玲，但是誰也無法讓張愛玲續寫《小團圓》，寬鬆的社會語境賦予了大家盡情批判魯迅的資格與權力，可任何人也沒有可能去告訴魯迅：你該怎樣去寫作。

毋庸置疑，當參與建構的話語在現代文學這一體系中失效時，史料鉤沉成為了研究者們走出研究困境的出路與前提，「從史出之論」必須且唯一是現代文學研究的話語來源。

五

但是，對於現代文學史料學，必須也要關注三個具體的問題，否則史料學很容易走入歧途。

首先，現代文學史料學，並非是如思潮史研究般從宏觀的問題出手，而是「群像式」的研究，這是做現代文學史料學的研究前提。

這裡所說的「群像式」研究，是不以「問題」為出發點的，而是一種從不同、具體的一手文學史料入手，發現新問題，使得不同的史料所產生不同的新問題如同「群像」一般，從而形成一種類似於「神聖譜系」一般的陣容。畢竟不是任何的問題都可以找得到史料，但是任何新近發現的史料都可以指向某個未知的問題。

這裡的史料，包括一紙書信、一本雜誌、一袋檔案，也包括一段錄音、一份文件，研究者要從現有的珍稀史料出發，鉤沉歷史，解讀真相，現代文學研究者必須要有見微知著的「去蔽」能力，而不是扛著「現代性」或「後現代」大旗，嘩啦啦一揮，結果反倒把自己甩入到理論套理論的陷阱裡。

簡而言之，「去蔽」便是研究的核心，因為就現代文學史而言，大的文學發展規律已然被審理的非常清楚，現代文學研究者沒有必要在綜述的前提上繼續從事學術史性質研究（當然，專門的學術史研究學者例外），但是現代文學中某些具體的人際關係、時間年代以及「失蹤者」——包括作家、刊物與思潮，仍然存在著被誤解、被遺忘的以訛傳訛。

歷史研究本身是「以點帶面」式的研究，現代文學研究本身就是一個「群像式」的拼貼過程，因為這些細節的問題往往可以導向另外一個學科的新問題，形成一個宏大敘事的導引。譬如從《芻茜》雜誌與「第三黨」的關係的入手，就很容易反觀上個世紀三十年代民主黨派參政形式與現代文學體制形成過程之間的關係；再譬如對於《現代文學評論》中一篇論述《古蘭經》的文章切入，就可以將問題引向民族主義思潮與早期「民族文學」觀念發生的關係——前者是具體問題，而後者則是屬於另一個學科新問題的宏大敘事，掌握「群像式」的研究方法是現代文學史料學的一個基本前提。

其次，現代文學史料必須是一手資料。

所謂史料，自然是「一手資料」，這是任何歷史研究者都知曉的一個常識，但是對於許多文學史研究者來說，「資料難找，找來難讀，讀了難寫」彷彿成了一個不可言說的漩渦。二手、三手史料層出不窮，一人錯則百人錯，百人錯則成真理——後學者為前者不斷「鉤沉」、不斷「勘誤」，看似引起爭議，實則浪費時間，其他多名學者為一人做註腳，最後可能依然是以訛傳訛，反倒是先入為主的謬誤傳得更遠，真相仍不為人所知。這筆賬無論如何計算都不划算的。

「回到歷史現場」就是對於一手資料的重視，筆者認為，一手資料最好是以報刊、書籍與文件等公共印刷物為主，書信並非不可

信，但主觀意識濃厚，很容易受到誤導，而且書信造假容易（筆者曾在拍賣行發現過仿造邵洵美的書信），公共印刷品則造假困難，且內容相對客觀，體系相對全面。

對於「一手史料」的選擇直接決定了研究問題的導向何處，並非所有的「一手史料」都有價值，一般來說，以一手史料出發的研究導向有三：

一、釐清關係，即重新審理作家、編輯者與時局（政治、經濟定論所束縛等等，這些關係的發現，有助於對於當時文學生產機制與生存狀態作管中窺豹式的研究；

二、推翻前論，即所謂的「翻案文章」，對於研究界現有成果中一些看似既成的定論，從史料的角度予以推翻，並推測其是主觀意圖謬誤，還是客觀硬傷性的錯誤？實際上，這是一種史料研究與學術史研究的結合；

三、發現「失蹤者」，即對研究界一些從未提過或是語焉不詳的文學刊物、作家進行史料鉤沉——但前提是「失蹤者」必須具備兩個特點：首先，從未被任何人研究過；其次，本身有著葉落知秋的價值，通過其可以窺得某種文學思潮甚至現代文學的整體格局。

最後，「現代文學史料學」研究必須要有跨學科視野。

並非史料學就是單純從史料出發，然後羅列、分析與解析史料。之所以如此多的學者都不敢以史料學為核心從事現代文學研究，客觀問題當然是一手史料很難尋找，主觀問題無疑是部分研究者們缺乏一定的跨學科視野。

作為面向社會的「公共話語」，文學期刊最能反映當時文學的狀況——以及其與政治、經濟之間的微妙關係，這也是為何筆者將「期刊」作為「一手史料」的原因。但是，對於期刊的解讀並非只

13

是對於上面所刊載文章的文本閱讀，刊物上的版權頁、廣告甚至作者署名，都是可研究的對象。例如，結合上個世紀三十年代國內物價指數，從《烽火》雜誌的廣告數量以及定價推測出《烽火》雜誌的銷量，進而推翻之前胡風的「定論」，這本身需要一定的經濟學、傳播學知識；從《現代文學評論》與民族主義的關係，試圖審理「民族文學」這一概念的演變，這亦需要民族學的一些基本理論；甚至，對於《絜茜》的解讀，若是沒有對中國現代政治史、思想史的瞭解，恐怕很難理解其重要意義的。

六

因為全書都是相對頗為學術的理性敘述，所以，這個導論，我希望可以寫的輕鬆一點，好看一點，易懂一點。

無論如何，我誠懇地期待，讀者諸君可以對這本書進行猛烈的批評，因為任何學科及其研究方式都不會因為一個人而發生什麼改變，但是總要有被拋的那塊磚，才會引來真正的那些玉——請相信，此時此刻我願意做被拋的那塊磚。

謝謝你們看到這些文字。

二○一○年十月十三日　武大楓園

第一章

國家意識、文學敘事與學者參政

——以《新語》半月刊為核心的史料考辨

知識分子往往會成為一個時代改革的先鋒，因為政治、經濟、社會等諸多領域的意識形態，到最後都會跪倒在繆斯神像之下——只有文學，才是意識形態之上的意識形態。

——羅曼・雅柯布遜（Roman Jakobson），1960

身修而後家齊，家齊而後國治。

——《禮記・大學》，BC 100

由傅雷、周煦良所創辦的《新語》半月刊（見下圖；下文簡稱《新語》）是上個世紀40年代頗有研究價值的一份社會刊物，這是作為主編的傅雷唯一的一次出場。從時間上看，創刊於1945年10月1日、一共只持續五期的《新語》本身有著很重要的歷史可解讀性——值抗戰方畢，國共又談判破裂，在這樣的歷史語境下，《新語》的創刊可以說是當時知識分子在特定時期內的心理

狀態投射；從內容上看，該刊的撰稿陣容不可謂之不強大，除了主編傅雷、周煦良之外，郭紹虞、錢鍾書、楊絳、夏丏尊、王辛笛、馬敘倫、黃宗江與孫大雨等名家，均為該刊的撰稿者。

　　但是，就是這樣一份刊物卻不被研究界所關注，甚至在對該刊的期數的表述上還存在著紕漏。傅國湧曾撰文稱「1945 年冬天，他（傅雷，引者注）曾與朋友創辦綜合性的《新語》半月刊，一共辦了 8 期」[1]，結果《深圳商報》（2008 年 4 月 7 日）、《新華月報》（2008 年 5 月）等報刊紛紛以訛傳訛，而根據筆者在萬方、CNKI與臺灣地區 TSSCI 等論文檢索系統來看，對於《新語》的專題論文一篇未見，僅有近十篇關於傅雷的學術論文提到了其刊名。

　　這樣一份頗為重要的刊物實在不應該處於「被遺忘」的狀態，因為從《新語》所刊載的文章，以及其辦刊形式、存在意義來看，對於該刊的研究有助於對抗戰結束後國內知識分子的國家意識及其使用的政治話語有著較強的分析價值。

　　本文擬從重讀《新語》半月刊這一珍稀史料入手，力圖從歷史地位、文本內涵與社會影響的三重視角，來追尋該刊的研究價值。

---

[1]　傅國湧，〈傅雷的另一面〉，《大河報》，2005.1.12。

一、學者、知識分子與國家意識

　　「綜合性學術文藝半月刊」是《新語》的自我定位（見左圖《新語》版權頁），在這個定位下，所隱藏著的是辦刊者的導向：綜合、學術與文藝的結合。

　　這樣的結合，在中國現代期刊史上並不算多泛。實際上「三合一」的多元化集中性在本質上不難看透，《新語》意圖完成一種多層級的責任——即社會、學術與文學，但是從倫理上講，三者是無法達到統一的，因為社會批評的公信度、學術研究的求真務實與文學創作的美學追求本身指涉三種不同的範疇。從這個角度上看，《新語》本身陷入了一個無法解決的悖論。

　　但是，恰恰是這種悖論，反映了1945 年前後中國知識分子的國家觀。因為《新語》本身不是一個獨立的產物，而是有著其文化歷史語境。在創刊號裡有一篇未曾署名的〈發刊旨趣〉（見右圖），全文照錄如下：

> 暴風雨過去了，瘡痍滿目的世界亟待善後，光復的河山等著建設。飽經憂患之際，我們謹以這本小小的刊物獻給復興的隊伍。
>
> 自身的力量雖然微弱，但八年來我們認識了不少幽潛韜

· 2 ·

發刊旨趣

暴風雨過去了，瘡痍滿目的世界亟待善後，光復的河山等著建設。飽經憂患之際，我們謹以這本小小的刊物獻給復興的隊伍。

自身的力量雖然微弱，但八年來我們認識了不少幽潛韜晦的同志，始終不懈地在艱難困苦中努力於本位工作。編者隨以本刊的園地，陸陸續續把長年窮搜冥索的結果，貢公諸社會，也許對建國大業不無裨益。

凡對本刊不吝指導、批評、扶掖的人士，我們預致深切的謝意。

17

晦的同志，始終不懈地在艱苦困苦中努力於本位的工作。編者謹以本刊的園地，請他們把長年窮搜冥索的結果，陸續公諸社會，也許對建國大業不無裨益。

凡對本刊不吝指導、批評、扶掖的人士，我們預致深切的謝意[2]。

這篇百餘字的〈發刊旨趣〉，若是仔細分析，定然會有頗為有趣的見解。首先是開篇的開場白，「暴風雨過去了」──這份刊物的時效性可見一斑，而且甚至要高於當時的政論刊物；其次，「光復的河山」與「建國大業」等措辭證明：《新語》絕對不是一份左翼期刊，更不是一份陷入黨派紛爭的期刊，而是一份從「國家意識」入手的時評期刊，因為就在該刊創刊前不久，中共領袖毛澤東與國民政府主席蔣介石在重慶舉行了和談，並於當年 10 月 10 日簽署了《雙十協定》，這是一件讓當時國內知識分子非常興奮的大事。

可以這樣說，《新語》是在「抗戰勝利、國共和談」的背景下出現的。在這個特定時期內國內創刊的刊物並不算太多，因此這是解讀該刊一個較為重要的突破口──在「綜合」、「文藝」與「學術」三者之間，作為該刊意圖所執行的功能當是名稱較為隱諱的「綜合」，即政治性的代言，而「文藝」與「學術」無非是充實其「綜合」功能的指代罷了。

筆者將五期《新語》中所刊發的文章大致根據辦刊者的「三合一」，將其分為「綜合」、「文藝」與「學術」三類，大致情況見下表：

2 　〈發刊旨趣〉，《新語・第一期》，1945。

分類	篇名
綜合 （政論、時評、 政治論文） 共計 51 篇	〈以直報怨〉、〈無名有實的公敵〉、〈德意僑民問題〉、〈戰時上海暑校〉、〈歐洲往哪裡去〉、〈吾國過去教育之檢討〉、〈讀日本松方公爵之遺札〉、〈所謂人道〉、〈美國披露又一新武器〉、〈日本政局的變化〉、〈郵政與鐵道加價〉、〈日本戰俘的教育費〉、〈從中俄密約到中蘇友好條約〉、〈日本與庚子賠款〉、〈路特維德論：如何管束德國〉、〈改良中國農業之我見〉、〈原子炸彈的政治意義〉、〈五年來原子研究內幕〉、〈鐳錠城〉、〈及早送出大門〉、〈日本應與德國受同等懲處〉、〈法幣對美金匯率的謠傳〉、〈車輛右行與世界潮流〉、〈新時代與新道德〉、〈正視物價問題〉、〈昨日今日〉、〈歐洲解放後的貧困〉、〈復興與我國紡織工業之管見〉、〈糙米運動〉、〈大眾的營養品〉、〈國民的意志高於一切〉、〈反對移用租借物資〉、〈學術無偽、學生無偽〉、〈路名與民主〉、〈無照汽車〉、〈內戰中我們應有認識和行動〉、〈中日戰後三大問題〉、〈抗戰與民主〉、〈給蘇聯人的一封公開信〉、〈地球上的最大轟炸〉、〈雨衣路〉、〈智識階級要不得〉、〈所聞者悲風，所見者哀黎〉、〈世界風雲〉、〈殺雞儆猴〉、〈廢止出版檢查制度〉、〈偽鈔收換辦法改善〉、〈禁令與威信〉、〈戰後英國政治瞻望〉、〈英國工黨政府〉、〈刺刀與教育〉
文藝 （小說、散文、 詩歌、文學譯介） 共計 15 篇	〈靈感〉、〈消息〉、〈羅宋菜湯〉、〈枕上偶得〉、〈鶯花無限〉、〈金絡索〉、〈漫談戰爭〉〈譯詩二章〉、〈窗簾〉、〈灰塵〉、〈「勇士們」讀後感〉、〈細沙〉、〈詩鈔〉、〈斷想〉、〈白〉
學術 （論文、 理論翻譯） 共計 10 篇	〈劇話〉、〈臺灣的國語運動〉、〈今日風行歐美的英國十九世紀小說家〉、〈一個音樂家的修養〉、〈中國古籍中的日本語〉、〈小說識小〉、〈藝術與自然的關係〉、〈中國戲劇中的歌舞及演伎〉、〈明代文學批評的特徵〉、〈五百年前的書業狀況〉

　　筆者之所以如此羅列其發表的文章，乃是因為在後文依然會用得到這張表格，而且僅憑所羅列的三項分類來看，五期累計文章總發表量為 76 篇，佔到總發表量的 67.11%，無疑為絕大多數。而且

就「綜合」一項分類來看，涉及面之廣博——國際關係、地緣政治、中國內政、教育問題等時局問題，均為其針對的對象，實在無愧創刊者所言之「綜合」，如此全面且獨到，堪稱當時時評之翹楚。當然，我們若是再回到〈發刊旨趣〉中，應亦可窺得端倪——用他們的話講：這份刊物的撰稿者，應為「幽潛韜晦的同志」，而主要內容則是「長年窮搜冥索的結果」，目的在於「對建國大業不無裨益」。

問題提出很容易，但是若是深思則會發現這其中之問題——傅雷與周煦良本並非熱衷於政治之人，該刊的主力撰稿者也並非羅隆基、張東蓀或劉王立明等政論高手，而是如夏丏尊、周煦良（曾用筆名賀若璧，實際上為其原名）、馬敘倫與王伯祥等純粹的文學專家——他們基本上是以傅雷為核心的知識分子團體。在這樣頗為純粹的學者中，能夠產生出這樣強烈的「國家意識」，並使得他們對政治、時局感興趣，這不得不說是一個值得今天我們認真反思的問題。

那麼，「國家意識」究竟在他們的意識形態及敘事中是如何生成的呢？

從政論的文稿可以看出，這類文字決非是「長年窮搜冥索的結果」。說《新語》的學術論文是多年積累的研究心得，這是可以服眾的，而占了總發稿量絕大多數的政論稿件，絕非是「長年窮搜冥索的結果」，因為這些政論的撰稿者都不是政治活動家，也不是在抗戰期間興辦政論期刊的報人，而是在英美文學、古典文學界有著較高造詣，且之前、之後都曾遠離政治的學者。

法蘭西斯・福山（Francis Fukuyama）曾如是厘清「知識分子」與「學者」在功能上的本質區別，雖然兩者都善於運用理性，但前者卻注重公共領域的理性，使其成為意見的生成者，而後者則注重學術領域的理性，扮演的是知識的生成者。兩者轉換的可能便是自身權力（包含話語權力、學術權力、政治權力）的更迭——用中國的傳統語言來

20

說，就是「達則兼濟天下（知識分子），窮則獨善其身（學者）」，「達」與「窮」便是一個權力更迭、轉換的關係。

　　在這樣的理論下，對於《新語》作者群的分析也就有了新的含義。前文所述的問題便很容易轉換為：這些學者是如何（為何）轉換為知識分子的？（右圖為《新語》因為定價漲價的〈告讀者〉）

　　在周煦良的〈歐洲往哪裡去？〉中，有這樣一段：

　　難道歷史永遠要重演嗎？難道歷史如馬克斯主義者所述，只是盲目經濟裡的推動？難道經濟力永遠沒法加以人為的控制？難道人類永遠決定不了自己的命運？我們要問。

　　誰是戰爭的犯罪者？今日舉世的目光都射在，舉世的手指都指向納粹主義德國和軍國主義日本的身上。日本還可以說，它原是戰前五強之一。德國是戰敗國，怎麼會有作戰能力。如果在慕尼克會議時，德國軍備已超越別國使張伯倫不得不讓步，那麼希特勒吞併奧地利時，怎麼不注意到？納粹軍進戰萊茵時，怎麼不注意到？是誰容忍德國有逃避國際眼光的秘密軍火庫？是誰直接、間接扶掖了納粹政權在德國的抬頭？是誰默許了一個有神經質、有犯罪傾向的獨身漢向德國人民號令一切？歐洲政治家這麼多年管的什麼事？[3]

3　周煦良，〈歐洲往那裡去〉，《新語・第一期》，1945。

　　如此義正詞嚴的斥責加反詰，很難讓人想到是那個內斂溫和、謹慎小心的英美文學專家周煦良。當然，周煦良還有一篇名為〈內戰中我們應有的認識和行動〉文章，在這裡不妨對比一看：

> 自從毛澤東先生自重慶飛返延安之後，我們就一直懷著鬼胎，覺得他莫要一去不返。現在這鬼胎不幸而證實：國共兩黨經過兩個月長時期的會談，除掉成立一些表面的妥協外，對國是並沒有達到具體結果，終於各自行動，而以兵刃相見了。這表示人民的願望已無足重輕，我們這些人等於遺棄掉；還有什麼話說！[4]

　　兩相對比一看，意圖不言自明。周煦良的兩種聲音，在本質上反映了當時大部分學者的聲音，他們渴望以一種積極的姿態進入到「建國大業」的洪流當中，甚至以一種普世價值、人道主義的胸懷參與國際事務。連年的戰爭，禁錮的政治，使得他們壓抑的太久，知識分子骨子裡「修身齊家治國平天下」的心態，結合歐美民主、人權的理念，使得他們對於和平的等待變成了對於實現自我機遇的期盼──在日寇投降、國共合作的 1945 年 10 月，這種期盼是很容易催化為激情的，但是一旦內戰爆發，他們就很容易繼續陷入低沉，書桌又成為了他們的最後陣地──這也是《新語》停刊的直接原因。

　　值得關注的是，由於傅雷、周煦良的留歐背景，導致了該刊所呈現出的「自由主義」傾向，這也是該刊不得不停刊的根本原因。作為二戰之後席捲中國甚至世界的自由主義思潮，[5]對於中國知識

---

[4]　周煦良，〈內戰中我們應有的認識和行動〉，《新語・第四期》，1945。
[5]　1944 年，美國總統希歐多爾・羅斯福所頒佈的國情咨文中提到了「四個自由」，遂構成了「當代自由主義」的精神淵藪，時稱「美國第二個《權利法案》」，其後的 1946 年，美國駐華大使司徒雷登在中國「雙十國慶日」發表

界尤其是當時的期刊也產生了巨大的影響。抗戰結束前後國內雖沒有太多的期刊、雜誌創刊，但就在這少數期刊中，多半卻以自由主義知識分子為主的刊物如上海的《觀察》、《時與文》，南京的《世紀評論》以及北京的《新自由》等等，在自由主義思潮下，思想界遂開始爭論「中國在戰後應該建立怎樣一種社會文化秩序」[6]這一主要問題。《新語》也積極地介入到了關於自由主義的宣傳當中——譬如要求廢止書報檢查制度、對「國民的意義」的呼籲等等，使其成為了具備自由主義傾向的刊物。

　　而且，自由主義所主張「論政而不從政」的參政主張，以及在政治上對於個人主義、理性主義、非暴力的漸進、寬容、民主由於自由的推崇，在文化上要求新聞、學術與教育三種領域走向自由的呼籲，既與國民政府當時所推行的「以黨代政」、「黨化教育」的政策發生著嚴重的意識形態衝突，也與中國共產黨的暴力革命、反帝國主義思潮有著強烈的抵觸，遂引起了國民政府當局與中國共產黨、左翼政治黨派的雙重批判，[7]自然，宣傳自由主義理念的《新語》雜誌日子也不會好過了。

　　但單從歷史地位上講，對《新語》的解讀，確實有助於對當時學者轉向知識分子（尤其是「自由主義知識分子」）的激情心態的

了自己的政治演說（見於羅夢冊等，〈讓我們來促成一個新的革命運動〉，《新自由》，1946 年第 1 卷，第 4 期），使得代表美國政治意識形態（即「普世價值」）的當代自由主義在戰後中國形成較大的政治影響。

[6]　余英時，《錢穆與中國文化》，上海遠東出版社，1994。

[7]　1946 年，國民政府當局查封、整頓了包括《大公報》在內的幾家自由主義代表期刊社；兩年以後，中共、左翼的理論家也紛紛撰文猛烈批判自由主義，如邵荃麟〈所謂「自由主義運動」不是思想運動而是政治陰謀〉與鄧初民〈「自由主義」與「和談」是整個陰謀的兩面〉（均刊登於《華商報》，1948 年 3 月 14 日）在當時頗具影響。諸史料見於吳雁南等，《中國近代社會思潮（1840-1949）‧第四卷》，湖南教育出版社，1998。

重新認識。短暫的和平假像使得他們都暫時放棄了自己主業，投身到「建國大業」中，這與 1949 至 1957 年中國大陸知識分子「投身革命」的心態極其類似。而對於這種心態的解讀，實際上也是對於現代知識分子面對政治、面對社會變革時的意識──在他們看來，黨派之爭是低於國家、人民的利益的，這也是秉承「自由主義」英美派知識分子共同的政治觀。

二、政治話語中的文學敘事倫理

政論一直是中國近現代期刊的重要文體，但是目前中國大陸近現代文學史的研究，始終未曾將政論列入其中，這也是為何「新月派沒有羅隆基」[8]的原因。

公允地說，《新語》雜誌雖然以政論為主，但其撰稿者並非是政客或是政治理論研究者，而是當時非常重要的翻譯家、作家與文學學者，其文筆的流暢程度、敘事技巧的純熟與多樣化，使得《新語》所刊發的政論有了一定的文學價值。

若是只是從文藝、學術這兩個分類來窺探《新語》的文學性，那麼可研究性的範疇是極其有限的。但是從時評來看，作為政論的文學敘事卻頗具新意和文學性。除卻上述周煦良兩篇論著之外，其餘的時評文章讀起來也頗為有趣，一改當時報章的時評風格，使得政治話語呈現出了被文學敘事所表達的徵兆。（下圖為《新語》刊登的整版廣告，充滿了政治意味）

前蘇聯語言學家 Ｍ‧赫拉普琴科認為，文學敘事語言的特徵是通過兩個基本的功能所表現出來的，一是「與日常生活語言區分開來」，此為文學語言的「交際功能」，另一特徵是「文章意境中辭

8　章詒和，《往事並不如煙》，人民文學出版社，2004。

彙會有『含義增加』的情況」，這是
文學語言的「審美功能」。此兩種功
能為文學敘事語言所特有的，也是有
別於其他敘事語言的特點，[9]在《新
語》所刊發的時評中，卻充分地體現
了文學語言的特點——與日常生活
語截然不同的兩套語言系統，以及其
所使用辭彙的「含義增加」，使得時
評性的政治話語開始有了文學敘事
語言的特徵。

　　譬如傅雷（署名迻山）的〈所謂人道〉一文，便是一篇文筆曉
暢，具有散文韻味和文學價值的時評，這是一次政治話語與文學敘
事頗為完美的結合：

> 假使殺人行為的應否譴責，當以被害者人數多寡而定，那麼多
> 寡的標準如何？傷五命十命的兇手，該處以怎樣不同的死刑？
>
> 假使殺傷非戰鬥員才是戰時人道主義的起點，那末，從古以
> 來，有一次或大或小的戰爭不曾傷及過貧民？這一次的戰爭
> 先後已歷八年，血流成河，屍橫遍野，還不足以形容它的慘
> 酷，正義之士為何緘口不言？[10]

若論質疑之語氣，當不如之前周煦良的語氣來的猛烈，但是傅雷激
動起來的「雷火靈魂」、「江聲浩蕩」並不比周煦良溫柔絲毫，拋卻
行文的感性因素不談，僅從該文的敘事方式來看，兩段以「假使」

---

[9]　（前蘇聯）M・赫拉普琴科，《作家的創作個性和文學的發展》，上海人民
　　出版社，1977。
[10]　迻山，〈所謂人道〉，《新語・第一期》，1945。

開頭的自然段，不但邏輯嚴密，而且有著特有的文學敘事風格，兩個以條件關係開頭的從句，引出四個環環相扣的系列性質問，從而深入到問題的本質之中——這樣不放空炮，有著文學敘事式的結構在上個世紀四十年代的時評創作中頗為少見——因為當時英美派政論家已經不太熱衷於「魯式雜文」的創作，而是試圖讓政論恢復到自然與理性，學術化的政論無形削弱了其應具備的文學性。

在《新語》第三期中，還有一篇〈糙米運動〉的時評，作者秉志是我國近代生物學的奠基人，曾任中國科學院動物研究所研究員。除了科學家的身份之外，曾經考中過晚清舉人的他還曾是一位頗有影響的散文家。

在〈糙米運動〉裡，有這樣一段文字：

> 原夫米之本身，乃一重要食品。其淡紅色之外層，為乙種維生素之所在，最富於營養價值，特國人喜求精白，養成習慣，務將此層磨去，以求美觀而適目。新米登場，農民碾去其硬皮；此時所謂糙米者，乃營養之珍品也，而必須經磨房一番研磨，嶄然潔白，以求所謂「大米」者，社會始愛嗜之，此時米粒所具營養之美質，所謂乙種維生素者，已完全失去。本身所存者，大部分為澱粉。其他為營養所需之各質，幾等於零。國人窮年累月生活於澱粉中。其體力之發育，尚能望其健全乎？[11]

常理說來，如此遣詞造句出現在政論文字中，幾不可想像，從其內涵上看，當是科技說明文無疑，但若是從其結構上看，又是一篇頗有文學審美價值的駢體散文。其措句之典雅，結構之全面，用語之含蓄，修辭之優美，有理有據，一問一答，篇末點題更洞見作者古

---

[11] 秉志，〈糙米運動〉，《新語·第三期》，1945 年。

文功底。拙以為，這決非當時滿腔激情一般性的政治話語所能踐行。（右圖為《新語》刊登的時評，有簡陋修改過的痕跡）

像這樣以文學敘事倫理來實現政治話語的篇章，在《新語》作者群中並不罕見。與《新月》、《觀察》等刊物的時評作者群不同，《新語》的作者都不是專業的社會活動家與政治時評家，他們都沒有政治學的專業背景，而且之前基本也沒有時評的寫作經驗，他們都是一流的文學家與翻譯家，是特定時代下知識分子的國家意識與責任心促使他們以滿腔的熱血為墨，並以「業餘時評家」的姿態出現在上個世紀四十年代中國的時評界的——這讓他們的文字或多或少地缺了專業的政治學知識，也未必有強大的號召力。縱觀這五十餘篇時評所擁有的是書生氣的文學性——但是恰恰是這一點，《新語》的時評作者群亦是當時最為傑出、有特點的時評作者隊伍，因為這一特點並不是缺點，而是同時代其他時評恰恰不具備的文學敘事倫理。

三、政治、文學與知識分子

《新語》創刊休刊僅僅數月，這是中國現代史上最為風雲突變的幾個月，也是大轉折的幾個月。如果說李澤厚的「救亡壓倒啟蒙」是上個世紀三十年代的意識形態主潮的話，那麼「革命壓倒救亡」就是上個世紀四十年代後期的意識形態主潮。

這裡所說的「革命壓倒救亡」並非是革命取代了救亡。在這裡，「革命」是一種代表黨派之爭，即誰的槍桿子硬，誰得民心誰便可以問鼎中原的「權威主義」，而「救亡」則是一種喚醒全民族意識，並且為「建國大業」而形成共同意識形態的「國家主義」，兩者的偏重點雖然都是關於政權的意義認同及其重構，但是前者側重於一種內部權力場的解構，使得權力被重新分配，而後者則側重於一種外部權力場的爭奪，使得權力被重新獲得。（上圖為筆者與《新語》唯一健在老作者黃宗江先生合影）

從「救亡」到「革命」急轉突變，非但周煦良不習慣，發出了自己被「遺棄掉」的怨詞，而且一批知識分子都對中國的前途產生了懷疑。尤其是一些費邊主義或民主社會主義的學者始終認為，抗戰勝利後的中國，國共兩黨正好可以如英美等國一樣，及早實現多黨制。[12]

周煦良的〈戰後英國政治瞻望〉就是一篇表露出自己政治想法的論文（在 1949 年之後周煦良絕口不提自己當時有這樣的想法），認為英國龐大的工商業「尾大不掉」，可以考慮實現「社會主義」，但是「社會主義又不是慈善事業」[13]，於是只好在資本主義與社會主義兩者間折衷，這種民主社會主義的思潮曾一度在「第三黨」中

---

[12] 如張東蓀、羅隆基等人都贊同這個觀點，羅隆基甚至還希望更多的黨派參政議政。

[13] 周煦良，〈戰後英國政治瞻望〉，《新語·第五期》，1945。

流傳，在當時知識分子中影響深遠；而林子政的《刺刀與教育》則分析了戰勝國如何對待其他弱國「革命運動」的關係，認同於戰勝國的刺刀實際上是為了害怕別國的「革命」蔓延，而卻打著「保護」的旗號──這對於當時的中蘇關係、美日關係，無疑是有著現實性意義的。

知識分子參政、議政並對國家前途各抒己見，是《新語》的最大特點，除卻寥寥幾篇純學術研究與文學創作，幾乎政治貫穿了該刊所有文章的主題。《新語》雖然存在時間極短，但是卻有著值得深究的社會影響，筆者在這裡權且拋磚引玉，留待諸方家賜教。

拙以為，《新語》在當時的社會影響大概在如下兩個方面。

首先，對當時的學者起到了一定的鼓動作用，為他們從「學者」向「知識分子」的轉化在一定意義上起到了催化的作用，並且為學者參政探索了一條路徑。

《新語》最大的特點就是學者雲集，除卻以文學學者為主體的作者群之外，還包括了大名鼎鼎的生物學家秉志，這對於當時的學者應該有著積極的意義。因為傳統的職業時評家與學者本身從屬兩個陣營，兩者較少產生接觸。

畢竟《新語》在當時的影響力已然無法考證，但是我們唯一可以知曉的是該刊是當時唯一一本由純學者在特定時期創刊的時評刊物，雖然他們還拿出藝術、文學為遮羞布並將時評更名為「綜合」，但是這並不能掩蓋他們從江湖走向廟堂的天然理想。

至少，《新語》為學者參政探索出了一條路徑──雖然這是一次並不徹底的失敗，我們並不能把該刊的停刊歸結於學者們對於時局的失望，畢竟《新語》第三期還刊登了「漲價啟事」，因為該刊面對當時飛漲的物價，已經快難以為繼，甚至不得不靠增加廣告（第一期一個廣告，第四期四個廣告）來平衡開支。

　　從學者向知識分子過渡，無法進入政壇核心，只好利用大眾傳媒，以及自己對於時局的看法，形成公共性的觀點，這是現代中國學者向知識分子變遷的范式。《新語》是這種範式的最好實現方式——自我話語、公共話語與政治話語的三重轉換，從而實現知識分子迫切參政的理想，但是在專制的政體下，這其實是一種徒勞。

　　其次，《新語》生成了一種新的、介於文學與政治之間的話語機制。

　　文學與政治同屬兩種不同的意識形態，兩者話語機制的關係長期以來被認同為「文學從屬政治」或是「文學與政治無關」——兩者如何尋找到突破口？同為意識形態，文學可以和哲學、歷史、經濟、宗教等等不同的話語機制發生關係，卻唯獨在政治面前無法理直氣壯？

　　從更廣闊的歷史維度與意識形態角度來看，《新語》的意義正在於此，如何從政治話語的角度來實現文學的敘事倫理？作為時評的政治話語，是應該從政治本身出發？還是應該從文學敘事倫理來切入——正如前文所述，《新語》已經給了我們頗為詳盡的答案。

　　「一切政治都是把戲，唯獨文學不是，但是它可以在知識分子的帶動下參與這把戲，並且成為整場把戲的魔術師。」[14]海頓・懷特（Hayden White）如是解構政治、文學與知識分子三者之間的微妙關係，如果我們投以更遠的視野，那麼這句話彷彿也可以用來闡釋《新語》的社會影響，以及在今天它帶給我們的全新啟示。

---

[14]　Hayden White，Figural Realism：Studies in Mimesis Effect，The John Hopkins University Press，1999。

第二章

「遺失的美好」
——以《絜茜》月刊為核心的史料考辨

在我看來中國的知識階層是一個龐雜的群體,裡面有一些優
秀的人,可是更多的知識分子正在變得越來越讓人討厭,他
們的樂趣只是渾水摸魚,他們不是將水弄清,而是將水搞渾
了。所以我不喜歡中國的知識分子……知識分子卻說不清楚
他們要什麼,因為他們不知道自己要什麼。

——余華,1999

任何一種政治體系的生成,它必須要和文學這一特定的意識
形態發生關係,因為文學除了影響社會之外,還能闡釋政
治,使得其觀念變成一種社會約定俗成的意識形態。

——奧克肖特(M. Oakeshott),1954

由於連年戰爭與國內局勢的不穩定,國民政府幾乎顧不上對於
新聞出版行業的整頓。[1]因此,中國新文學史上曾經出現過數百種
轉瞬即逝的文學刊物,有的刊物辦了四、五期卻因戰爭、人事變故
或政治原因不得不宣佈停刊,有的刊物甚至只辦了一期就草草收

---

[1] 當然這只是概述,縱觀中國現代新聞史,國民政府對於新聞媒體一直處於
「既打壓,又利用」的策略,一方面,國民政府多次開放新聞自由,1949
年之前力圖利用民間新聞輿論來對抗共產黨與日本侵略者,為其戰爭服
務,另一方面,左翼甚至中共新聞媒體也隨之勃興,與國民政府的主流意
識形態發生衝突,使得國民政府又不得不實行新聞書報檢查政策,「時緊時
鬆」遂成為了國民政府在中國大陸執政時期新聞政策的特點。

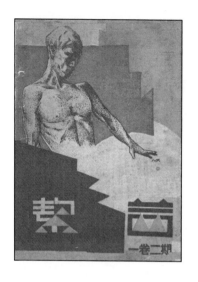

場，成了名副其實的「一次性」刊物——這在世界文學史、新聞史上都是奇聞。

在這些刊物中，《絜茜》月刊是頗為傳奇的。（左上圖為《絜茜》封面，右上圖為其扉頁）

其一「傳奇」之緣由便是這份刊物在研究界「關注率」低但在廣大青年學子中「知名度」高。目前，其研究在國內學界幾乎處於空白的局面。自 1949 年至今，僅有李小平的〈「左翼文學」20 世紀 30 年代電影改編之困探因〉（東南傳播，2010.1）與李瑋的〈從「直語」到「曲筆」——論三十年代出版走向與左翼文學形式的審美變化〉（《中國現代文學研究叢刊》，2008.9）提到其刊名，[2]關於這本雜誌的專門研究論文，則一篇未見，這等低關注率的刊物，在中國現代文學研究中堪為罕見。

---

[2] 中國社會科學院文學所研究院張大明在《國民黨文藝思潮：三民主義與民族主義文藝》（臺灣秀威，2009）一書中大約用數千字的篇幅專節簡要介紹了《絜茜》月刊，這是目前筆者所能看到最為全面、詳盡且唯一的關於《絜茜》月刊的研究成果。

　　值得一提的是，在廣大青年學子中的「知名度」與研究界的「關注率」是兩個不同的概念，後者著重於研究界對該刊的關注程度，而前者則關注於該刊在青年學子中被知曉的程度，說它在青年學子中「知名度」高乃是因為這一刊名曾見於錢理群、溫儒敏諸先生的筆下，在他們的代表作《中國現代文學三十年》中有這樣一段話：

> 1929 年 9 月，國民黨中央宣傳部召開全國宣傳會議，提出「三民主義文藝」的口號，並由宣傳部出錢，在南京辦起中國文藝社，刊行《文藝月刊》；在上海則有《民國日報》的文藝週刊與《覺悟》副刊，以及《絜茜》雜誌，公開宣言打倒「革命文學」和「無產階級文學」「建設三民主義的新文學」。[3]

　　筆者相信，當《中國現代文學三十年》成為全國各大高校中文系指定教材後，這也是許多現代文學研究者甚至包括中文系的學生們記住《絜茜》這個奇怪刊名的最早淵源。因為「絜茜」兩字的組合非常怪異，一個生僻字加一個破音字，很多人容易讀錯，對於許多人來說，這種造詞法很容易過目不忘，但《中國現代文學三十年》裡並未詳述這份雜誌的一二三四。因此，對於絕大多數現代文學研究者來說，它屬於「容易眼熟但叫不出名字」的文學期刊。

　　其二「傳奇」之處在於，從史料上看，研究界對這份刊物的評價無疑是存在著爭議的。

　　如果只根據上述內容來判斷這份刊物，我們可以判斷這份刊物的傾向及其文學意義：右翼期刊，水平不高。但是，在另外一份史料中，筆者卻看到了這樣一段話：

---

[3] 錢理群、溫儒敏、吳福輝，《中國現代文學三十年》，北京大學出版社，1998。

1931 年 11 月 29 日，鄧演達同志被蔣介石殺害後，中國國民黨臨時行動委員會（後來更名為中國農工民主黨：引者注）遭到了重大的挫折，各省市的地方

編者的話

"本刊絕不空談什麼主義，是純文藝的刊物，作品的選擇，以藝術價值為前提；不過，我們相信，在這個時代裏的人，既不能做扯淡的超時代者，也不能做頑執，時代落伍者，所以在文字的內在意識上，以切合時代需要為標準。我們頂相信，老作家能寫出優美的作品，新作家也有寫出優美作品可能，所以本刊除了特約作家及絮茜社全體社友撰稿外，歡迎任何人的投稿。我們願本刊是所有愛好文藝者底共同墾殖，共同欣賞的共有園地。"

這是本刊廣告的話，也就是本刊的態度，是希望每個讀者都明瞭的。

組織也陷於渙散，北平市的組織也不例外。1932 年初秋的一個下午，楊允鴻同志陪同一位四十歲上下的女同志突然來到我的住處。楊係上海行動委員會的成員，在上海和另一個成員丁丁又名丁夜鶯的創辦了一個文藝月刊《絮茜》，經季方同志介紹和北平行動委員會成員萬斯年（我的兄長）相識，以後在北平成立了「絮茜」分社，並創辦了一個文藝刊物《飛瀑》，出版幾期就停刊了。楊允鴻首先談到季方伺志仍在北平孤軍作戰，堅持鬥爭。隨後即向我介紹那位女同志叫任銳，係孫炳文烈士的遺孀。她準備在北平辦一個中學，因初來北平，人地生疏，希望有人協助她。季老想到我，希望我能幫助她辦學……[4]（上圖為〈編者的話〉）

英國現代歷史學先驅伯林‧布魯克認為，當紙質史書與親歷的口述史發生衝突時，口述史有著可信任的優先權。[5]因此，上述這

---

[4] 萬鴻年，〈我幫任銳辦北辰中學，紀念季方〉，中國農工民主黨、中央黨史資料研究委員會，1990。

[5] Henry St. John，Lard Viscount Bolingbroke，Letters on the study and use of history，London Cadell Press，1779。

段史料我們無疑是不能忽視的，該文的撰文者萬鴻年，當時是大眾書店的編輯，後來擔任過農工黨北京市宣武區工委第一、二、三屆主任委員，文中所提到的季方後來擔任了大陸的政協副主席，是農工民主黨的創始人，孫炳文與任銳的女兒則是話劇表演藝術家金山的妻子、周恩來的養女孫維世，而楊允鴻卻是國民政府的政治犯，有過被當局拘押的經歷，屬於當時比較進步的知識分子——需要說明的是，萬鴻年所提到的另一位主編「丁丁」並非名為「丁夜鶯」（疑為「夏鶯」之口誤，筆者注），而是另一位作家丁嘉樹的筆名。[6]

從這段話來看，《絜茜》雜誌是進步的刊物，甚至還有農工黨成員楊允鴻作為「操控」者協辦，其幕後總導演乃是被中共官方稱為「新四軍老戰士」的季方。既然如此，這份刊物緣何還會受到錢理群先生如此地攻擊？

當然，筆者還可以提供一些零星的史料，讓這個問題變得更難理解。該刊的創始人之一張資平曾被毛澤東斥責為「漢奸文人」的典型，甚至有些大陸學者還用了戰爭化的語言稱《絜茜》等雜誌是「配合著對中央蘇區的軍事『圍剿』」，而「有組織有計劃的」對革命文藝的文化「圍剿」。[7]可事實上，這份刊物卻刊載了不少關於工農群眾疾苦生活的稿子，甚至在約稿函中還聲稱「尤其是以工農勞苦生活為題材的作品，當盡先刊載。」[8]——但是作為左翼理論家

---

[6] 丁嘉樹，曾用名丁雨林，筆名丁淼、丁丁、林梵、馬克巴、凌雲、野馬、金馬、夏鶯。1907 年 11 月 10 日生於上海。在上海受初等教育。後畢業於上海大學。1926 年由泰東書局出版《革命文學論》，對文壇頗有影響。曾任中學校長、大學教授、報館主筆及總編輯。1948 年攜妻（女作家何葆蘭）兒南下香港，後在新加坡任南洋中學校長。主要作品有詩集《紅葉》與長篇小說《浪漫的戀愛故事》等。

[7] 趙福生、杜運通，《從新潮到奔流》，河南大學出版社，1992。

[8] 〈編者的話〉，《絜茜月刊‧第一期》，1931。

的唐弢又對其提出了批判：「這就是所謂的『絜茜派』，編輯了《絜茜》月刊，反對普羅文藝。」[9]

眾說紛紜，莫衷一是，問題果然複雜化了，但是當問題越是變得複雜時，往往就越接近真相，文學史的研究，也不例外。

一、三個張資平

要想解讀《絜茜》月刊，必須要先解讀其創刊人、核心編輯者及其主力撰稿作家張資平。

近年來，現代文學研究界「重讀二張」（另一位是張愛玲）漸成熱潮，關於其研究論文、學術專著已算多泛。張資平在現代文學界知名度頗高，緣由乃是他曾為毛澤東筆下兩位「漢奸文人」之一（另一位則是魯迅的胞兄周作人）。因此，筆者在這裡對於他的生平不再贅述。但值得一提的是，目前我們學術界所關注的卻是「第三個張資平」——即 1937 年參加「興亞建國會」並擔任中日文化協會出版組主任的「變節者」張資平。而他變節投敵則是好友郁達夫在 1940 年 4 月 19 日《星洲日報‧晨星》上揭發的，郁達夫在文章中訓斥其為「喪盡天良的行為」，繼而中共領袖毛澤東在《在延安文藝座談會上的講話》上又對其點名批判，[10]使得張資平文化漢

9　唐弢，《西方影響與民族風格》，人民文學出版社，1989。

10　毛澤東批評「文藝是為帝國主義者的，周作人、張資平這批人就是這樣，這叫做漢奸文藝。」（毛澤東，《毛澤東選集‧一卷本》，人民出版社，1964），在延安文藝座談會召開後，中共報刊上又再次點名批評張資平與國民政府推崇的「民族文學」：「這些自以為是為自己或為全人類而創作的作家，其實都在他們的作品中客觀地表現了他們正是為了某一些人某一個階級而創作的。周作人、張資平的漢奸文藝，玫瑰蝴蝶的『民族文學』，無論他用了多少美麗的化裝，總不能掩飾掉他們的主人是誰，他們是為侵略者統治者而創作的。」（〈在延安文藝座談會上講話的簡介〉，《新華日報》，1944 年 1

奸之名揚名海內外，成為眾矢之的。以至於抗戰結束後，胡適、陳立夫均拒絕為其說情，他險些身陷囹圄，幾乎成為流落上海灘的流浪漢，但是 1949 年之後沒多久，他旋即因「漢奸罪」被投入監獄，最後死於獄中。

　　投敵之前的張資平卻不太為學術界所關注，筆者認為，投敵前的張資平創作生涯大致可以分為兩個階段，從 1922 年作為創造社創始人之一的他出版中國現代文學史上第一部長篇小說《沖積期化石》至 1930 年他完成小說《天孫之女》為第一階段，這個階段的張資平是一位在上海灘是首屈一指的言情小說作家，其代表作《梅嶺之春》、《糜爛》與《青春》等作品風靡當時的少男少女，堪稱中國「青春文學」之鼻祖，由於是留日學生，其文風又多受谷崎潤一郎、廚川白村等日本唯美主義作家影響，頹廢而又哀豔，其作品一時一版再版，遂在上海文壇暴得大名、陡然而富，甚至還購置了別墅作為專門的創作室。

　　1930 年，張資平在鄧演達的推薦下加入了「第三黨」[11]（即「中國國民黨臨時行動委員會」的別名，次年鄧演達遭到國民政府當局的暗殺），這是「第二個張資平」創作生命的開始，其中期代表作《天孫之女》一改以前的哀豔風情，而是「以其人之道還治其人之身」的筆觸，用日式的唯美主義辛辣地諷刺了日本軍隊的暴虐、偏

月 1 日第六版）

[11] 第三黨的正式名稱是「中國國民黨臨時行動委員會」，是大革命失敗後出現的一個異於國共又介乎國共之間的政派。它對中國出路的探索主要體現在鄧演達發表的〈中國國民黨臨時行動委員會政治主張〉、〈中國到哪裡去〉等一系列文章中。1935 年 11 月，該黨改名為中華民族解放行動委員會。1941 年 3 月，該會參與組織中國民主政團同盟。抗戰勝利後，積極參加爭取和平民主、反對內戰獨裁的鬥爭。1947 年 2 月，改名為中國農工民主黨，成為中國大陸的民主黨派之一。

狹、淫亂與愚蠢，獸性大發時甚至連自己將軍的女兒都不放過，[12] 此時「九一八」事變尚未發生，堪稱國內抗戰文學之濫觴，面對日本人的橫蠻，張資平曾痛心疾首地感歎「最痛心的是在自己的國土內，居然任日人如此蠻橫地不講道理。」[13]

該書出版後，三年內再版五次，甚至還被譯介到日本去，引起日本社會的強烈不滿，以至於日媒把張資平的照片刊登出來，意圖號召在華日本人「尋仇」，很長一段時間張資平都不敢在位於上海北四川路的日租界區活動，害怕遇到暗殺（見下圖）。1933 年，日軍進犯山海關，張資平又根據 1932 年底的淞滬抗戰創作了小說《紅海棠》，講述了上海市民遭受戰亂的痛苦，該小說發表後，大大鼓舞了人心，張資平成為了當時頗具盛名的「抗戰作家。」1936 年，他又在《東方雜誌》上直指日本侵略中國的意圖：「第一步，先略取滿州以控制內蒙。第二步，略取內蒙以控制華北。第三步，佔據華北，以黃河為境，俯窺長江流域。」[14]期間，他還撰寫了《歡喜

---

[12] 蘇雪林對此書頗有微詞，她評論稱：（張資平的）作品中常有作家不良品格的映射。一是欠涵養，譬如他憎恨日本人，對日本人沒有一句好批評，作《天孫之女》乃儘量污辱。其人物名字也含狎侮之意：如女主角名「花兒」又曰「阿花」，其母與人私通則偏名之曰「節子」；其父名「鈴木牛太郎」，伯父則名「豬太郎」。書中情節則陸軍少將的小姐淪落中國為舞女，為私娼；大學生對於敗落之名門女子始亂終棄；帝國軍人奸騙少女並為人口販賣者，巡警在曬臺雪中凍死小孩，以及妓院老闆凶醜淫亂的事實，均令人聞之掩耳。聽說此書翻譯為日文登於和文的《上海日報》，大惹日人惡感。為懼怕日人之毒打，張氏至不敢行上海北四川路。其後又曾一度謠傳他被酗酒之日本水兵毆斃云。（見楊昌溪，〈文人趣事〉）我並不願替日本人辯護，但我覺得張氏這樣醜詆於日本人痛快則痛快了，他情緒中實含著阿Q式的精神制勝法成份在。見於蘇雪林，〈多角戀愛小說家張資平〉，載於《青年界》，1934 年 6 月，第六卷第二號。

[13] 德娟，〈張資平怕走北四川路〉，《現代文學評論・第一卷・第一期》，1931。

[14] 張資平，〈中日有提攜的必要和可能嗎〉，《東方雜誌・三十四卷・一號》，1937。

坨與馬桶》與《無靈魂的
人們》兩部抗日小說，並
遭到「駐滬日使館情報部
及日本海軍陸戰隊之書面
及口頭警告。」[15]

如果照此路數發展下
去，張資平應該會成為「抵
抗文學」中的領軍人物。
抗戰軍興時，他跟隨著其
他學者奔赴廣西大學任

現代中國文壇逸話

張資平怕走北四川路

張資平自寫了天孫之女後，被日人譯成和文，在和文的上海日報上被登表，而引起了日本人劇烈的反感。現在，張先生覺因此而不敢走上那北四川之路了。

天孫之女本是一本 綑蝡暴露 日帝國主義者的罪惡的小說，他裏面叙述日人的橫橫，可謂淋漓盡致。日人本來都偏狹異常，而有熱度的愛國熱，於是便慫慂莫大的耻辱。一方面譯成日文，並刊登張先生的照片，使他的國人都對張先生有不好的認識。一方面則披倒張弓，大有向張先生下毒的美教書之勢

教，結果日軍轟炸廣西，自己又遭到同事們的排擠，旋遭廣西大學
的解聘，不得已他又從廣西躲避至越南，最後乘船從越南回到了上
海──選擇回滬的張資平等於在邏輯上終結了自己「抗戰作家」的
生命，「第三個張資平」遂粉墨登場，「漢奸」這一頭銜遠遠大於之
前的任何文學貢獻所給他帶來的名聲。

回到上海的張資平開始遭到「吉斯菲爾路 76 號」日軍特工總
部的騷擾、恐嚇與利誘（日軍希望通過他的「變節」瓦解中國的抗
戰知識分子陣營）。開始他是非常堅決地拒絕，後來不堪其擾的他
只好屈服，允諾只擔任偽「農礦部技正（工程師）」這一虛職。自
此之後，生性孱弱的張資平終於一步錯而步步錯──一方面受到良
心的煎熬（他曾辭去日中文化協會出版部主任一職），一方面又面
臨生命的威脅，於是便在威逼利誘之下逐漸走向變節。雖然只在偽
政權內「被迫」做到「偽中央研究院」地質學研究員，但是由於之

---

[15] 張資平，〈張資平致胡適信〉，《胡適來往書信選‧第三卷》，中國社會科學院中華民國史研究室，中華書局香港分局，1983。

前其知名度太大，且又在日軍淫威下「為求自保」而未能「以身殉國」，遂成為名噪一時的「文化漢奸」。

筆者在這裡詳敘張資平的創作生命及其分野，乃是為了審理《絜茜》月刊的創刊背景及其思想主潮。

《絜茜》創刊於 1932 年 1 月 15 日，通過張資平的上述經歷我們可以知曉：在創作上，此時的張資平正是因為《天孫之女》大紅大紫時，人生中最華美的一段剛剛啟幕；在政治上，他又是「第三黨」的新成員，而且該刊創刊前一個月的 11 月 29 日其好友兼「入黨介紹人」鄧演達又遭到當局暗殺，甚至在該刊流產的「第三期」預告中還準備刊發鄧演達的遺稿——因此，於情於理來講，作為《絜茜》主編的張資平此時都沒有做「御用文人」的可能——準確地說，當時的他對於國民政府當局是充滿不滿情緒的。

那麼，從《絜茜》的解讀，應該從對張資平「去蔽」的文學史本身開始。

二、為《絜茜》定性

長期以來，大陸的左翼文學研究者認為「民族主義文學」與「三民主義文學」和代表國民政府觀點的「前鋒社」所提倡的「民族主義文藝」在理論構建、文學主張與創作風格上具有某種相似和重合，並在客觀上起到了國民政府的「幫閒」作用。須知「民族主義文藝」或「民族主義文學」是兩個在中國大陸文學史界長期「臭名昭著」的語彙，所以縱然有少量提及《絜茜》月刊的論文，也將其當做「民族主義文藝」或「民族主義文學」的刊物——從具體的史料上看，張資平與「民族主義文學」的一批作者確實存在著較密切的關係，這也是不爭的史實。「民族主義文學」核心刊物《現代文

學評論》主編李贊華的遺稿現在幾難尋見，但在僅出了兩期的《絜茜》月刊上卻可以看到李贊華的批評文章《女人的心》，以及《現代文學評論》主力作者如楊昌溪、趙景深等人的作品。（右圖為《絜茜》所刊發的〈平民文藝的原則提綱〉）

平民文藝的原則提綱　　仲偉

〔I 什麼是平民文藝？〕

文藝是生活的最高表現。文藝的作用不僅是在傳達，而且必須代表創造的時代要求。什麼時代的「寫火」和「動力」，特別是在摘域方面去喚起羣衆，使羣衆的聲悟力賞行力更加強大，並使他們相信將來的理想，以啜勝當前的困難和痛苦。

平民文藝是代表廣大的被壓迫羣衆之要求，代表着被壓迫的平民羣衆要求解放的理想，一方面剌過去及現存的制度加以批評，—— 對於現實生活的批評，一方面爲將來創造，—— 由平民大衆的革命進至無酷級差別的社會面加以描繪及推動。故平民文藝是具有「浪漫性」的，因爲它要以高超豪勁的熱情去反抗一切的壓迫，反抗舊制度之虛僞黑暗，而達到人的解放。同時它又是帶有「理智性」的，因爲它要求生活的合理，以合理的生活代替虛僞的生活，代替「勞而無功」的生活，使生活的效能提高，使生活豐富化。

平民文藝是「人」的文藝，不是機械的文藝。它反抗一切特權階級，反抗「奴視人」「役使人」的特權階級。故平民

當然，僅憑幾篇文章便認為該刊有「官方背景」甚至進而認為被國民政府收買，這是有失公允的。在該刊創刊號裡，有這樣的一段話，這既是約稿函的第一段，也是該刊在外宣傳的廣告語（由於該刊似乎失之校對，多篇文章語句不通，不知何故，為求甄辨，筆者摘錄時謹遵原文，一字不改）：

> 本刊絕不空談什麼主義，是純文藝的刊物，作品的選擇，以藝術價值為前提；不過，我們相信，在這個時代裡的人，既不能做狂誕的超時代者，也不能做頑執、時代落伍者，所以在文字的內在意識上，以切合時代需要為標準。我們要相信，老作家能寫出優美的作品，新作家也有寫出優美作品可能，所以本刊除了特約作家及絜茜社全體社友撰稿外，歡迎任何人的投稿。我們願本刊是所有愛好文藝者底共同墾殖、共同欣賞的共有園地。[16]

---

[16] 〈編者的話〉，《絜茜月刊・第一期》，1932。

當然，廣告之言或許不可信，在創刊號的〈徵稿函〉中，還有另外一段話：

> 現在本刊在難產中終於產生了，而且計畫著以後能按期出
> 版；希望真切愛好文藝的讀者們予我們誠意的批評和指教，
> 還望給我們同情的愛護，使本刊在客觀的環境和事實上普羅
> 文藝沒落消聲、民族主義文藝無可進展的中國消沉的土壤
> 上，開出一朵燦爛的花來，貢獻給大眾欣賞。[17]

這段話是中國大陸後世研究者對《絜茜》月刊詬病、批駁的原因，張大林甚至還將其歸納到了「國民黨文藝」當中──確實，由於中國大陸意識形態界長期被二元論思潮所統治，「非共（產黨）即國（民黨）」的二分法根深蒂固，尤其在國共矛盾尖銳對立的上個世紀三十年代，《絜茜》月刊既未參與共產黨領導下的左翼刊物，又與大陸現代文學界「臭名昭著」的「民族主義文學」有了一定的關係，那麼這刊物被貶斥、無視，甚至「被遺忘」也就不足為奇了。

但是從表面上看，與《獅吼》、《語絲》一樣，這份刊物只是一份「社團刊物」。正如在廣告語裡所說的「絜茜社」就是主編這份刊物的團體。而且在這份刊物第一期明文刊登了《絜茜社簡章》，該簡章第二條「宗旨」上就聲明：以研究文藝提倡平民文化為宗旨。正如張大明在《國民黨文藝思潮：三民主義與民族主義文藝》中所總結的那樣，通過對《絜茜》月刊所刊發文章的分析，該刊兩大特點一目了然：一是「平民文藝」，另一是「新農民文學」。

那麼，「民族主義文藝」的核心價值體系又是什麼呢？在「民族主義文藝」的綱領性文獻《民族主義文藝運動宣言》中，有這樣的一段話：

---

[17] 同上註。

藝術，從它的最初的歷史的記錄上，已經明示我們它所負的使命。我們很明瞭，藝術作品在原始狀態裡，不是從個人的意識裡產生的，而是從民族的立場所形成的生活意識裡產生的，在藝術作品內所顯示的不僅是那藝術家的才能、技術、風格、和形式，同時，在藝術作品內顯示的也正是那藝術家所屬的民族的產物。這在藝術史上是很明顯地告訴了我們了……（省略號為引者所加）文學之民族的要素也和藝術一樣地存在著。文學的原始形態，我們現在雖則很難斷定其為何如，但可以深信的，它必基於民族的一般的意識。這我們在希臘的《伊里亞特》和《奧德賽》，日爾曼的《尼貝龍根》，英吉利的《皮華而夫》，法蘭西的《羅蘭歌》，及我國的《詩經·國風》上，很可以明瞭的……（省略號為引者所加）以此我們很可以從這些文藝的紀錄上明瞭文藝的起源——也就是文藝的最高的使命，是發揮它所屬的民族精神和意識。換一句說，文藝的最高意義，就是民族主義。[18]

之所以引用這樣長一段話，原因乃是為了歸納出「民族主義文藝」的核心價值體系：「文學的原始形態」乃是「基於民族的一般的意識」，在這裡所強調的是「藝術家所屬的民族的產物」，而並非「是那藝術家的才能、技術、風格和形式」。換言之，作家本人的創作也被融入到「民族」這個寬泛、空洞的大概念當中了。

由是觀之，從文學理論的邏輯上看，「民族主義文藝」的系列主張事實上與《絜茜》的發刊詞中「本刊絕不空談什麼主義」、「純

---

[18] 具體文章見於 1930 年 6 月 29 日和 7 月 6 日《前鋒週報》第 2、3 期。

十字架上　張資平

（一）

這篇小說的發端，要追溯到約莫十年前。在那時候，本書的主人翁，一個至平凡無足奇的村童，才九歲。他姓雷名賓星。他的祖先約在三百年前，由北方移住到嶺南的一塞村中來，世代業農。到了他的高祖因為弟兄眾多，在農村裏不易生活，就流到省垣，在一家布疋店裏當店員。經三十多年的積蓄和奮鬥，到後來，終掙得了做財主的地位了。

因為這位高祖發了財，買田地造房子，他的子孫也就有資格讀書了。假如賓星的高祖不從農村中出來，只在村裏當一個收盤以終其身；又假如他不當店員，不挨三十年間節衣縮食的酸苦，他的兩個兒子，──賓星的曾祖兄弟，──縱令有如何良好資質，也還是和他們的歷代祖宗一樣，最多，由勤勞的結果，做個能夠自給自足的自耕農而已吧。

賓星的曾祖兄弟都考中了舉人，受有父親的資力為後援，居然或在極南的廣西，或在極北的陝西，或做知府，或做知縣，于是在這塞村中雷家便成為一個世家了。雷族的子弟和村民之間儼然有了階級的懸隔。其中有些不通世故的青

文藝」與「以藝術價值為前提」是相違背的。至於該刊的核心政治宗旨，其實還在上述的一句話中可以看到──「普羅文藝沒落消聲、民族主義文藝無可進展」。（左圖為張資平發表在《絜茜》上的殘篇小說〈十字架上〉）

這句話可謂是「一言洩露天機」，《絜茜》既不傾向於「為政治代言」的左翼文學──普羅文藝，亦對「以民族主義為綱」的右翼文學──民族主義文藝沒有興趣，用他們的原話說，前者「沒落消聲」，後者「無可進展」。

話說到這份上了，若還說《絜茜》是為當局幫腔的「民族主義刊物」似乎有些過分，難道他們自己會自投羅網地走進「無可進展」的「民族主義文學」體系當中？

那麼，從政治綱領上看，《絜茜》究竟是什麼樣的刊物呢？

請注意──在邱錢牧的《中國民主黨派史》中，有這樣的一句話：

> 此外，國民黨臨時行動委員會的地方組織也發行了《絜茜》、《飛瀑》、《低潮》等刊物，宣傳反蔣。[19]

---

[19] 邱錢牧，《中國民主黨派史》，浙江教育出版社，1987。

三、兩個《絜茜》月刊

本文的目的乃是澄清一些事實，並意圖通過對《絜茜》的重讀，審視並釐清上個世紀三十年代初中國文壇一些關係，試圖為現代文學關係史中某些問題「去蔽」。

據該刊徵稿啟事中說，《絜茜》月刊之前曾出版了四期半月刊，這個半月刊按道理至少應該是與《絜茜》月刊是同一個核心，即張資平[20]——但是《絜茜》月刊的終刊號的「主編」卻從張資平變成了丁丁，此問題後文再敘。

從目前所掌握的史料看，《絜茜》半月刊在大陸學界的知名度要稍微高於《絜茜》月刊的知名度，因為這個半月刊曾見於大陸文壇領袖茅盾的筆下，在《茅盾文集》中有這樣的一句話：

> 我們看了四冊的《絜茜》半月刊以後，才知道「匍匐在現統治階級的胯下作培養勞動階級身心的平民文藝！」這是不折不扣的中國式社會民主黨的把戲！[21]

所謂社會民主黨，在政治學上特指由德國社會主義活動家卡爾・李卜克內西（Karl August Ferdinand Liebknecht）在 1869 年所創立的共產黨性質的政黨，在政治制度上，該黨主張實行民主社會主義，並且作為「第二國際」的創始成員在當時全世界具備強大的

---

[20] 民國文學社團所主辦的刊物較少有更換主編的情況，如《學衡》、《筆談》、《論語》、《語絲》、《新月》、《矛盾》與《莽原》等刊物都是由創始人「一編到底」的局面，唯一較明顯的「核心更替」便是「獅吼社」主辦的《獅吼》雜誌曾因經費以及核心成員出國等客觀原因不得不更換主編。而張資平在當時的政治地位、知名度與經濟實力皆不會出現《絜茜》從半月刊到月刊存在著「易主」這一變動。

[21] 茅盾，《茅盾全集・第十九卷》，人民文學出版社，1988。

政治影響力——但是，中國始終未成立過一個以「社會民主黨」命名的黨派。[22]

《絜茜》半月刊與《絜茜》月刊有著一脈相承性，在《編者的話》中，有這樣一段：

> 過去我們曾經出版過四期《絜茜》半月刊，後來為了經濟上的困難，與出版社和發行上的種種不便及麻煩，所以現在交由書局（群眾圖書公司，引者注）辦理，而且改為月刊，這是為了實行擴大與充實。[23]

茅盾先生雖然對《絜茜》頗有微詞，但是他並沒有稱這刊物是國民政府的言論喉舌，更沒有將其與「三民主義文藝」、「民族主義文藝」掛上鉤，只是斥責其是「中國式社會民主黨的把戲」，由此可知，若稱《絜茜》與國民政府當局有關聯甚至張大明先生還將其列入《國民黨文藝思潮：三民主義與民族主義文藝》中，是有違史實的。

在短短兩期《絜茜》月刊中，共發表了四十二篇作品，與同時帶其他刊物一樣，涉及到譯介、小說、散文、詩歌、書評、通信與理論批評等等諸多文體。其中，兩期均是二十一篇（不含通信與編者的話）。

兩期刊物最大的變化，便是第二期的主編變成了丁丁一人，張資平的名字不見了，停刊的原因在於第二期出版時正值 1932 年 9 月 15 日，恰是淞滬保衛戰最慘烈的時候，日軍開始進犯上海的租界區，此變故導致上海大量的文學刊物或南遷廣州（如巴金主編的

---

[22] 但這並不意味著近現代中國知識分子一直未對「民主社會主義」或類似政治理念進行實踐嘗試與理論探討，早在辛亥革命前，維新派學者江元虎就曾與加拿大醫生馬林一起不但創建了「中國社會黨」，甚至還在南京近郊開闢了「地稅歸公試驗場」；民國初年劉師複亦曾在新安赤灣成立「無政府主義村社」等等。見皮明庥，近代中國社會主義思潮覓蹤，吉林文史出版社，1991。

[23] 〈編者的話〉，《絜茜月刊·第一期》，1932。

《吶喊》雜誌），或乾脆停刊、休刊——《絜茜》月刊第一期和第二期竟相隔九個月的時間，我們不禁要問，張資平名字被去掉，究竟說明了什麼問題？

本刊三期要目預告

遊蹤	鄧演達
從上海到天津	丁丁
黃海上	何心
超寫實派的現勢	趙景深
日本的個人主義文學	張資平
洩漏	楊大荒
阿翠	高加索
十字架上	張資平
冷流	丁丁
女強盜	曹雪松
戰爭文學講話	坦克
作家印象記	曾今可
創造社	張資平

在《張資平年譜》裡，可以看到一條隱約的資訊，1931年10月，張資平當選為中國國民黨臨時行動委員會中央委員兼中央宣傳委員，負責「第三黨」的宣傳工作，但是因為年底鄧演達遭到刺殺，張資平本想化悲痛為力量，但是後來實在不堪國民政府特務機構的騷擾與恐嚇，到了1932年6月竟然選擇了退黨，跑到了上海郊區隱居專事創作。

不言而喻，《絜茜》月刊第一期乃是張資平尚有血性時，「站在烈士的血跡」上的一次貢獻，待到第二期出版時，張資平已然成為了一位既怕當局報復，又怕戰爭牽連的「隱士」，於是整個刊物全部扔給了丁嘉樹負責編輯，孰料張資平所託非人，丁嘉樹更非血性男兒，貪生怕死比張資平有過之而無不及。在第二卷的最後，丁嘉樹一方面不甘心就此停刊，還做了一個虛張聲勢[24]的「第三期要目

---

[24] 之所以稱其為「虛張聲勢」，是因為在這份「第三期目錄」所提的張資平的〈十字架上〉、楊大荒的〈洩漏〉等文章其實早就丟失了稿件，丁嘉樹自己也明白，這些文章還想發表根本是不可能的。在〈丁丁特別啟事〉中丁嘉樹承認，「在此次上海的炮火中，我是如何地不幸而還得向友們抱歉，為了友朋們交把我的大作與我自己的稿件都損失了，我不悲懷那其他失去的對象因而一切的對象，只要有錢時都可以買到，但稿件，是心血的結晶，而沒法重寫的了。其中，整部的有楊大荒先生的一個尚未發表過的長篇創作……而另篇的，如張資平先生的十字架上……我很悲懷，他們的心血，都為了暴日，而在這我這裡犧牲了。」見於丁丁，〈丁丁特別啟事〉，載於

預告」（見上圖），一方面趕緊刊登了一個宣佈停刊的〈丁丁特別啟事〉，結尾竟是這樣令人啼笑皆非的一段：

> 而最痛心的，是六七年來收到好多個女朋友的上千封信，平時是如何的珍視，現在也損失了。啊！國家是如此的不爭氣，我輩小百姓，啞巴吃黃蓮，只有痛心的眼淚來自悼！[25]

四、重讀《絜茜》月刊的角度及其意義

正如前文所述，《絜茜》月刊實際上是由既反蔣，也對共產黨不感冒的「第三黨」──中國國民黨臨時行動委員會所一手創辦的文學刊物，作為該黨中央宣傳委員的張資平遂被任命為了這份刊物的核心編輯者，但是由於張資平生性貪生怕死的本性、「第三黨」自身又存在著各種內部問題，再加上淞滬保衛戰的爆發，直接導致了《絜茜》成了一份短命期刊。而且因它對於「普羅文藝」的不熱衷，以至於國內現代文學研究界錯認其為國民政府的喉舌刊物。

筆者認為，對於《絜茜》月刊的重讀，當以如下幾個角度去解讀，方能實現其「重讀」之意義。

首先，是民主黨派對於文學體制的干預──即「第三種政治力量」與中國現代文學體制的關係問題。

長期以來，象徵著民主黨派的「第三種力量」與現代文學體制關係這一問題在大陸學術界一直未能受到重視，原因在於絕大多數較成規模的民主黨派都是在上個世紀四十年代甚至是抗戰勝利的一九四五年成立的，他們與「中國現代文學史」（1917～1949）相

《絜茜月刊‧第二期》，1932。
[25] 丁丁，〈丁丁特別啟事〉，《絜茜月刊‧第二期》，1932。

伴僅數年。譬如馬敘倫、許廣平所發起的「民進」、黃炎培、章乃器所發起的「民建」、張瀾、羅隆基任創始人的「民盟」等等，但是，它們的成立時間都要大大晚於「第三黨」——創建於 1930 年的「農工民主黨」，這也是中國大陸官方對其認可的成立時間。

因此，民主黨派中唯有「第三黨」與現代中國相伴時間最長，也只有它有更為充裕的時間干預中國現代文學的體制——但是，民主黨派鮮有與現代文學體制發生關係，因為相比之下，到了上個世紀四十年代，隨著國共兩黨的高度對立，社會矛盾極其尖銳，民主黨派也發現了只有政論、集會等參政形式才能實現黨派的政治理想。而且那時新文學的體制基本上已經定型。在這樣的一個大環境下，《絜茜》月刊與「第三黨」的關係很容易被後來者忽略，以至於對於許多現代文學研究者來說，現代文學中除了紅色、左翼的期刊，其餘刊物基本上都是反動、右翼的。

文學在中國社會政治現代化中的意義不言而喻，中國社會現代化的邏輯起點便是以文學革命為起因的新文化運動。因而筆者認為，作為第三種政治力量的民主黨派儘管並沒有如國共兩黨一般，過多地干預中國文學現代性生成的過程，但兩者關係的研究價值仍不容忽視。尤其是對《絜茜》月刊的重讀，實際上等於重新認識中國大陸民主黨派（除國共之外其他政治力量）與現代文學之間的關係，無論是國民黨，還是共產黨，從本質上看都是中國社會政治實現現代化的力量。但是具體來講，一國社會政治的現代化，並非單純只依靠一兩個政治領袖或是政黨去實現的，而是要依靠其他政黨、社團、組織甚至起著轉折意義的個人的共同奮鬥。

《絜茜》月刊說明了民主黨派也曾意圖依靠文學來改變中國的現實，從鄧演達介紹張資平加入「第三黨」並任命其為中央宣傳委員，直至《絜茜》兩次創刊，我們都可以看做是「第三黨」這個勢

力微弱的政黨在當時的社會語境下頗為不得已的文學實踐嘗試，再從張資平日後「脫黨」並把刊物扔給丁嘉樹自己「拍屁股走人」的史實來看，他絕非是主動靠近「第三黨」並尊崇其信仰的，而是鄧演達在特殊時機的「政治利用」——張資平優柔寡斷的人格與軟弱貪生的本性決定了他在歷次政治鬥爭中都處於進退失據的一面，最終落下一個漢奸的名聲。

其次，《絜茜》月刊提供了現代文學中「底層敘事」的多重實現方式。

「底層敘事」作為中國現代文學中的一個宏大命題與重要概念，一直貫穿中國文學現代性發生、形成的始終。一般來說，現代文學的底層敘事有兩條大的脈絡：一條是以魯迅、許欽文、葉紹鈞再到蕭軍等人的作品為代表的鄉土文學，主要描寫近代中國農民在戰爭與現代化進程中的生存問題；另一條則是以郁達夫、蔣光慈與成仿吾等人的作品為代表的城市文學，主要描寫鴉片戰爭之後中國城市中產業工人與小知識分子在外來資本、官僚資本與禁錮的高壓政治下，如何面對理想破滅、貧富分化的現實生活困境。

《絜茜》月刊始終在提倡一種「平民文藝」，但是這又與左翼文學提出文學為政治服務、文學是政治經濟產物的「普羅文學」有著本質的區別。當然，上個世紀三十年代的中國「底層文學」多半以「普羅文學」為實現形式，強調文學敘事內容與功能的階級屬性。但在兩期《絜茜》月刊中所刊發的小說來看，他們所主張的「平民文藝」特別是「新農民文學」恰有著自己的特點，準確說，是「第三黨」政治主張的文學實踐。譬如在第一期《絜茜》月刊上，所連載的張資平的小說〈十字架上〉就是一個典型，[26]這部小說中的主

---

26 這部小說並未寫完，據丁嘉樹在〈丁丁特別啟事〉中稱，是因為日軍對上海的轟炸導致了張資平〈十字架上〉手稿的佚失，這部小說遂成了一部殘章。

人公雷賓星是一個鄉村破落官僚子弟，他的家族由農而仕，雷賓星
從小頑劣但卻有著自己的個性，這使得他在生存中不斷地追尋、質
問甚至試圖打破他所處的這個環境。

作者對於「平民意識」尤其是農民的意識形態，有著自己獨到
的看法：

> 賓星的增族兄弟忘記了他的父親是逐什一之利的商人，而極
> 力提倡孔孟之學，以重利的商人為賤丈夫，以耕田作地的農
> 民為下流階級，不許他們的子孫業商，或務農。他們以為所
> 謂商，所謂工，所謂農，是專為供奉他們一類的高貴紳士而
> 生存的。他們並沒有得到他們的生活是全操在農民的手中。[27]

這種為農村勞苦大眾鼓與呼的文字在《絜茜》月刊中並不鮮
見，譬如在李則綱的小說〈牧場〉中，主人公放牛娃面對東家的剝
削與責罰，曾有著這樣的呼號：

> 我們為什麼要看牛？為什麼要替人家看牛？是不是牛要人
> 看才得生活？人要看牛才有飯吃？但是別人的兒子是不是
> 像我們一樣看牛？是不是像我們一樣風吹雨打？假使我們
> 都不看牛，世上要怎樣？假使人們都看起牛，世上又要怎
> 樣？[28]

這樣的排比性的呼號，大有「恨世界未大同」的氣魄，但是這
兩位作家都沒有顛覆世界的意圖，張資平認為「布爾喬亞」是改變
世道的法則，而李則綱則用「呵！牛是要看的，我們是要看牛的！」
這個「想了很久的一個簡單的結論」作為解決問題的出路。

---

[27] 張資平，〈十字架上〉，《絜茜・第一期》，1932。
[28] 李則綱，〈牧場〉，《絜茜・第一期》，1932。

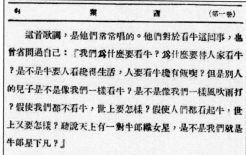

正如茅盾所批評的那樣，其實這正切合了「社會民主黨」非暴力解決社會問題的思路，社會民主黨所強調的「民主社會主義」實際上認識到了資本主義社會中的貧富分化及其危機，但是與「暴力社會主義」不同，他們不認同列寧的「跨越卡夫丁峽谷」理論，反倒傾向於「民主社會主義」──即要求充分經歷「資本主義」這一階段然後再進入社會主義，[29]即張資平所稱的「布爾喬亞」───一個在馬克思主義中與普羅大眾（無產階級）對立的資產階級群體。

因而，當「民主社會主義」與「底層敘事」共同成為近年來中國社會思潮熱門話題時，我們不妨從這「民主社會主義」在華傳播濫觴──「第三黨」早期的社會主張入手，從它們與文學的關係來反觀這一思潮的本質。筆者認為，重讀《絜茜》月刊的出發點乃是就「民主社會主義」對於「底層敘事」這一文學樣式實踐的再理解，無疑這對當下中國文學界與社會學界有著不可忽視的啟示意義。

而且，筆者在最後不得不提出來，有一個細節我們必須還要注意，之所以該刊會有「絜茜」這個奇怪的名字，乃是因為它是英文單詞「Cathay」[30]的音譯──Cathay 者，中國也。

---

29 謝韜，〈民主社會主義模式與中國前途〉，《炎黃春秋》，2007.2。

30 中古歐洲稱中國為契丹（Cathayan），而 Cathay 是 Cathayan 的變體。見張沅長，〈英國十六十七世紀中的契丹人〉，《武漢大學文哲季刊‧第二卷第三

　　「第三黨」經世濟民、以天下為己任的胸懷、氣魄，僅憑此刊名便可見一斑。當然，我們還可以從字面意義來講，「絜」是衡量的意思，而「茜」則指向了一種「美好」的隱喻。只是可惜的是，對於大多數研究者來說，因為《絜茜》月刊的「被遺忘」，對於該刊編輯者們的「美好」願景，在歷史的長河中早已灰飛煙滅，當下的我們早已無從無把握、衡量了。

　　但願這份遺失的「美好」，八十年後的今天可以重新拾起，並給後來者我們以啟示。

　　期》，1933。

第三章

知識分子、公共交往以及話語範式

——以 1930～1937 年《武漢大學文哲季刊》 為核心的學術考察

> 知識分子應該參與到公共事務當中……因為他們最容易憑
> 藉觀點來影響其他周圍的人。
>
> ——約翰・羅爾斯（John Rawls），1987

> 在大眾傳媒興起的時代，我們迫切地需要對於學術研究的轉
> 型，這是一個認識論的問題。畢竟學術不再是束之高閣的幾
> 卷藏書，而是被放置到民間並且對更廣泛人群可以產生積極
> 效用的客觀實在。
>
> ——斯拉沃熱・齊澤克（Slavoj Zizek），2003

作為一份存在時間較早，且由大學獨立辦刊的人文社科類學術刊物，創刊於 1930 年的《武漢大學文哲季刊》（下文簡稱《季刊》）在中國現代學術史上本應有著頗為特殊的意義。但從研究現狀上看，與《復旦學報》（創刊於 1917 年）、《燕京學報》（創刊於 1927 年）、《暨南學報》（創刊於 1936 年）以及《東吳學報》（創刊於 1905 年）等同時代重要的人文社科學報相比，國內學術史界與文學史界一直缺乏對《季刊》做足夠的重視與研究。

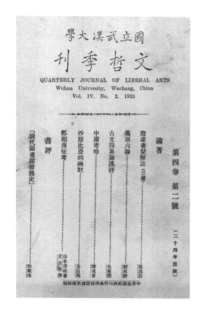

無論是大陸學術界，還是臺灣學術界，尚無一篇關於《季刊》的專門研究論文，[1]對於《季刊》亦只限於對於某些刊載過的具體文章引用，且僅以朱東潤《司空圖詩論綜述》、胡適《三年喪服的逐漸推行》等名文為主，而這些引用者部分都是從朱東潤與胡適的文選中「二次轉引」，而非直接從《季刊》直接援引而來。（右圖為《季刊》封面）

從學術史的角度上看，對於《季刊》的解讀並非只限於對於具體一所大學或一份期刊的研究，而是側重於對於上個世紀三十年代中國學術史諸多現象的個案考察。畢竟作為國內人文社科學術重鎮的武漢大學，其社科學報必然有著較強的反映與說明能力。

本文之所以選擇 1930～1937 年的《季刊》作為研究對象，因為當時的中國學術史本身有著非常特殊的研究意義。隨著 1937 年盧溝橋事變爆發，國內知識分子陣營開始呈現出了分化瓦解的傾向，公共交往的內部秩序開始因為黨派、意識形態的分歧以及戰爭而遭到了前所未有的顛覆，以及部分大學的西南遷移，促使了「滯

---

[1] 此統計源自於 CNKI、萬方、維普與 TSSCI 四大學術論文檢索系統。但是筆者在「粵海風」網站上卻發現了署名「吳中勝」的一篇千字短文，名為〈舊時代學術雜誌的精神──評《國立武漢大學文哲季刊》〉，這是迄今為止筆者唯一發現的一篇關於專論《季刊》的文章。

留者」與「遷移者」因地域上的不同導致意識形態的分道揚鑣。待到上個世紀四十年代，戰前知識分子的文化場域與公共交往的狀況早已是分崩離析、不復存在。[2]

因而，對於該時段《季刊》的史料研究就便有了一定的意義與價值，從更具體的角度上講，研究《季刊》既可以獨具角度地考量現代中國學術史，亦可以透視三十年代中國知識分子的公共交往與話語空間的具體形態。

一、天下公器：《季刊》的創刊及其作者群分析

準確地說，《季刊》創刊於 1930 年 4 月。《季刊》的創刊，與時任武大校長王世杰的關係密不可分，此時正值王世杰擔任武漢大學校長期間，武漢大學發展抵達了第一個高峰，尤其是其文科學群領軍國內文史哲研究界，雲集了聞一多、黃侃、譚戒甫、郭斌佳等一批人文社科頂尖學者，形成了名副其實的「中南文科重鎮」。

但與全國其他同類大學相比，武漢大學尚無一份成規模的文科學報，作為法學家的王世杰通過對北京大學、復旦大學與東吳大學等高校的比較考察，決定在武漢大學籌辦一份文科學報。

《季刊》創刊於一九三零年四月，停刊於一九四三年。史實證明，武漢大學南遷樂山以後該刊曾多次休刊，缺乏連貫性，且裝幀設計也大不如前。最終在一九四三年因為財力人力的不足而導致

---

[2] 這裡所說的知識分子的文化場域及其公共交往的狀況，並非是指四十年代知識分子的社會影響，而是指戰後中國大陸知識分子的生存狀態、表達策略與交往方式等等。因為抗日戰爭與自由主義的引入，中國知識分子分裂成為了三個大的意識形態組成，即左翼、自由主義與右翼。如此意識形態涇渭分明的分野，這在之前是從未有過的。

正式宣佈停刊，因此本文的研究對象並不包括 1937 年之後的《季刊》。[3]

《季刊》中唯一一篇由王世杰所撰寫的文章是「創刊號」中的〈創刊弁言〉（見上圖），他開宗明義地提出「學術期刊可以看作一國文化的質量測驗器」、「我們可以窺得一國文化所能到達的程度」，並且提出了《季刊》所創辦的緣由：

國立武漢大學同人，鑒於國內學術期刊之缺乏，且因深信「集合的研究」為學術進展的基本條件，乃一再集議，決定刊行三種期刊，即社會科學季刊、文哲季刊、理科季刊。同人之意，頗冀諸刊出版以後，不但本校同人能利用其篇幅以

3　根據武漢大學校史記載，1937 年底，日軍攻打武漢，武漢岌岌可危。為躲避日軍侵略，保護師生安全，當時的國立武漢大學校務委員會決定西遷，並選定四川樂山作為當時的臨時校區。經過幾個月的水路搬遷，武漢大學的師生從武漢經宜昌、巴東、四川萬縣（今重慶市萬州區）、重慶、宜賓抵達樂山，1938 年 4 月 29 日「國立武漢大學嘉定分部」在樂山正式開課。1946 年 10 月 31 日，武漢大學師生沿水陸兩路從樂山返回珞珈山，並在珞珈山禮堂舉行了復員武昌開學典禮。這一時期被稱為武漢大學辦學史上的「樂山時期」。西遷時，武大有學生 600 餘人，返回珞珈山時，學生人數達到 1,700 人。見於涂上飆，〈樂山時期的武漢大學：1938～1946〉，長江文藝出版社，2009。

為相互講學之資，即校外學者亦不惜以其學術文字，惠此諸刊，使成為全學術界之公共刊物。[4]

從王世杰的〈創刊弁言〉中可以窺探到兩條資訊：其一，王世杰所說的「國內學術期刊」缺乏乃是假託之詞，因為當時國內學術期刊雖不多，但也未到「匱乏」之境。縱然不算《現代文學評論》、《學衡》等群團、官辦學術刊物、僅就《東吳學報》、《燕京學報》等校辦社科類刊物而言，總共也有近二十餘種，並不能算是「缺乏」，但是他所提出的「集合的研究」卻是一個相對較為新穎概念，這意味著《季刊》形成了在研究力量上的「聚合」與研究觀念上的「獨立」，因而並不排斥有不同學術身份及主張的撰稿人；其二，《創刊弁言》中所提到的的「校外學者」當是一個頗具意義的研究入手點，因為與團體、官辦學術刊物相比，大學學報更有一種摒棄門戶之見開放性，這與當時的大學制度亦有著必然的因果聯繫，因而《季刊》也雲集了一批國內不同學術背景、觀念主張甚至不同政見的撰稿者以及不同學科門類的文章。

縱觀 1930～1937 年的《季刊》，作者及其個人發稿量見表一：

表一

期號	撰稿者及其篇數（排名不分先後，未標注篇數署名者為 1 篇）
第一卷	譚戒甫（4 篇）、高翰（2 篇）、胡適（2 篇）、陳西瀅（署名瀅，2 篇）、郭紹虞、游國恩（3 篇）、李笠（其中一篇署名雁晴，3 篇）、劉賾、朱東潤（2 篇）、聞一多（3 篇）、葉德輝（遺稿，下同，4 篇）、周貞亮、劉掞藜（2 篇）、桑原隲藏、楊筠如、陳劍脩（2 篇）、郭嵩燾（遺稿、下同，3 篇）、屠孝寔、費鑒照（6 篇）、高重源、蘇雪林（署名雪林女士，2 篇）、羅家倫（署名志希，2 篇）、陳西瀅（署名瀅，1 篇）

---

[4] 王世杰，〈創刊弁言〉，《武漢大學文哲季刊・第一卷第一期》，1930.4。

第二卷	雷海宗、方重（其中一篇署名浪，4篇）、張沅長（5篇）、譚戒甫（4篇）、高翰、朱東潤（4篇）、錢南揚（署名南揚）、周貞亮、郭嵩燾（2篇）、黃子通、劉賾、潘重規、胡稼胎、吳其昌（3篇）、顏昌嶢、高亨（2篇）、陳西瀅（署名瀅，4篇）、唐鉞、劉永濟（2篇）、費鑒照（3篇）、李惟果
第三卷	范壽康（2篇）、胡稼胎、方重、杜鋼百（2篇）、郭斌佳（3篇）、吳其昌（2篇）、朱東潤（2篇）、劉永濟（2篇）、陳銓（2篇）、袁昌英、陳恭祿（5篇）、譚戒甫（4篇）、俞平伯（署名平）
第四卷	陳銓（2篇）、劉永濟（3篇）、郭斌佳（6篇）、胡稼胎、劉賾、譚戒甫（4篇）、陳西瀅（署名瀅，2篇）、吳其昌（2篇）、朱東潤、袁昌英、王古魯（譯，2篇）、劉異、范壽康、俞平伯
第五卷	吳其昌（3篇）、劉永濟（3篇）、聞一多、朱東潤（2篇）、郭斌佳（7篇）、厲鼎桐（2篇）、陳恭祿、范壽康、譚戒甫（5篇）、楊樹達、桑原隲藏（3篇）、谷霽光
第六卷	陳恭祿、朱偰（2篇）、朱東潤（2篇）、郭斌佳（4篇）、吳其昌（2篇）、厲鼎桐（3篇）、劉永濟（3篇）、譚戒甫（3篇）、胡稼胎、王鳳崗、方重（譯，2篇）、何健民（譯，2篇）、朱芳圃、陳銓

　　通過上表我們大概可以看出，發表文章總量最多者為譚戒甫，共發文章 24 篇，譚戒甫為武漢大學哲學系教授，年少時曾申請留學德國學習電機工程，後因名額頂替而被教育部拒絕，此事使得他對政府失望透頂，遂改行從事文學研究，主攻方向為先秦文學；發稿量緊隨其後是郭斌佳，共發文章 20 篇，郭斌佳為美國哈佛大學博士，武漢大學歷史學教授，曾在國民政府外交部任職並受聘擔任「開羅會議代表團」成員之一，主攻方向為西洋史與歐美政治，兩人均為當時武漢大學頗具知名度的教授。

　　除此之外，時任武漢大學教授如朱東潤（13 篇）、聞一多（4篇）、劉永濟（13 篇）、吳其昌（10 篇）、陳西瀅（5篇）、袁昌英（2篇）、蘇雪林（2篇）、胡稼胎（4篇）、楊樹達（1篇）、游國恩（3篇）與范壽康（4篇）等知名學者亦是整個《季刊》的主力撰

稿作者，根據筆者統計，在《季刊》所刊發的文章中，來自於武漢大學教授的佔到了總量的 72.9%。

對於作者群的分析，筆者還從另外一點進行了統計——即撰稿者所受的教育狀況與本人的學術背景。筆者將此段時間內所有的撰稿者分為「傳統經學」、「歐美留學生」（含香港地區）與「日本留學生」予以歸類總結（見表二，不含已故經學家郭嵩燾與葉德輝，以及日本學者桑原隲藏）。

表二

受教育背景	作者姓名
傳統經學教育	譚戒甫、劉永濟、游國恩、吳其昌、郭紹虞，劉掞藜、錢南揚、劉賾、潘重規、顏昌嶢、陳恭祿、杜鋼百、劉異、厲嘯桐、朱芳圃、谷霽光
歐美留學生	費鑒照、陳西瀅、聞一多、張沅長、胡稼胎（香港大學）、胡適、陳銓、朱東潤、袁昌英、蘇雪林、郭斌佳、高翰、陳劍儵、雷海宗、方重、黃子通，唐鉞、朱偰、王鳳崗、羅家倫、李惟果
日本留學生	楊樹達、范壽康、周貞亮、楊筠如、屠孝寔、高重源、俞平伯、王古魯、何健民

從這張表格上我們可以看出，撰稿「主力軍」仍為歐美留學生，一共為 21 人，佔到總數 43.75% 的相對多數，但這是否意味著該刊是一份以「西學」為主的刊物呢？

通過對於作者的發稿量與作者的統計，不難看出，如果僅僅只是從作者構成這一形式上看，《季刊》的主要撰稿者仍為武漢大學的教授，並且是以歐美留學生為供稿主體的——這與王世杰在〈創刊弁言〉中所說的「校外學者亦不惜以其學術文字」的「公共刊物」似乎有著一定距離。但是，如果從中國現代學術史以及當時社會生活這一語境為入手點來切入對《季刊》的研究，那麼我們很容易發

現《季刊》的相容並包性與學術前沿理念，確是走在時代前列並一直在努力踐行著「公共刊物」這一辦刊理想，從而使得該刊物與武漢大學一樣，有著「天下公器」的學術意義。

二、融貫中西：《季刊》的學術貢獻及其影響

《季刊》創刊伊始，並未刻意以任何形式的「主導理念」來指導其辦刊，唯一所遵循的即開放相容的學術自由原則。但是在「創刊號」所刊發的十三篇文章中，除卻王世杰的〈創刊弁言〉之外，僅有陳西瀅的〈易卜生的戲劇藝術〉一篇為涉及到西方文學的作品，其餘皆為中國古典文學、史料學與版本學的傳統學科論著——「重中輕西」、「昌明國粹」彷彿是《季刊》的辦刊宗旨——這與以歐美留學生為主要撰稿梯隊的刊物似乎十分不符。

吊詭的是，從表面上看「厚古薄今」的狀況在整個《季刊》中都有表現，第一卷第二期中也僅有陳劍翛的〈人類行為的幾種性質底研究〉為「西學」，其餘皆為傳統經史學科的論著，第三期、第四期亦不例外，而且自第二卷至第六卷，上述問題一直貫穿整個《季刊》之中。縱觀所收錄西學論著最多的一期為第六卷第二期，共有四篇文章（含書評）涉及西學，其餘三篇文章所討論的均為傳統經史學科的內容，而在第五卷第四期中，竟無一篇文章論及西學。

但是，《季刊》果真是「厚古薄今」的「保守派」刊物嗎？

筆者認為，《季刊》非但不是「保守派」刊物，從某種程度上講，恰恰因為有著一群優秀的留學生（尤其是歐美留學生）供稿者，他們既有著西學的視野，又有著國學的底子，這才促使《季刊》對於新理論的譯介及其與公共交往、日常生活中所產生的密切關係有

著同類刊物所不能替代的意義與作用，使其「公共刊物」之名實至名歸。

首先，《季刊》以書評的形式對社會科學前沿理論尤其是「新批評」[5]的譯介發學術界之先聲，成為國內最早關於「新批評」譯介的著述。

就國內學術界而言，一般認為「新批評」這一理論，是在上個世紀八十年代初，旅美學者趙毅衡的《新批評：一種獨特的形式主義文論》經由中國社會科學出版社出版以後，在八十年代的國內理論界掀起一陣「新批評」旋風，並迅速影響到了國內八十年代文學批評新理論的構建。

但是早在五十年前的上個世紀三十年代，《季刊》就針對「新批評」學派創始人 I・A・瑞恰慈的《實用批評：文學標準的一種研究》（Practical Criticism: A study of Literary Judgment）進行了譯介與討論，一共發表了兩篇文章——此時正距瑞恰慈諸多觀念的提出與其新著的出版尚不足一年的時間，在《季刊》關於新批評的譯介與討論中，第一篇就是發表於「創刊號」上的〈文學批評的一個新基礎〉，作者是陳西瀅（署名瀅）。

這篇針對瑞恰慈《文學批評的原則》（Principles of Literary Criticism）而做的評介，出手立論皆獨闢蹊徑，提出了「批評的原則是專為人破壞而設的」、「批評是不能離開心理而獨立的」等論點，使得對於瑞恰慈的評介有了中國評論家自己的聲音。

---

[5]　新批評是上個世紀二、三十年代形成於英美的文學批評流派，五十年代成為美國文學批評的主流。該流派反對把文學當成文獻、傳記、史料，注重文學本身的價值。認為文學不同於科學，不是實用性的。新批評強調文學內緣的研究（意象、格律、文體），主張細讀（close reading），其代表人物有燕卜蓀（William Empson）、蘭色姆（John Crowe Ransom）與瑞恰慈等人。

> 書評 新劇本選
>
> 二〇四
>
> 舊而外我們看不出有什麼其他的意義來。
>
> 也許就因為讀劇與看劇完全不一樣的緣故有此劇本的優點,我們無從領略。例如 Susan Glaspell 的 Alison's House 是一九三一年 Pulitzer 獎金的得獎者,我們讀了此劇實在想不出它所以得獎的理由來。這劇本是受了契訶夫的影響的,可是我們所見的不是契訶夫的莫名其妙的追求,不可提摸的抑鬱,而是一種做作的不自然。
>
> 讀過了此劇再讀的是寫青春期的戀愛的學校故事 Young Woodley,寫戰場看護婦的發起者英國女英雄 Nightingale 的一生的步蹺及她堅強偉大的人格的故事 Such Men Are Dangerous,讀了這樣的劇本更因不能看到它們在舞台上的表演而感到恨憾了。
>
> I. A. Richards: Practical Criticism, A Study of Literary Judgment, London, 1929.
>
> 現代文學批評的種類及派別很多好像喬琴派 (Georgian School) 亞台爾菲派 (The Adelphi Group) 新人文主義派,印象派創造派同歷史派等,在簡短的書評中不能詳述。他現在只可說 I. A. Richards 是研究主觀文學評論 (Subjective Criticism) 的重要人物,他

另一篇是由張沅長[6]所撰寫的文章（見左圖）,雖也被列為書評,但同樣仍是一篇有理有據的學術論文──尤其是對於詩人創作心理、讀者接受心理的研究,可謂是發前人未發之聲。

在文章的最後,張沅長頗具幽默地如是論述：

在文學批評中引用心理學,比起以前的文藝評論,當然是一種進步。Richards對於意義及解釋兩方面的確有一些貢獻。他教人家在心中感動的時候去讀詩、評詩,也是一種經驗之談,並不是怎樣可笑的。心理學的弱點,他也知道。除了主觀的心理分析之外,心理學對於自己許多難題沒有辦法,哪裡會有多少力量來幫文學批評的忙?Richards也是不得已才想到叩齒二十通,畫起神符念「太上老君急急如急律令敕」的。[7]

除了對「新批評」的譯介之外,幾乎每一期《季刊》都以書評的形式還對維多利亞時代的浪漫主義、海明威的小說、本間久雄的《文

---

6 張沅長係羅家倫之妻張維楨之弟,時任武漢大學英語系教授,後任中央大學英語系主任,赴臺後任輔仁大學、淡江大學英語系主任,曾著有《英國小品文的演進與藝術》,上個世紀五十年代初並在臺灣主辦過《新聞天地》英文版半月刊。

7 張沅長,〈Practical Criticism: A study of Literary Judgment 之評介〉,《武漢大學文哲季刊・第二卷第一期》,1933。

學概論》以及英國作家希斯・瓦魯柏（Hugh Walpole，1884-1941）等
作家作品、文學思潮的評介，這在當時的學術刊物甚至是文學刊物上
都非常少見的，其覆蓋面之廣（遍及文、史、哲、國際關係與比較文
化學諸多門類）、前沿內容之新（均為當時在歐美地區出版的作品）
以及觀念之獨到（以原著文本為核心的東西方文化學術考察），使得
其「書評」有了其他雜誌難以企及的洞見性與文化深度（見表三）。

表三

卷數	其刊載書評所評譯的基本內容（作者名字為英文，書名為筆者自譯）
第一卷	Clark 與 Lieber《小事件，大世界》，Richards《文學批評的原則》、Stawell 與 Marvin《西方觀念的形成》、Alexander《哲學簡史》、G. M. Sargeaunt《經典研究》、John Envine《論劇作》、Welby《維多利亞時代的浪漫主義者》、本間久雄《文學概論》、Priestly《水星雜誌小說選》、Ernest Hemingway《永別了，武器》
第二卷	P. S. Buck《西風東風：西方人的東方小說》、《歐美新劇本選》、Richards《實用批評：文學標準的一種研究》、Garrad《生活中的批評與詩學》、M. B. Forman《濟慈的文學創作》、F. E. Hardy《湯瑪斯・哈代的早期生活（1840～1891）》、H. Kingsmill《謾罵與詛咒之文選》
第三卷	Morse 和 Micnair《遠東國際關係史》、K. S. Lattourete《中國史與文化》、H. G. Eranks《奇異印度》
第四卷	W. L Cross《英國當代四小說家》、P. Horvery《牛津英國文學津指》
第五卷	S. Mogi 和 H. V. Redman《遠東問題》、M. A. Nourse《四億之眾：中國簡史》
第六卷	A. D. Mcnair《集體安全制度：一篇就職演說》、B. H. Williams《美國外交：政治及實踐》、P. Dutt《1918～1936 年的國際政治》

　　根據表三我們可以發現兩個現象：其一，自第三卷以來，書評的
篇幅大幅度減少，每一卷的書評文章數量大約只相當於第一卷、第二
卷的三分之一；其二，第三卷開始出現了關於國際關係、地緣政治等
讀物的書評，而且第五卷、第六卷的書評全部是以這類書評為主。

　　從歷史上看，第三卷出版的 1933 年是一個政局動盪的多事之秋，[8]在這樣的大環境下，再談文學未免成為了不可思議的奢侈，這也是緣何「書評」欄目從文學批評過渡到政治批評的原因所在（這也窺得當時國內國際政治學學科的人才匱乏）。但是，由於政治書評撰稿者的短缺——基本上只有郭斌佳一人如「單幹勞模」般撰稿，相對文學書評者來說，則有陳西瀅、李惟果、費鑒照、張沅長等一大批英美文學專家以「車輪戰術」形成了穩定的「供稿梯隊」。

　　正如「表一」所顯示的那樣，自《季刊》的「第三卷」開始，郭斌佳開始憑藉其外交法學功底以及其勤奮的筆頭功夫，以作者隊伍中的「後來者」一躍成為與「元老作者」譚戒甫不分伯仲的第二大撰稿人——當時的他為西方現代政治學、國際關係學在華傳播做出了較為突出的貢獻。

　　其次，《季刊》傳播了中西比較文化地理學這一前沿學術理念，尤其是注重「中國形象」在域外視野中的變遷及其問題，這亦是走在時代前列的。

　　關於這一宏大命題的討論，主要體現在兩篇著作上，一篇是方重的〈十八世紀的英國文學與中國〉（第二卷第一期）（見下圖），另一篇是張沅長的〈英國十六十七世紀中的契丹人〉（第二卷第三期）。

---

[8]　據史實記載，1933 年 1 月，日軍入侵中國山海關；二月，德國元首阿道夫・希特勒上臺；三月，美國總統羅斯福上臺；四月，國民政府總裁蔣介石提出「攘外必先安內，抗日務要剿匪」的政策；五月，中日簽訂《塘沽協定》，出賣華北地區利益；九月，國民政府發動對中國工農紅軍的第五次圍剿（見於蔡翔、孔一龍，《二十世紀中國通鑒》，改革出版社，1994）。因此，稱該年為「時局動盪的多事之秋」並不為過。

十八世紀的英國文學與中國

方重

英國文學裏用中國做材料不是從十八世紀才開始的。

自從元初維尼斯商人馬哥波羅米遊中國之後他的遊記引起了全西方人的注意而震且（Cathay）②就從此成為他們理想中的富玉奇境。哥倫布於大西洋直向西航行的目的並不在新大陸而在舊大陸的震且古國。不但是哥倫布在他前後數百年西歐各航海家的最終目標都是中國。到了十六世紀英法兩國人見了他國人都從事航海也就急起直追努力去發現達遠東的捷徑。拉雷教授（Walter Raleigh）在他的英國十六世紀的航海業一書裏說道：

「探尋震且，確是冒險界這首長詩的主旨；是數百年航行業的主旨靈魂……西班牙人已執有西行航線經過馬加倫海峽，葡萄牙人執有東行航線，經過好望角……

共（一）
「Cathay這表譯英國人給中國的名字，其假借所

源名是 Kitai（契丹）由更換斯拉夫 Ki-tab 據（Henry Yule）是猶人由北通陸路來的在古時名曰 Seras 由中世紀時名曰「Cathay」.
Sin, Chin, Sinae, China. 由北通陸路來的在古時名曰 Seras 由中世紀時名曰 Cathay.

論著
十八世紀的英國文學與中國

一五

〈十八世紀的英國文學與中國〉為方重申請斯坦福大學文學博士學位的論文《China in Eighteenth Century English Literature》修改而成，這篇文章在國內學術界流傳甚廣，其原因很大一部分恐怕是因為方重本人在 1949 年之後成為中國大陸最富盛名的翻譯家之一，[9]這篇文章論述了十八世紀英國文學中的「中國形象」這一問題——縱然在當下，此類論文亦是較為新穎的。

在開篇中，方重開宗明義：「英國文學裡用中國做材料不是從十八世紀才開始的。」而緊接其後，以航海業、馬可波羅的探險活動等諸多文化交流的具體形態來論述。尤其是，方重認識到「溝通不同的文化除卻航海通商之外，還有傳教的一層。」

在論文中，方重將英國文學中的中國形象分為「十八世紀之前」與「十八世紀之後」，在十八世紀之前，在馬可波羅等一批探險家的影響下，英國文學中的中國是高大、雄偉的東方帝國形象，而在乾隆五十七年（西元 1793 年）英國特使喬治·馬戛爾尼（G. McCartney）

9　方重在 1949 年之後曾任上海外國語學院（今上海外國語大學）英語系主任、外國語言文學研究所名譽所長，並兼任上海外文學會會長、中國外國文學學會理事、中國作家協會上海分會理事與上海翻譯家協會理事等職。

> **英國十六十七世紀文學中之「契丹人」** 張沅長
>
> 英國文藝復興與時代的文學上有幾個契丹人，其中最著名的兩個是在莎士比亞的劇本中，可是契丹人這個名辭有什麼含義呢？大家素來不大清楚到了十八世紀出了一個聰明不過的學者則做斯蒂文斯（Steevens）說，道契丹人（Cathay）這名辭等於賊或騙子。他的理由是在歐洲文學中，契丹等於中國，中國人素來善於做賊或騙子？所以契丹人的含義便是賊或騙子。這個高深不過的解釋雖然有人疑問過但總沒有人能夠證明他錯的地方，他也寃枉了我們中國人了。所以連那最重要的新英文字典 New English Dictionary 也還引斯蒂文斯的話來解釋道名辭。可憐的國人還是背著這恥辱。作者現在從這三方面研究道問題第一，契丹人這名詞在十六十七世紀中究竟怎樣用法的？第二，在道時期中，契丹人有沒有賊或騙子的惡名？第三在同時期中，中國人有沒有道惡名？
>
> 伊利沙白時代的文藝中是不大提起契丹和契丹人的，因此學者們缺乏參攷資料，對於道兩名辭究竟有什麼含義也就覺得難以確定。
>
> 論著　英國十六十七世紀文學中之契丹人　十八世紀時施蒂文斯（Steevens）在
>
> 四九五

與喬治·貢斯（G. Gunns）擔任副使的使團訪華，則直接導致了英國對於中國認識的徹底改變——此時的大清帝國，不再是繁榮昌盛的大元帝國，而是一頭破落、冥頑與自我封閉的「東方睡獅」，這使得英國成為兩次對華「鴉片戰爭」中的急先鋒。

對於英國的研究，一直是上個世紀上半葉國內社會科學研究的熱門，其很大原因恐怕是因為英國及其發動的鴉片戰爭給近代中國帶來的深重災難。這一切正如法國學者阿蘭·佩雷菲特（Alain Peyrefitte）所說的那樣，「兩個傲慢者互相頂撞，雙方都自以為是世界的中心，把對方推倒野蠻人的邊緣」。[10]而方重對於英國文學中中國「國家形象」變遷的研究，在當時也就有了特別意義。

另外一篇〈英國十六十七世紀文學中的契丹人〉（見上圖）則已幾乎被當下的學術界所遺忘，至今為止，筆者通過各種檢索、搜尋，從未見一篇比較文學、人類學、民族學或是歷史地理學的論文提及這篇論文。[11]但是筆者認為，對這篇文章的重讀有著頗為重要

10　（法）阿蘭·佩雷菲特，《停滯的帝國——兩個世界的撞擊》，生活·讀書·新知三聯書店，1995。

11　筆者根據檢索，只有福建師範大學教授葛桂錄的兩本專著以綜述的形式提

的意義，其「後殖民」意識早在薩義德或是法儂之前就已率先提出，只是可惜其文遭歷史湮滅，差些被後學遺忘了。在文章一開始，有這樣一段：

> 英國文藝復興時代的文學上有幾個契丹人，其中最著名的兩個是在莎士比亞的劇本中，可是契丹人這個名詞有什麼含義呢？大家素來不大清楚，到了十八世紀，出了一個聰明不過的學者叫斯蒂文斯 Steevens，說道契丹人 Cathayan 這個名辭等於賊或騙子。他的理由是在歐洲文學中，契丹等於中國，中國人素來善於做賊或騙子的，所以契丹人的含義便是賊或騙子。[12]

這一段話聽來真讓人大跌眼鏡，但是筆者相信，倘若有人讀過薩義德（Edward Said）的名文〈想像的地理及其表述方式：東方化東方〉，那麼，他一定會有一種洞穿歷史、疑為夢境的錯覺。因為，在《東方學》中，薩義德以莎士比亞的劇作《威尼斯商人》、埃斯庫羅斯的劇作《波斯人》與歐里庇德斯的劇作《美狄亞》為例，分析了「東方人」在「西方」的形象長期以來分為兩種——第一，是「容易戰勝」的；第二，是「危險」的[13]——作為「後殖民」的核心理論，薩義德提出這個概念是 1978 年，比張沅長晚了整整四十八年。

在論文中，為了證明自己所言非虛，張沅長還言辭鑿鑿地舉證在權威的《新英文字典》（New English Dictionary）中便有這詞條

及了這篇論文，一是〈中英文學關係編年史〉（上海三聯書店，2004），另一則是〈霧外的遠音：英國作家與中國文化〉（寧夏人民出版社，2002）。

[12] 張沅長，〈英國十六十七世紀中的契丹人〉，《武漢大學文哲季刊·第二卷第三期》，1933。

[13] （美）愛德華·薩義德，〈想像的地理及其表述形式：東方化東方〉。見於張京媛，《後殖民理論與文化批評》，北京大學出版社，1999。

解釋，而且字典中還引用了斯蒂文斯的原話。為了弄清楚這件事情的來龍去脈，張沅長提出了自己的研究框架：「第一，契丹人這名詞在十六、十七世紀中究竟是怎樣用法的？第二，在這時期中，契丹人有無賊或騙子的惡名？第三，在同時期中，中國人有無這惡名？」[14]

這恰恰構成了這篇論文的三個結構組成，當然，張沅長力圖用雄辯的語言、縝密的思路與充分的證明來顛覆中國人在英國人心中的形象問題。在張沅長看來，首先，斯蒂文斯對於契丹的偏見性定義，來自於莎士比亞劇作中對於契丹人的嘲弄，而文學作品中的某些陳述，或許只是基於作者意識形態或表達需要的虛構，而不具備客觀真實性、真理性；其次，他認為，是英國人將契丹人與韃靼人混為一談，「韃靼人雖難逃不了一個賊名，契丹人卻無人可以說他們是賊的。」[15]

在論文的最後，張沅長論述了「中國人」這一符號在海外的形象變遷問題。[16]通過對於不同時代英國文學作品的分析，張沅長認為「中國人」雖然與英國風俗、習慣、宗教信仰甚至文化個性格格不入，但是從整體上看「中國人」這一符號在不同時代的英國文學作品中，始終是積極、勤勞、誠實與質樸的正面形象，基本上找不

---

[14] 同註 13。

[15] 同註 13。

[16] 關於這一問題，其實後學者一直在論述，筆者將另一觀點摘錄如下，以求方家指正：「然而值得注意的是，外來的觀察者──馬可波羅即是一例──對這種基本的中國共同體並不理解。對於 14 世紀的歐洲人來說，Cathay──它是由契丹種族的名稱派生而來的一種稱呼，意為『北中國』──是一個與 Manzi（蠻子，南中國）不同的國家。只是到了 16 世紀的『大發現時代』，歐洲人才開始明白 Cathay 與 Manzi 實際上是我們現在所稱的中國這個更大的共同體的組成部分。」見於傅海波、崔瑞德、史衛民，《劍橋中國遼西夏金元史》，中國社會科學出版社，1998。

到對於「中國人」的反面介紹與歪曲性的文學創作。因而，斯蒂文斯的言論純粹屬於無中生有的「捏造史料」。在文章的最後，張沅長對於這種近乎狡辯性的捏造，也深覺無奈：

> 在這樣一樁公案中，要找到能令「強辯者」滿意的證據，是絕不可能的。就使作者運氣好，找到一本十六、十七世紀字典中間有 Cathayan 這字，但字底下的注解中決不會有「不做騙子或賊解」字樣的。要證明 Steevens 的證據靠不住是很容易的，其餘卻不易了。作者在可能範圍內搜集關於中國和契丹的全部資料；拿 Steevens 所可用的證據和反對 Steevens 論調的證據都聚攏來；這樣得來的結論才不至於冤屈人家。這個問題雖是很有興味的問題，但並不怎樣了不起的。作者一方面驅除這個侮辱「中國」的字義，一方面也借此表演一個幾乎無法證明的反證法。[17]

三、語言容器：公共交往下的話語範式研究

正如 Timothy B. Weston 在《陳力就列：北大、知識分子與中國政治文化（1898～1929）》中所定義的那樣，現代中國知識分子在整個中國社會現代化的進程中所扮演的是一種公共關係的穩定劑。從本質上說，知識分子的意義並不在於某種具體工作的實踐，而是憑藉自身的公共交往，形成一種獨特的意識形態影響力。[18]

---

[17] 同註 16。

[18] Timothy B. Weston，The Power of Position：Beijing University，Intellectuals，and Chinese Political Culture（1898–1929），University of California Press，2004。

　　這種「影響力」具體來說，便是知識分子憑藉自己特有的「公共交往」方式進行一種社會實踐，從而形成現世的獨特反響。在上個世紀上半葉，部分中國知識分子最常用的「公共交往」方式就是辦報辦刊，掌握社會的輿論與話語權力，進而讓自己或整個知識群體的觀點與主張得到弘揚——換言之，這些知識分子的言論並非是純粹從學術出發的，而常常是以一種「公共知識分子」的話語範式介入到社會、時代與政治的語境當中。

　　縱觀《季刊》的作者群及其所刊發的文章，按照其方式不同可以分為三類話語範式——並不介入政治話語、以學術的姿態介入政治話語以及從純粹的政治話語介入。通過對於這些文章的分析，亦能窺得當時知識分子在「公共交往」中所處的個人語境及其應對策略。

　　當然，這裡首先要明晰「公共交往」這一語彙的含義，哈貝馬斯（J. Habermas）如是定義其功能意義：「公共交往在大眾民主中發揮著中心作用。」[19]但是從具體形態上講，「公共交往」所涉及的領域包括以社會為核心的人類活動，是與「私人交往」所對應的一種人類活動形態。從倫理學上講，「公共交往」中最典型的交往關係可以上溯到亞里斯多德的定義——所謂公共交往，其典型範式便是「一個人」同「陌生人」——即同失去個別性而顯現為無差別的對象整體，即一般的、複數的他者之間的關係[20]——在這裡，作為知識分子的撰稿者，其「公共交往」便成了自己與作為他者的讀者之間生成了新的「話語範式」。

　　下面，筆者從「公共交往」這一概念的本身出發，結合《季刊》所刊載的文章與作者的背景將其分為三類不同的話語範式。

---

[19]　（德）J・哈貝馬斯，〈在事實和規範之間：一個作者的反思〉，《世界哲學》，2009.4。

[20]　（古希臘）亞里斯多德，《政治學》，商務印書館，1965

　　第一類話語範式是純粹的學術研究，並不介入到政治或公共話語當中，無疑，這是有別於同時代部分（尤其是帶有自由主義、左翼政見）知識分子的。

　　這類文章的作者基本上都沒有西學背景，而且其治學的路子與乾嘉學術體系的「辨章學術、考鏡源流」有著極其類似的淵源關係，當然從更深層次來看，這也與他們本身對於西方社會意識形態中的民主、自由與人權等若干概念的缺乏有著必然的聯繫。在 1949 年之後的歷次政治運動（特別是反右）中，他們也都奉行著明哲保身的法則，從而並未受到太大的衝擊與打壓。

　　如游國恩、郭紹虞與錢南揚等人，本身就是純粹的學者，並不參與政治。其中唯一在政壇短暫地有所作為的便是譚戒甫。[21]當然，他們（包括譚戒甫）所發表的論著也是涉及到文獻版本考據、簡帛史料鉤沉、音韻訓詁斟酌以及經史子集辨識等方向，這些論著對於當時的時政與社會改良並無直接性的關係，甚至還會受到「西學」學者如魯迅、郭斌佳等人的譏諷（後文待敘），因而，這些學者的作品只面向學術界，並非普羅大眾。

　　此類作品在《季刊》中佔到較大的比重，譬如游國恩的〈五言詩成立的時代問題〉（第一卷第一期）、劉賾的〈古聲同紐之字義多相近說〉（第二卷第二期）、劉永濟的〈天問通鑒〉（第三卷第二期）、譚戒甫的〈商容傳說之偽辨〉（第四卷第四期）與譚戒甫的〈墨子

---

[21] 據筆者統計，1938 之前，譚戒甫曾擔任或兼任過如下職務：「光復軍」司令部交際主任、湘西鎮守使署參謀、湘粵桂聯軍授鄂第三路軍總司令秘書、湘岸榷運脊嶺粵稅分局兼煤田分局局長、湖南議會編制主任、湘岸榷運總局秘書長、湖南省長公署秘書長、岳關和株洲折驗處處長、粵漢鐵路湘鄂路局秘書主任、國民革命軍第三路游擊司令（歸第四路軍指揮）、湖北省縣長考試委員會裏校委員、省立《通俗日報》總編、上海《民權報》及《湖南公報》、《國民日報》文藝編輯與《民國日報》主筆等等，抗戰爆發後遂辭職從教。

小取弟四章校釋〉（第五卷第一期）等等，此類文章，每期均有兩篇以上，不勝枚舉。

第二類話語範式是與現世社會有關的學術著述，以理論切入並談及問題。

這類文章的作者在《季刊》中所佔比重不如前者，但這些文章卻有著較大的分量，影響力並不只在其學科、範圍之中。這批學者大多數都有著留學背景，但文章卻不以「西學」為主，譬如陳劍脩的〈人類行為的幾種性質底研究〉（第一卷第二期）、費鑒照的〈古典的與浪漫的〉（第一卷第三期）、劉掞藜的〈唐代藩鎮之禍可謂為第三次異族亂華〉（第一卷第四期）、王鳳崗翻譯 J. K. Norton 的〈美國課程編制的新趨勢〉（第三卷第四期）與范壽康的〈孔子思想的分析與批評〉（第四卷第三期）等等。

當然，這些論著多半並非是從「問題」而是從實證或理論入手，但卻對於當時社會諸多問題產生了影響，部分論著雖然涉及古典文學、古代史方面，但卻對於當時的社會思潮與理論構建有著頗為緊密的聯繫。我們可以這樣理解，對於某些前沿理論、文化觀點的闡釋是他們撰稿的初衷，但他們卻沒有走向考據，而是走向了實證研究與理論闡釋。

這些文章所佔比重並不輕，從撰寫動機來看，作者預期他們的接受者為受過教育的普羅大眾，其著述的目的並不純粹在於學術考辯，更在於對於現世問題理解的干預。譬如對於孔子的再度闡釋，對於民族問題的理解，雖然是「借古人酒杯」，但卻是「澆今人塊壘」。

第三類話語範式則是從「問題」出發的論著，它們成為了《季刊》與時俱進、積極運用公共理性的重要方式。通過對具體篇目的分析，筆者發現，《季刊》在當時聚集了當時頂級的幾位時評撰稿

者，雖然人數不多，但他們並非都是留學生出身──儘管都有著較為深厚的西學功底，並且對於國際關係、法學、政治學與社會學都有著獨到的見解，部分撰稿者在當時是頗為活躍的時評家。

正如前文所述，真正涉及到時評的文章，多半出現在 1933 年日軍入侵山海關之後的《季刊》，這體現了學術刊物不得不「共赴國難」、「與時俱進」的公共性，而其中的代表就是郭斌佳、陳恭祿[22]等學者。

在《季刊》中，最早出現的這類文字便是第三卷第一期（1933 年 3 月）上刊登陳恭祿的〈甲午戰後庚子亂前中國變法運動之研究（1895～1898）〉（見上圖），這篇文章直接從近代中國諸積弊入手，頗有「借古諷今」的意味：

> 中國自訂《南京條約》以來，迭受外國之壓迫，始則給予外商之特殊權利，繼則喪失外藩，後則領土不能保全。幾至瓜分之禍，一如非洲。其禍最盛於一八九七至一八九八年間。於此，這五十餘年之中，士大夫則未能徹底覺悟，多持夷夏之說，嚴防外人，從不虛心考察西方政治制度、社會情形、經濟狀況，而比較其與中國異同之點。審查其利弊，以便施行改革，平時講求八股小楷，茫然不知當時之務，仍信中國

---

[22] 有趣的是，陳恭祿是在國內接受西學教育的（揚州美漢中學、金陵大學歷史系），他是當時知識分子的一個特例，即無留洋背景，但卻對國內「堅守國故」者給予無情的打擊。這在當時是頗為少見的，但其影響卻不可小覷。

之政教遠非外國所能及。胸中橫有成見，自難明瞭國內政治上社會之積弊。[23]

　　透過對於陳恭祿這段話的理解，我們可以看出，與其說他借古之論述，倒不如說他諷今之時評，畢竟中華民國政府並未廢除大部分仍具有法律效應的不平等條約，因而，他對於「講求八股小楷」的傳統士大夫對「當時之務」的「茫然不知」是何等鄙夷（此類知識分子很多在當時都健在）。在後文，他還用「昏庸傲慢」這一語彙來形容，並且認為他們「乃中國貧弱外交失敗之一主因」。

　　在此之後，幾乎每期《季刊》都會以專題論文或書評的形式發表關於時評的著述。

　　從本質上講，時評類著述就是在公共視域內以文字的形式對於理性的運用。在第三卷第一期之後的第二期，書評專欄遂推出了郭斌佳關於《遠東國際關係史》、《中國史與文化》與《奇異印度》的書評，這樣成規模地推出一組由同一個人撰寫且主題相近的書評在當時是非常少見的。包括郭斌佳在第四卷第三期所撰寫的〈民國兩次革命史〉、第五卷第一期的〈日俄戰爭〉等等，所討論的議題在當時來說都是頗為新銳敢言、切中時弊的。

　　筆者認為，這三種不同的文字，從實質上反映了當時中國知識界的三種話語範式——以及在這三種話語範式之下的公共交往。在同一份「公共刊物」上，三種話語的聚集使其具備了「語言容器」（Words Vessel）的特性。[24]

---

[23] 陳恭祿，〈甲午戰後庚子亂前中國變法運動之研究（1895-1898）〉，《武漢大學文哲季刊・第三卷第一期》，1933。

[24] 胡果・巴爾（Hugo Ball）認為，所謂「語言容器」，其本質就是在公共性前提下所產生的一種由不同的「獨立話語」集合結構，在這個結構中，所有的話語及其附著的觀點都因為公共性而得以合法化。但是，不同話語之間的關係必須分別不同，進而形成了類似於「容器」的「獨立話語」集合。

四、結語：重讀《季刊》的意義及其學術價值

作為一份雲集了較多一流知識分子的大學學報，當下對《季刊》的研究卻陷入了「冷門」，其非但未能構成如《新青年》、《萬象》般的影響力，甚至學術界對其知之甚少。就特定時期中國知識分子表達方式研究及其意識形態變遷而言，對該刊的研究仍然有著管中窺豹的意義與學術價值——這也是重讀《季刊》的意義與價值所在。

筆者通過上文的分析，進而具體地認為，重讀《季刊》有如下三重意義及學術價值：

首先，從《季刊》所刊載文章的文體、內涵與話語方式上可知，當時中國知識界存在著三重不同的「眾聲喧嘩」的話語範式，這是對當時中國知識界譜系進行考古的重要研究渠道。

《季刊》實質上是當時中國知識分子公共交往、話語表達方式的縮影。正如前文所述，在 1930～1937 年的中國人文社科知識界，確實存在著三種不同的話語範式，一種是純學術的話語，這類學者一般多受傳統國學教育（除了聞一多等極少數學者之外），且基本上沒有官方背景，其學術視域使得他無法明確地感知到未來中國政局的變化，因而他們仍然沉浸在考據、辨章的學術天地中——當然，這樣一批學者到了 1937 年之後，因為自身「民族性」的認同，使得他們成為了在知識界主張抗日的中堅力量。

除此之外，「問題式」與「理論式」的話語亦構成了當時《季刊》上最值得研究的亮點。這兩種話語都不同程度地扮演了知識分子話語如何進入社會生活尤其是政治生活的角色。通過對《季刊》

見於 Hugo Ball，John Elderfield，Flight out of time：A Dada Diary，University of California Press，1974。

的分析，我們也可以得知，作者的學術研究領域、學術主張與其受教育背景有關係，但不絕對。譬如留美學生聞一多、胡適對於傳統經學、詩學的鉤沉已然展現出了他們深厚的國學功底，但沒有留學背景的陳恭祿則以借古諷今的筆調對於當時的時局發表了自己的看法——這也是當時知識分子比較常用的一種話語範式。

其次，從《季刊》所張揚的觀點、譯介的理論與所闡釋的看法上看，在特定的時代裡，新的理論構建往往與新的社會問題息息相關，從而形成一種實用理論（Pragmatic theories），這也是當時知識分子進入公共領域形成真正意義公共交往的途徑與方式。

譬如前文所述方重與張沅長對於「中國形象」的分析，實則是意圖在當時語境下探索中國如何在世界語境下獲得「圖景復興」，而「新批評」的譯介則是為了打通中國心理學與文學研究的橋樑——在當時，文本研究與心理研究都是人文社科界的熱門話題。至於在其後幾期以書評的形式譯介西學，更是從國際關係、地緣政治、法學與社會學等學科入手，目的是如何解讀當時複雜的國際政治關係。

就當時而言，作為整個人文學科，其治學訴求於一種「經世致用之學」，這也是 1937 年之後中國知識界陣營緣何土崩瓦解的另一個重要原因，部分人文學者甚至覺察到了人文社科知識在動盪時局下的「無用」，遂紛紛將自己的子女送去讀工科。[25]而部分從事文科的學者則將「關注當下」的時評或對時局、當時社會的解讀作為自己引進西方前沿理論的入手點。

---

[25] 當時最有名的便是「無錫三錢」——三位國學大師錢家治、錢玄同與錢穆均將自己子侄錢學森、錢三強與錢偉長培養成為了當時首屈一指的理工科巨匠。

最後，從撰稿者的構成來看，有著歐美留學背景的知識分子在當時知識界的公共交往中處於主導地位，尤其是在社會動盪、時局轉型期，起著不可替代的作用。

從郭斌佳在作者群中後來居上，直追譚戒甫成為第二大撰稿者這一事實我們可以看出，在社會相對較為平穩時，儘管傳統經學及其研究者有著較為開闊的接受空間，但是他們始終是面向極少數讀者的，始終不能形成成規模的「公共交往」。但是在時局動盪時，社會政治進入到日常生活的公共領域當中，形成了日常生活的主流話語，這就促使了郭斌佳這樣時評學者的「走紅」──憑藉短短幾期的發稿量就可以一躍而上成為第二大撰稿者。

郭斌佳只是當時西學知識分子如何進入公共視域並且掌握話語主導權的一個範例，但是從對郭斌佳的分析，我們可以看出，在短文與長論中，郭斌佳更擅長短小精悍的書評；在傳統經學與西學中，郭斌佳尤其擅長西學，在理論與實證中，他亦是一個非常精於實證的批評者。

如郭斌佳這樣的學者在 1930～1937 年的中國知識界並不鮮見，如羅隆基、章伯鈞以及儲安平等等，他們對於政治的激情大於對學術的熱情，對於當下的批評多於對於經典的反思，畢生鮮有系統性的學術專著，卻有著大量的短論──這是在當時最好介入公共生活話語的辦法，也是知識分子實現公共交往這一理想的重要話語範式。

綜上所述，對於《季刊》的審慎性思考，可以進一步窺探到1930～1937 年中國知識界的諸問題，當然這些問題的本質就是如何建構一個如何以學術研究為核心從而進行公共交往的話語範式──他們的主體是以「精英」為意識形態主導的知識分子，而客體

則是日常生活語境下的普羅大眾，在這重語境下，話語範式便構成
了溝通兩者之間的橋樑。

第四章

獅吼聲何處

——關於《獅吼》雜誌及其後期文學活動史料考

親愛的地獄之善鬧者啊！相信我吧，最大的事變，不是我們最喧吵的，而是我們最沉默的時刻。世界不是圍繞著製造鬧聲而旋轉，它繞著新價值之發明者而旋轉，它無聲地旋轉著。

——尼采（Friedrich Wilhelm Nietzsche），1883

你以為我是什麼人？是個浪子，是個財迷，是個書生，是個想做官的，或是不怕死的英雄？你錯了，你全錯了；我是個天生的詩人。

——邵洵美，1930

《獅吼》雜誌是由民國文學社團「獅吼社」於 1924 年創辦的文學刊物，起初由「獅吼社」負責編輯、國華書局承辦發行，在 1927 年之前，這份刊物實際的管理者為滕固、方光燾等「獅吼社」創社核心成員，但由於經費原因，曾停停辦辦，更改刊名，一直處於經費拮据的狀況，其後曾改由邵洵美的金屋書店發行。1928 年 7 月 1 日，

邵洵美正式全盤負責了這份刊物，將其命名為《獅吼‧復活號》（見上圖）重新出刊，及至 1928 年 12 月，該刊共發行十二期後宣告停刊，以邵洵美為核心的「獅吼社」群體又重新創辦了《金屋月刊》。

李歐梵先生曾說，「在中國現代文學的歷史裡，邵洵美比大部分作家都不為人知，因為他最不符合有社會良知的『五四』作家之典型。」[1] 並挖苦道「邵洵美教了項美麗吸鴉片，而他自己無疑是染上了癮。」[2] 觀點開明如李歐梵對邵洵美尚有此誤解，中國大陸學界對於邵洵美的理解更可想而知。

從研究成果來看，自 1949 年至今，中國大陸研究界對於《獅吼》雜誌研究是非常不夠的，[3] 甚至多種關於《獅吼》採訪資料、研究材料都出現了一些紕漏硬傷，如記者在採訪邵洵美的女兒邵綃紅時就弄錯了《獅吼》復活號的出版日期，她說，「1927 年 7 月《獅吼》復活號第一期出版。」[4]

不獨中國大陸學界如此，由於現代文學的「研究對象」在中國大陸，對於邵洵美的視而不見甚至還影響到了美國漢學界，加州大學洛杉磯分校比較文學系教授史書美（Shu-mei Shih）在其專著《現

---

[1] 李歐梵，《上海摩登》，北京大學出版社，2006，p256
[2] 同註 1。
[3] 在萬方、CNKI 與維普三大學術期刊資料庫中，筆者並未檢索到關於《獅吼》雜誌的專題論文，但是在一些關於現代文學的學術專著中，卻有著對於邵洵美辦《獅吼》雜誌的提及，譬如解志熙的〈美的偏至──中國現代唯美－頹廢主義文學思潮研究〉（上海文藝出版社，1997）、張偉〈花一般的罪惡：獅吼社作品、評論資料選──中國新文學社團流派叢書〉（華東師範大學出版社，2002）等。雖然關於獅吼社的研究學者並不多，但李歐梵稱「供職於上海圖書館的張偉先生是唯一的對『獅吼社』做了研究的中國學者」也是不準確的。
[4] 這個說法的原文來源於〈邵洵美女兒綃紅追憶父親文學路上苦樂〉一文，原載於《南方人物週刊》，2008.4.29。

代性的誘惑：書寫半殖民地中國的現代主義（1917～1937）》[5]中，僅用數百字詳述「獅吼社」與《獅吼》的種種，但在這寥寥數百字中，竟無邵洵美三字，亦不提及《獅吼・復活號》的意義與價值，這不得不說是這本書的一個遺憾。

但《獅吼》特別是《獅吼・復活號》對於中國早期唯美主義的傳播、文人集團的關係以及文學期刊的研究卻有著較為重要的意義。客觀地從史實來看，若對《獅吼》雜誌及《獅吼・復活號》若無公正客觀的評價與重視，那麼對於現代文學尤其是中國現代唯美主義、浪漫主義文學的研究是不完整的。筆者認為，對於這一問題的最好研究方法，就是從原版《獅吼》雜誌及《獅吼・復活號》這一珍稀史料入手，鉤沉歷史，還原真相。

一、從「滕核心」到「邵核心」

根據出版時期與辦刊形式來看，《獅吼》雜誌大致可分為兩個時代，前期為「滕核心時代」，後期為「邵核心時代」，在「滕核心」時代裡，《獅吼》雜誌可謂是停停辦辦，刊名多樣，且就目前可以看到的史料來看，從前期「滕核心」時代跨入到後期「邵核心」時代時，《獅吼》經歷了兩個不同的發行單位，「滕核心」時代，該雜誌是由「國華書局」所負責發行（下圖為滕固主編的《獅吼》），到了「邵核心」時代，發行易主──民國十六（1927）年6月，邵洵美接手《獅吼》月刊（僅出兩期）、《獅吼・復活號》半月刊（出版十二期後停刊）。在這一時期，該雜誌全部則由邵洵美本人的「金屋書店」負責發行。

---

[5]　此書英文版由加州大學出版社出版（2001），中文版由江蘇人民出版社出版（2007），對獅吼社的論述主要見於該書第一部分的第四章「利比多與民族國家：郁達夫、滕固等人的道德頹廢」。

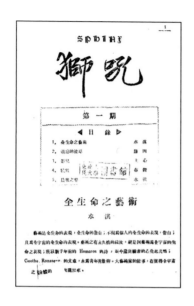

「國華書局」是上海較為出名的一家出版社，也是我國較早的出版社之一，創辦於清末戊戌變法時期，創社時曾因出版嚴復的《嚴幾道詩文鈔》而揚名國內，該社一直持續到1948年才倒閉，但因《獅吼》雜誌是同人刊物，發行量較小，屬於近乎自費出版，故未受到國華書局的應有重視，甚至從第一期到第五期（1924年7月5日到8月15日）都沒有刊登過一篇廣告——包括國華書局自己的圖書廣告。

這既是國華書局不重視該刊物的原因，也與滕固、方光燾、章克標等辦刊者的取向有關，他們主張「純藝術」的理念，拒絕刊物商業化。在這樣的前提下，《獅吼》雜誌自然幾乎到了無以為繼的地步，不到半年時間，《獅吼》到了停刊的邊緣。

可以這樣說，正是邵洵美的出現，才讓《獅吼》雜誌走向了新生。嚴格地說，邵洵美不算「獅吼社」的創始成員，他只是因為一次偶遇，便成就了與《獅吼》的緣分，在《我的父親邵洵美》中，邵綃紅如是回憶：

> 他從歐洲回來，途經新加坡，登陸觀光，在報攤上發現了一份吸引他的雜誌——《獅吼》的時候。那是一本同人雜誌，以滕固為中心，編輯章克標，還有方光燾、張水淇、黃中那班人，都是沉浸在當時文學藝術最風行的唯美派的文章裡，

84

甚至有西歐的波特賴爾、魏爾侖、王爾德所鼓動激勵的東西，深合洵美的胃口。所以，他一到上海就去找「獅吼社」，和滕固傾談之下一拍即合，他倆後來成為深交。[6]

根據《海上才子：邵洵美傳》書後所附的「邵洵美年表」所記載，這一年應是 1926 年，也就是他與盛佩玉結婚的前一年，但這時的邵洵美只是「獅吼社」的新成員甚至是邊緣成員，並不是「獅吼社」的核心成員，所以他對於《獅吼》雜誌並無主導權，更無決定權。「獅吼社」對於邵洵美的吸納，更多因素是考慮到邵洵美雄厚的經濟實力。在邵洵美加入「獅吼社」以後，獅吼社在數年時間內也從「滕核心」變為「邵核心」，這一「權力核心」的變化，實際上也暗含了《獅吼》雜誌辦刊風格、形式的嬗變。

邵洵美是如何成為「獅吼社」核心的呢？

在滕固、章克標、方光燾與張水淇等人在 1924 年創辦的《獅吼》雜誌中，並未看到過有邵洵美的作品，其中出現最多的是滕固本人的散文與藝術評論，如第一期的〈遺忘的彼岸〉、第二期〈文藝批評的素養〉與〈失業與失德〉，第三期〈民眾的教養〉以及第四期〈心醉之鄉〉等等，幾乎每期都有一到兩篇滕固本人的作品，其次為水淇（張水淇）、萊蒂（夏萊蒂）等人的作品，其中也包括在第三期郭沫若的〈再上一次十字架〉這一名篇。但從整體上看，每一期平均頁數為十七頁至十九頁，且無廣告，定價為「每月兩期，每期四分」，從這點來看，其稿源是相對狹窄，受眾相對狹小的。（下圖為《獅吼》復活號的目錄）

6　邵綃紅，《我的父親邵洵美》，上海書店出版社，2005。

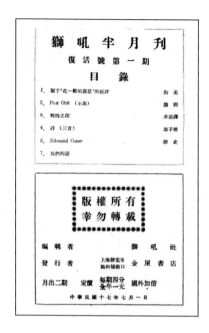

上個世紀二十年代的上海，新聞紙的價格遠遠高於一般用紙的價格，且印刷價格、發行價格等附加費用，都遠非一個文人集團所能承擔，《獅吼》初創時的滕固才從日本留學回來，屬於一個文學愛好者，而方光燾則也是剛從日本留學回來的中學教員，兩人的精力、財力都有限，維持一個刊物的運轉，並非他們倆所能及。

邵洵美是1926年加入「獅吼社」的，在滕固為主、方光燾為副的「滕核心」時期，邵洵美只是作為「獅吼社」的同仁而存在，期間《獅吼》曾一度停刊，並以《新紀元》的刊名在1926年一月發刊（共兩期，邵洵美沒有作品）。但這份刊物影響並不大。1927年4月，邵洵美應老朋友南京市長劉紀文之邀，前去南京做市政府秘書，這份差事他只做了八十七天就辭官而回，並決定終身不入仕途。

正是在南京「做官」期間的1927年6月，他選擇接手了《獅吼》雜誌，並在南京「遙控」這份雜誌的編輯，讓自己的「金屋書屋」辦理發行。起初，邵洵美意圖利用自己在南京的知名度，將這份雜誌辦成月刊的形式。但這份「月刊」其實名不符實，且不說第一期與第二期相隔八個月，其頁碼也厚的驚人，第一期九十六頁，第二期九十四頁。在這兩期中，開始有了邵洵美本人的譯作、小說

——當然，邵洵美仍把滕固的文章如〈文藝批評的新方向〉、〈流星〉與〈下層工作〉等放在首要位置。邵洵美為了讓《獅吼》良性運轉，還將金屋書店的「新書預告」做成彩色的插頁，放在封底與封一處，這些「新書」既包括邵洵美的小說集〈妹妹的眼淚〉、郁達夫的小說〈蜃樓〉也包括滕固本人的小說集〈平凡的死〉。

但就在第二期，這份刊物竟然在封底「本社啟事」的方式宣告了「停刊」，並且在雜誌的最後一頁附上了一篇文章〈老著面皮說話〉（見下圖），作為「停刊」說明：

> 這也許只有我們才老著面皮做得出吧？在去年六月出了第一期，直到今年二月方出第二期；第一期創刊，接著第二期便休刊。不瞞你們說，我們雖都不是沒有家室的人，但不知怎的一年四季也還是東西南北地流浪。水淇在杭州；滕固、洵美在南京，貽德在日本，克標在病院，常玉又到巴黎去了。要有團結才辦得起的東西，怎經得起四處分散？加之重重由第一期出版後得到的經驗，所以我們決計將他停辦了。立達

87

paradox 說：「起初是人辦雜誌，到後來是雜誌辦人。」不肯受束縛的我們，怎原一（應為「願意」，筆者注）被雜誌來壓迫？只是回心想想，狠是對不起我們的熱心的讀者而已。

不過獅吼月刊雖暫時停辦，克標與朋史又經營起個半月刊來，那便是將由金屋書店出版的金屋半月刊，撰述者還有滕固、邵洵美、張水淇、方光燾、張若谷、夏萊蒂、傅彥長、倪貽德、滕剛等，我在此地謹為愛讀獅吼者介紹。

非必要的閒話，情願少說，我們的獅吼月刊，便從今天起暫時停辦了，不多幾時，便有金屋半月刊出版，請你去買來讀吧。[7]

之所以把這一段文字摘錄下來，其實為了闡明「邵核心」如何取代「滕核心」的全過程。在此，還有兩處史料必須提及：1929，滕固已經去了法國，攻讀美術史的博士學位，方光燾也於 1929 年被浙江省教育廳公派去了法國里昂大學攻讀語言學，可以說，這一次比前一次走得更遠。這份「停刊詞」裡，也說得很明白，既然大家都不在一起，那麼這份刊物的編輯工作，就變得非常困難。

而且，邵洵美的金屋書店準備出版《金屋半月刊》，替代《獅吼》雜誌，這是邵洵美意圖成為「獅吼社」核心的另一個表現——這將在後文予以詳敘。

但是，史實卻是，這份刊物剛剛停刊，邵洵美便從南京辭官，回到了上海。開始經營他的金屋書店，至於他所說的《金屋半月刊》，亦是子虛烏有之事。在滕固、方光燾相繼離開上海去了法國之前不久的 1928 年 7 月，邵洵美重新將《獅吼》復刊，1928 年 7

---

[7]　〈老著面皮說話〉，《獅吼月刊‧第二期》，1928.3。

月1日將其命名為《獅吼‧復活號》，每期實洋五角，是五年前《獅吼》雜誌定價的十餘倍——縱然拋去上個世紀二十年代上海通貨膨脹率，從其定價亦能看出《獅吼》從「同仁雜誌」向「商業雜誌」的轉型。

在《獅吼‧復活號》的發刊詞裡，邵洵美這麼說：

> 獅吼半月刊變成新紀元，新紀元變成獅吼月刊，獅吼月刊現在又變成獅吼半月刊了。此中的經過與我們的苦衷也用不到在這裡講了，好在從此我們當重新做起，我們只有三個希望。
>
> 一、從此不再停頓或脫期；
>
> 二、能一清這混亂的文壇；
>
> 三、多得到幾位同志。[8]

在《復活號》裡，邵洵美的文章〈關於「花一般罪惡」的批評〉放到了頭條第一篇，其後一連若干期，都是邵洵美的作品放在頭條，這是之前任何版本的《獅吼》雜誌都沒有過的——之前頭條幾乎都是滕固的作品。可以這樣說，在滕固、方光燾即將出國，「獅吼社」核心成員離散的情況下，邵洵美憑藉自己的財力與社會影響對《獅吼》雜誌的支援，使得自己成為了「獅吼社」名副其實的新核心，這是不爭的歷史事實。

二、《獅吼‧復活號》對歐美文學的譯介

當然，邵洵美變成「邵核心」並非是「恃財奪權」，一份同仁文學雜誌能有什麼權力可奪呢？家財萬貫如邵洵美，都可以從南京辭官不做，趕到上海接管、重辦這份刊物，很大程度上可以說明邵

---

[8]　〈我們的話〉，《獅吼‧復活號‧第一期》，1928.7.1。

D. G. Rossetti

(1828－1882)

邵洵美

（一）

朋友的話

"洵美，你可曾知道有一個基梅僧在批評你的'花一般的罪惡'嗎？"

"拜讀過了。"

"你以為如何？我覺得這位孫先生根本便不能了解你的詩，根本便未曾懂得什麼是詩？"

"我已有篇東西答復他了——登在上期的'獅吼'中。我但恨沒有空閒可以細細地和他一談。我覺得這位孫先生是和我一般的苦惱；不能了解人家的詩與自己的詩不能被人了解是一般可憐耶。"

"總說，'孫梅僧'是個假名字。"

洵美本人對於文學事業的熱愛，畢竟滕固本人並不善於經營，也無財力可經營，同樣作為作家，邵洵美對《獅吼》的接管，顯然對其發展有著很重要的意義。作為中國早期唯美主義文學的代表人物與刊物，「邵核心」及其《獅吼》雜誌對於這一思潮的引入、推廣與傳承，是有著較大貢獻的。（上圖為邵洵美在《獅吼》上譯介羅瑟蒂的評論）

《獅吼》雜誌在「滕核心」時代，可謂是「純藝術辦刊」，整個刊物雖然有著較高的文學價值與審美品位，但在十里洋場的十九世紀二十年代，這種純文學刊物常常難以維持。雖說「獅吼社」作為新文學早期社團，在現代文學史上有著較重要意義，但是公允地說，滕固、方光燾等人算不上一等的作家，因為他們本身並沒有較為重要的文學作品，如果沒有邵洵美的出現，獅吼社與《獅吼》雜誌在現代文學史的地位或許會更低。

滕固等人創辦「獅吼社」，旨在集中、團結一批熱衷於西方唯美主義的作家，創立一個屬於同仁的團體，在《獅吼》1924 年 7 月 15 日的創刊號中，發刊詞是這樣寫的：

> Sphinx 原為古代埃及人雕刻，婦人的面獅子的身體。有人說：人的原案一半是獸性；是古代人煩悶的象徵。我們現在要建一座現代人的 Sphinx。[9]

---

[9] 〈發刊詞〉，《獅吼·第一期》，1924.7.15。

「煩悶」（或「苦悶」）是困擾現代中國文學史的一個奇異的主題，其源頭來自於日本唯美主義者廚川白村，尤其是他的代表作《苦悶的象徵》傳入中國後，中國文壇中原有的「苦悶」、「煩悶」等因素被大大地調動了，短短幾年內，這種「煩悶」幾乎成了一種文壇流行病，貫穿在較多作家作品當中。[10]

在鉤沉史料的同時，我們必須要釐清兩個概念，一個是歐洲的唯美主義，一個是日本的唯美主義，這兩個概念都幾乎曾在同一時間傳入中國，但是卻有著本質區別，以王爾德、波德賴爾為代表人物的歐洲唯美主義，主張「為藝術而藝術」，追求「超道德」化；但日本的唯美主義卻是以廚川白村、三島由紀夫以及谷崎潤一郎等人為代表，他們所追求的是一種物化的「非道德」行為。雖兩者都講求文學創作中以細節取代情節，以描寫取代敘事，但其本質是不同的。

滕固、方光燾、章克標、張水淇這四位「獅吼社」的創社元老皆為留日學生，唯獨邵洵美從未去過日本，創社時的《獅吼》所主張的「唯美主義」及其文學實踐，基本上均是日本唯美主義。

---

[10] 廚川白村及其「苦悶」的主張傳入中國現代文學史的時間，與中國新文學的肇始期幾乎是相當的，朱希祖翻譯的《文藝的進化》（發表於 1919 年 11 月《新青年》6 卷 6 號）是目前見到的關於廚川文藝理論的最早譯文，文章譯自廚川《近代文學十講》的第九講「非物質主義的文藝」，但是早在《苦悶的象徵》出版之前，翻譯家明權就已經據日本《改造》雜誌翻譯、發表了《苦悶的象徵》的「創作論」和「鑑賞論」兩部分，連載於 1921 年 1 月 16 日至 22 日的《時事新報·學燈》。《苦悶的象徵》一經譯介，中國幾乎在同時就有了多種譯文，如樊仲雲的《文藝創作論》和《文藝上幾個根本問題的考察》，魯迅的譯文《苦悶的象徵》等。1924 年 12 月，魯迅譯《苦悶的象徵》（全譯本）作為「未名叢書」由北京新潮社出版。1925 年 3 月，豐子愷譯《苦悶的象徵》作為「文學研究會叢書」由上海商務印書館出版。見於王向遠，《中日現代文學比較論》，湖南教育出版社，1998。

　　早期的《獅吼》雜誌，並無譯作，主要是原創的小說、散文以及文學批評，其中，除「滕核心」之外，張水淇是《獅吼》最重要的作家之一。作為民國時期知名的日本研究專家，張水淇在《獅吼》創刊初期的系列文學批評、文學創作幾乎「言必稱日本」，對日本資料、書籍轉載頗多，在這種風潮下，「滕核心」的《獅吼》可以說是早期留日學生代表刊物。

　　但是從「滕核心」變成「邵核心」之後，《獅吼》開始從「日本風格」變成了「歐美風格」，且不說其內涵發生了變化，其封面也從「滕核心」的日式雜誌風格變成了「邵核心」的歐美雜誌風格。在邵洵美的推動下，新出的《獅吼》雜誌開始有了新的氣象。

　　首先是有了歐美的譯作。

　　「滕核心」的《獅吼》，幾乎看不到歐美作品，對於歐美文學的譯介，也是從日本文學中引介而來，如張水淇曾引用巴斯卡（Pascal）的原話，但他卻採取了「二次引用」：

> 以上所寫之文字是從日本島崎藤村的書中抄譯出的，句句字字是哲人 Pascal 的閱歷話，我們也許有可以參考的地方。[11]

　　在另一篇文章〈晨雞之啼〉中，張水淇直接拿日本的「文化熱」開篇，但對歐美卻充滿了譏諷，而且還將一個英文單詞拼錯了：

> 近來日本「文化」兩字很流行；有文化村，文化家，文化食，文化衣，文化浴場，文化食堂，文化生活……我國是流行「科學的」，這「科學的」scintifie（原文如此，筆者注）的流行，在大毛子早已行過了，我們跟著大毛子學的二毛子……[12]

---

[11]　水淇，〈吹灰錄兩則〉，《獅吼‧第二期》，1924.7.30。
[12]　水淇，〈晨雞之啼〉，《獅吼‧第一期》，1924.7.15。

　　這類文字在「滕核心」時代非常流行，但是到了「邵核心」時代，開始有了較多的英美文學譯著，如在《獅吼》月刊第二期就有邵洵美翻譯的 W. M. Blake 的《自由吟》，夏萊蒂翻譯的 A. Poe 詩劇《包烈馨》（今譯《波利希安》）以及 Arthur Symons 的兩首詩歌。這在「滕核心」的《獅吼》雜誌中，幾乎是看不到的。

　　在《獅吼・復活號》中，「歐風美雨」成了其最大特徵，除了三篇廚川白村的作品與一篇谷崎潤一郎的作品之外，其中原創的小說、散文、詩歌以及文學批評幾乎都是受歐美影響的，哈代、高思、勞倫斯、王爾德、比爾茲利（邵譯「琵亞詞侶」）、尤利西斯等歐美文壇大家輪番在《獅吼・復活號》上登場。就當時而言，《獅吼・復活號》對於歐美文學的介紹，起著較大的作用。

　　毫不誇張地說，由邵洵美主持的《獅吼・復活號》半月刊幾乎成了當時文學期刊界介紹歐美文學尤其是歐美唯美主義的重要陣地之一，在《獅吼・復活號》一共發表的六十五篇文章（不含編輯手記「我們的話」以及各類廣告）中，其中，直接對歐美文學的譯介、批評作品共計二十三篇，佔到總發稿量的 35.40%（具體文章見下表）：

期名＼作品	譯介的歐美文學原著	關於歐美文學的批評及理論引介
第一期		朋史（即邵洵美）〈埃蒙德・高思〉；邵洵美〈關於「花一般罪惡」的批評〉（注：〈花一般的罪惡〉是邵洵美的一首詩，此批評使用了歐美文學的若干理論）
第二期	羅瑟蒂《花與靈魂》（朱維琪譯）	邵洵美〈D. G 羅瑟蒂〉；張嘉鑄「胚胎」與羅瑟蒂〉
第三期	暫無	暫無
第四期	斯托姆《蘋果熟的時候》（趙伯顏譯）	邵洵美〈純粹的詩〉

第五期		「介紹批評與討論」〈從高思的藏書說起〉
第六期		伍光建譯《約瑟安特魯傳》的「介紹批評與討論」
第七期	《Savoy 雜誌的編輯者言》（「浩文」即邵洵美譯）；勞倫斯《二十歲的女子》（謝保康譯）	馬克思・比海姆《幸福的偽善者》（梁實秋譯）的「介紹批評與討論」
第八期	穆勒的《丈夫們的事體》（張嘉蕊譯）	
第九期	瓦爾特・彼特《家之子》（朱維琪譯）；喬治・摩爾《信》（邵洵美譯）	王爾德《水仙》（朱維琪、芳信合譯）的「介紹批評與討論」；「金屋談話」（分別評價了維姆思、瓦德里以及王爾德等歐美作家作品）
第十期	E・多森《勃麗旦尼的蘋果花》（朱維琪譯）	「金屋・郵箱」（張若谷關於第九期歐美文學作品的評價）；「金屋談話」（分別評價了尤利西斯等作家作品）
第十一期	比爾茲利《理髮師》（「浩文」即邵洵美譯）	「金屋談話」（關於哈代等作家作品的評論）
第十二期	J・F・弗洛克《一隻紅雀》（「浩文」即邵洵美譯）	

　　從上表我們可以看出，《獅吼・復活號》對於歐美文學的譯介，可謂功勞巨大，因為邵洵美本身是一位重要的翻譯家，團結在他身邊的張若谷、朱維琪、謝保康等人，都是當時很重要的翻譯家，對於歐美文學特別是歐美唯美主義有著極大的熱情，譬如他對於王爾德《水仙》的譯介實際上是朱維琪所翻譯的《謊言的頹敗》中的一章，這是王爾德一部非常重要的論文集，也是我國第一部真正體現歐美唯美主義思想的譯介文論，而且據邵洵美先生之女邵綃紅女士致筆者的信中所提到，「所有的『介紹批評與討論』都未署名。除

一篇，都是邵洵美寫的。〈迷羊〉是郁達夫的文章，介紹此文和其後的〈從高斯的藏書說起〉是邵（洵美）寫的。」僅從這點來看，邵洵美主

編的《獅吼・復活號》對於歐美唯美主義譯介的貢獻，是功不可沒的。

　　但這並不意味著邵洵美摒棄了對日本唯美主義的關注，這恰恰是他作為一個出版家相容並蓄的優點，我們可以看到，在現代文學的建設初期，論爭批判不斷，口誅筆伐常見，但邵洵美及其《獅吼・復活號》並未捲入這些文人相輕的嘴仗當中。與之前全盤偏向日本唯美主義的《獅吼》半月刊不同，《獅吼・復活號》一方面積極譯介歐美文學、歐美唯美主義作品，一方面對於日本唯美主義，也積極引入，其中谷崎潤一郎的《刺青》與廚川白村的《蛇性之淫》、《女人的天國》等日本唯美主義作品也是首發在《獅吼・復活號》上的，作為「公共讀物」的雜誌，邵洵美革新了之前《獅吼》雜誌的狹隘思想與辦刊精神，這無疑是值得肯定的。（上圖為滕固所主編獅吼的「版權頁」）

　　在這裡稍微值得一提的是，就中國現代文學觀念而言，學界普遍認為，中國文學現代性過程受日本啟發最多——譬如最典型的話劇，一提到唯美主義，多半提到廚川白村、谷崎潤一郎，但是從客觀的史實來看，對於上個世紀二十年代以後流行於中國的文壇唯美主義，其主流仍是十九世紀末英國的唯美主義，如王爾德、約翰・

濟慈與雪萊對於中國現代文學影響至深。縱觀中國現代文學諸多作家作品，譬如郭沫若與穆旦、卞之琳等現代文學巨擘均稱自己深受雪萊、王爾德等人的影響，其作品洋溢著浪漫、激昂與明快的英國唯美主義風格。但除了郁達夫、滕固與周作人等少數作家之外，少有其他作家稱自己深受日本唯美主義的影響，在現代文學作品中，透露出日本唯美主義抑鬱、灰暗與細膩風格的確實也不多見——當然，這既與中國現代史的特殊環境有關，也證明了邵洵美及其《獅吼‧復活號》當時對於歐美唯美主義的引入是意義重大、影響深遠的。

三、《獅吼‧復活號》停刊始末

《獅吼‧復活號》雜誌的停刊，是 1928 年 12 月 6 日的事情，這與之前《獅吼》雜誌的停刊不同，之前是因為刊物經費拮据，不得已停停辦辦，而這次是因為滕固、方光燾等人離滬赴法，邵洵美在「獅吼社」穩為「邵核心」，索性將《獅吼‧復活號》改名為《金屋月刊》，這也是他老早的一個心願，只是因為當時滕固等人尚在國內，且自己在「獅吼社」立足未穩，無法過早的實現理想，現在《獅吼‧復活號》已經有了較為不錯的社會反響，甚至已經成為了金屋書店的主要宣傳刊物之一，兼之又無人掣肘，就直接將《獅吼‧復活號》過渡成《金屋月刊》了。

這並非是筆者杜撰或妄自猜測，大致有如下兩點史料，可供佐證這一問題。

首先，邵洵美之前曾有過興辦《金屋半月刊》的想法，只是因為未能實施。

獅吼月刊雖暫時停辦，克標與朋史又經營起個半月刊來，那便是將由金屋書店出版的金屋半月刊，撰述者還有滕固、邵洵美、張水淇、方光燾、張若谷、夏萊蒂、傅彥長、倪貽德、滕剛等，我在此地謹為愛讀獅吼者介紹。[13]

這段文字前文引用過，但未刻意加以說明。我們在這裡必須要搞清楚兩個問題：這段話中的「朋史」是誰？「我」又是誰？

在邵綃紅的回憶文章〈邵洵美的筆名〉中，有這樣一段：

在邵洵美創作的詩文和著譯中，用過的筆名多達二十四個。我試著結合他的生活來解釋它們的用意。早年他崇拜英國詩人史文朋，用過筆名「朋史」。「浩文」則是表達自己要成為多產作家，常用於一般文藝評論、短篇小說、不太在意的小詩和一些短小的譯作。[14]

這裡，一切問題都很明瞭。明眼人一眼就能看出來，同一段話中，既有「朋史」，又有「邵洵美」，兩個名字同時存在，必定是文章的起草者想避諱什麼問題，那為何不直接說「克標與洵美又經營起一個半月刊來」呢？看來，避諱者就是起草者本人無疑了。章克標作為「獅吼社」的創始社員之一，在「獅吼社」有著較大的威信，重起爐灶不會有人覺得有「奪權」之虞，但邵洵美則不然，在一幫文人面前，公子哥邵洵美是很容易被人敵視、非議的——譬如與其本無過節的魯迅先生在多年之後曾因一些文人間的誤會，而用刻薄的詞句狠狠地諷刺過邵洵美，讓邵洵美在 1949 年之後一直都蒙受不白之冤直至含冤離世。因此，這篇文章的起草者——「我」是誰，也就不用多說了。

---

[13] 〈老著面皮說話〉，《獅吼月刊・第二期》，1928.3。
[14] 邵綃紅，〈邵洵美的筆名〉，《文匯報》，2008.6.6。

　　《金屋半月刊》為何流產，在這些具體的史料中並未能看出，但從 1928 年 3 月這個月份來看，邵洵美當時正在南京，其搭檔章克標生病住院，兩個人雖然同心，但地處兩方卻無法協力，「金屋半月刊」只好成了一個被說出來的過頭話罷了。

　　但其後的《獅吼・復活號》卻印證出了邵洵美的妥協，作為資助者的邵洵美，完全可以拋棄「獅吼」這個名字另起爐灶，為何在大張旗鼓地宣傳出了《金屋半月刊》之後，弄出來的卻是《獅吼・復活號》？當然，我們可以將其看作是「獅吼社」中留日學生與留歐學生在學術派系上的爭論，也可以將其看作是兩個文學熱心腸──「邵核心」與「滕核心」互不相讓，最後相互妥協的結果──這種「爭奪」，乃是事業心、文學良知與甘於奉獻的精神使之然也，與當時政客派系間的爭權奪利，有著雲泥之別，天壤之判。

　　其次，《獅吼・復活號》的「停刊詞」也能說明這個問題。停刊詞是這樣說的：

> 慣常刊物停辦的時候，總是一件不開心的事情；而每一個編輯者便總得發一篇牢騷，但是我們的情形卻絕對不同。
>
> 要知別人的停辦，總不出以下幾種原因──
> (一) 有犯當道喝令停辦。
> (二) 有關風化禁止出版。
> (三) 銷路不振自動休刊。
> (四) 意見不合編輯解散。
>
> 但是我們停辦，卻是另外一種原因；對於(一)、(二)兩種，那是讀者早就知道的，我們說出話來很知輕重；對於(三)那麼自從第九期以後銷路日增差不多即刻要印再版的樣子；對於(四)那更不必說了，我們是有了年紀的，我們的結合本身

是一種研究學問的性質，絕不會像那般小孩子有糖吃的時候你親我愛，沒糖吃的時候你打我罵。

我 們 的 話

慣常刊物停辦的時候總是一件很不關心的事情；而每一個編輯者便穩得發一籌莫展，但是我們的情形卻絕對不同。

要知別人的停辦，總不出以下幾種原因——

　（一）有犯當道驀令停辦

　（二）有關風化禁止出版

　（三）銷路不振自動休刊

　（四）意見不合編輯解散

我們這次可以說是完全為了要努力而犧牲，犧牲金錢又犧牲時光；因為我們覺銷路極好的獅吼半月刊停辦了而去為金屋月刊撰稿；我們希望在那裡與讀者有多談些話的機會。

別了，親愛的讀者。[15]

這個停刊詞可謂是語焉不詳（見上圖），確實，上述四條在當時基本上佔齊了一些刊物停刊的原因，但是都被撰稿者一一排除了，第一條、第二條他們犯不著——「我們說出話來很知輕重」，第三條也因「即刻要印再版」而被排除，剩下的第四條，他們的解釋是「我們的結合本身是一種研究學問的性質」、「沒糖吃的時候你打我罵」。

「糖」當然在這裡是利益的代指，家境富足的邵洵美不會因為利益和其他作者起糾紛，這是毋庸置疑的。「完全為了努力而犧牲」似乎又是一個托詞，「努力」什麼？既然獅吼半月刊「銷路極好」，那為什麼又要停辦，轉過頭去辦一個《金屋月刊》？難道果真在《獅吼・復活號》上沒有「與讀者多談些話的機會」？

從行文風格與說話語氣上看，這篇停刊詞的起草者應是邵洵美無疑，之所以有這樣一二三四的原因，不外乎邵洵美仍在為自己的停刊來尋找藉口。一方面，行文中充滿了感傷，彷彿非常不捨，但

15　〈我們的話〉，《獅吼・復活號・第十二期》，1928.12.16。

有忠實的介紹公正的批評誠懇的討論

准於十八年一月一日出版

金屋月刊

是我們所需要的文藝月刊

有嚴謹的翻譯優選的創作精美的圖畫

撰稿者　方光燾　朱維基　邵洵美　浩文　徐蔚南　徐霞村　梁宗岱　章克標
黃　中　張水淇　張若谷　張嘉蕊女士　張嘉鑄　傅彥長　葉秋原
葉鼎洛　滕固　滕剛等

繪圖者　徐悲鴻　江小鶼　盧世侯　張道藩　SM等

就在這篇「停刊詞」的下一頁，卻有了《金屋月刊》的整版廣告（見左圖），絲毫看不出《獅吼‧復活號》主要負責人從「獅吼」到「金屋」的「不捨」。

在《金屋月刊》的撰稿者中，我們看到的是這樣的名單：方光燾、朱維琪、邵洵美、浩文（邵洵美）、徐蔚南、徐霞村、梁宗岱、章克標、黃中、張水淇、張若谷、張嘉蕊、張嘉鑄、傅彥長、葉秋原、葉鼎洛、滕固與滕剛等十七人。

在這十七人中，除了方光燾、滕固、滕剛、張水淇、黃中與章克標之外，另外十人均為邵洵美後來拉進來的新作者，而且章克標已經成為了邵洵美的重要合作者，尤其值得關注的是，如徐悲鴻、張道藩等新增的插畫作者，均是邵洵美留學時的「結拜兄弟」，從這份名單我們就可以看出，邵洵美為何可以有足夠的人脈與能力棄《獅吼》而建「金屋」了。

值得一提的是，《金屋月刊》也未能維持太長的時間，隨著邵洵美因個人財力的分散，國內通貨膨脹的加劇，在一年後的一九三零年，張光宇等人懇求邵洵美接下難以為繼的《時代畫報》，以及入股新月書店，幫助徐志摩創辦《詩刊》等，他不得不狠心關閉了自己的「金屋書店」，轉而成立了「上海時代圖書公司」出版更多

的刊物，如《十日談》旬刊、《人言週刊》、《時代漫畫》、《時代電影》、《文學時代》、《聲色畫報》、《萬象》月刊、和幽默雜誌《論語》半月刊等等；並在 1932 年創辦「時代印刷廠」。作為文學家、出版家、進步社會活動家的邵洵美，他想以這種商業化的形式，來實現他作為一個文化傳者、知識推手的人文責任──尤其在戰火不斷的亂世，這份責任尤其顯得重要。只是此時，當年的「獅吼社」的諸同仁也都散作星河，各謀其事去了，為現代文學史上留下一聲絕響的《獅吼》，竟就以這樣成為結局。

　　但是，《獅吼》雜誌給後世留下的諸多財富，卻是不該成為絕響的。

第五章

「怎樣遺忘，怎樣回憶？」

——以《現代文學評論》為支點的史料考察

> 民族主義理論雖比社會主義理論更荒唐和更可惡，它在世間
> 卻有一個重要使命，它標誌著兩種勢力，即絕對君權和革命
> 這兩個世俗自由最險惡的敵人之間的決鬥，因此也標誌著它
> 們的終結。
>
> ——阿克頓（Lord Acton），1862

就五四以來中國的諸多現象而言，一直存在著「一種現象，兩種表述」的局面，從表面上看，這一問題源於兩種不同思潮對於「五四」這一現代文學肇始點的解釋問題，但這一問題在本質上卻反映了不同政治主張、不同背景的態度表達。[1]從更廣闊的視野來看，無論是「五四」以來的社會、文化問題還是其他諸多新文學的現象，其實都存在著「各表」的狀況，在意識形態高度政治化的時代，「各表」往往造成了「表現／遮蔽」的「單表」，使得一切歷史變成了單方面闡述的「當代史」。

---

[1] 姜弘在〈百年啟蒙，兩個五四〉一文中以殷海光和顧准為例，分析了左派與自由主義派對於「五四」的不同態度。筆者認為，「兩個五四」乃是根源於對中國社會與文化「現代化」進程選擇的兩種主張，即是以來自歐美的自由主義還是以來自俄蘇與日本左派為指導思想，前者重視個人／國家的利益實現，而後者重視民族／黨派的價值認同，隨後的國共兩黨的國內戰爭即暴露了兩條現代化路徑在實踐上的衝突。見於姜弘，〈百年啟蒙，兩個五四〉，載於《書屋》，2010.6。

在現代文學史中，這種現象並不罕見，因為兩元意識形態格局導致了「失蹤者」的不斷產生，進而形成類似於顧頡剛所說「層累堆積」的歷史觀。而文學史研究的「去蔽」意義就在於如何拆解掉對於歷史的修改，並力圖還原真相。在現代文學史尤其期刊史的研究中，《現代文學評論》（封面見左圖）這一塵封已久的文學刊物則是有著非常獨特的學術價值與研究意義──因為，它是一本被兩岸三地文學史界「共同忘記」的刊物。

縱觀大陸三大期刊檢索庫（維普、萬方與 CNKI），關於《現代文學評論》的專題研究論文為零，唯有一篇論述民族主義的博士論文《「民族主義文學」（1930～1937 年）論》（周雲鵬，復旦大學中文系，2005 年）中有一個章節論述了《現代文學評論》與「民族主義」的關係，但是通過對臺灣人文社科學術期刊資料庫（TSSCI）與國家圖書館碩博論文檢索庫（ETDS）的檢索，發現沒有一篇專題論文論述《現代文學評論》這一刊物，僅有三十九篇論文提到過此刊物（包含列舉刊名）──而且，對於「《現代文學評論》派」主力作家如陳穆如、邵冠華、湯增敭、丁丁、汪倜然、易康、徐蘇靈、楊昌溪、邵洵美與向培良等人的史料研究，在海峽

兩岸也基本上處於相對空白的狀態，[2]甚至對該刊主編李贊華的介紹，在一些學術論文中亦是以「生卒年不詳」代之。[3]因為連一向中立的沈從文，在回憶文章中也譏諷「現代書局派去李贊華（辦《現代文學評論》雜誌），主要打手就只有一個王平陵。」[4]

值得一提的是，「民族主義」作為二十世紀中國重要的社會思潮，它一直受到自由主義思潮的排斥，在激進的自由主義看來，「民族主義」是反抗全球化的，是排斥「普世價值」的，作為中央集權的政府來說，民族主義在抵禦外侮的時候有著極強的動員力與民族凝聚力，但是說到底，「它是一種夾雜著強烈非理性的情感色彩的情感力量，是一種情緒大於理性的、能把非理性衝動甚至自私的動機掩飾在崇高理由之下的一種煽情力，是一種崇高與人性的幽暗面交熾在一起的，甚至使被動員者自己也無法理解的複雜激情。」[5]在日益開放的臺灣、香港等地區的思想界，對於民族主義的思潮亦是相對頗為排斥的。

這種「共同遺忘」既顯示了現代文學史研究的尷尬與空白，也反映了對於一段文學史的刻意忽視。無疑，文學史研究不應該有政治偏見，作為民國著名刊物《現代》的前身之一，並且在「民族主義文學」體系中以「主力刊物」而起到非常重要作用的《現代文學評論》雜誌，理應被文學史界重新發現，並重新定義其史料價值與歷史意義。

---

2 譬如臺灣對於「民族主義文學」核心人物之一邵洵美的研究近乎空白，至今沒有一本邵洵美的文集在臺灣出版，對於向培良的介紹，在大陸也只是近些年開始的，並只停留在其戲劇理論方面，至於對於其他作家，則在兩岸基本上無人提及。

3 彭維鋒，〈「中間人」的隱喻與瞿秋白思想的轉變——瞿秋白《矛盾》的繼續〉的修辭學閱讀〉，《濟南大學學報（社會科學版）》，2008 年 2 期。

4 沈從文，〈《魯迅傳》創作組訪談記錄〉，魯迅傳創作組整理，上海市電影局、天馬電影製片廠印刷油印本，1960.6。

5 蕭功秦，〈當代中國六大社會思潮的歷史與未來〉，《領導者》，2010.7。

一、《現代文學評論》概述

在中國大陸文學研究界，對於與左聯唱對臺戲的「民族主義文學」評價極低，甚至超過了對於民國時期任何一種文學思潮的評價，這是導致《現代文學評論》雜誌根本無法進入大陸學術研究視野的根本原因（下圖為其第二卷一、二期目錄）。

「一幫政客、流氓、特務和反動文人」[6]、「國民黨御用文人的文學主張」、[7]「主張『民族主義』是文藝的『最高使命』……其主要成員潘公展、王平陵、黃震遐、邵洵美、葉秋原、李贊華等」[8]、「三十年代初由國民黨政客、文人提倡的文學。1930 年 6 月 1 日，國民黨上海市黨部糾集朱應鵬……」[9]縱觀大陸三十餘部收錄了「民族主義文學」這一詞條的辭典，無一例外都用了「特務」、「糾集」、「御用」、「流氓」、「反動」甚至「法西斯」等非理性的字眼予以修辭限定，這樣帶有強烈惡評的詞條，幾乎可以與其他辭典中關於汪偽政權的「新國民運動」、「和平運動」等政治詞條並列，一個文學運動遭遇這樣如此怪異且獨一無二的否定，著實令人費解，其主力刊物「被遺忘」，也就不足為奇了。

---

[6] 唐達成，《文藝賞析詞典》，四川人民出版社，1989。。

[7] 李華興、徐矛，《近代中國百年史辭典》，浙江人民出版社，1987。

[8] 王廣西、周觀武，中州古籍出版社，1998。

[9] 馬良春、李福田，《中國文學大辭典·第三卷》，天津人民出版社，1991。

作為「民族文學運動」的主力刊物，《現代文學評論》以「特大號」的裝幀以及 373 頁的厚重創刊於 1931 年 4 月 10 日。該刊由李贊華主編，由現代書局負責發行。實事求是地講，這個看似大氣的刊物其發起人與主要撰稿人確實都有著相當的背景：如潘公展（國民黨中常委、中央宣傳部副部長，作為發起人但未直接參與辦刊與寫稿）、葉秋原（上海《時代圖書》雜誌公司總編輯）、王平陵（《中央日報》副刊主編）、范爭波（國民黨上海市黨部常委、情報處長）、黃震遐（西北新中國出版社社長、陝西商同區指揮部辦公室主任兼第四戰訓團高級教官）與朱應鵬（《申報》總編輯）等國府要員或社會名流均為該刊的撰稿者與發起人。

但是這個刊物並沒有一以貫之其大氣的形象與堅厚的政治背景而成為持續時間長、影響力大的名刊，僅僅只是出版了五期（前三期為第一卷，後兩期為第二卷）[10]就草草停刊，其短命也造成了在中國現代文學史中地位不高，影響不大的原因之一。

大陸學界一般認為，直接催生《現代文學評論》創刊的是以「CC 派」為首腦的「六一社」（又稱「前鋒社」）對「民族主義文學」的推進。但是實際上該社只是與上海現代書局合作，一次性辦了三種文學刊物，分別為《現代文學評論》、《現代文藝》與《前鋒月刊》。而且每一份刊物都沒有直接寫明其辦刊宗旨。單就《現代文學評論》而言，該刊物設置了世界文學、作品與作家、海外文藝、中國文壇、詩選、批評與介紹、現代中國文壇逸話與插圖等欄目，從內容設置上看，這在當時是較為全面也是非常前沿的。

---

[10] 令人匪夷所思的是，在該刊的第四期（即第四次出刊的那本雜誌）的目錄、扉頁上印的是「第二卷一、二期」，但是在正文內頁的眉頭上印的卻是「第一卷第四期」，為研究、表述方便，在本文中，「第二卷一、二期」與「第一卷第四期」在若無特殊說明的情況下，統稱為「第一卷第四期」。

作為中國二三十年代較為重要的文學思潮之一的「民族主義文學」，以發表在《前鋒週報》上的《民族主義文藝運動宣言》為行動綱領，其主要宗旨就是「文藝底最高使命，是發揮它所屬的民族精神和意識。換一句話說，文藝的最高意義，就是民族主義。」[11]僅從這句話上講，民族主義文學有著一定積極意義。

但是之所以民族主義文學被後世（主要是左翼文學思潮）所詬病，原因在於此運動肇始時的「黨派性」——其主要領導者（尤其是《現代文學評論》的核心成員）清一色為國民黨黨員，部分還是中央要員，而且這一由官方推進的思潮提出了對「三民主義文學」的取代，形成了一種類似於政黨綱領性的文學思想，從而證明了國民黨對於文學體制的管理與統治，這種「黨管文學」的形式很容易遭到自由派文人以及其他當時的合法在野黨派（如中國共產黨）的反對，但是在《現代文學評論》中，卻沒有表現出「右派辦報」的政治偏激性，刊物中不但刊發了周揚、郁達夫等左翼文學家的作品，還刊發了對於冰心、丁玲、葉聖陶與茅盾等左翼文學家的作品批評，以及冰心、丁玲、白薇本人的照片（見上圖）。

從裝幀上看，《現代文學評論》雖然一共出刊五期，短命刊物中國現代文學史中並不鮮見，但是像《現代文學評論》這樣基本每期頁數均在300頁左右的刊物（第四期竟達到了564頁），卻極其罕見。

---

[11] 〈民族主義文藝運動宣言〉，《文學運動史料選‧第三冊》，北京大學等編選，1979。

因此，在本節「概述」之後，我們必須要引出並回答兩個問題：第一，《現代文學評論》究竟為「五四」以來的文學研究做出了什麼貢獻？第二，當下重申《現代文學評論》的文學、學術價值，究竟意義何在？

二、《現代文學評論》對外國文學研究的貢獻

「五四」以來，中國現代文學體制的完善一直處於「引進來」的方式，即對於外國文學尤其是歐美、俄日文學的譯介構成了文學現代化的整個過程中最為重要的一環。當時優秀的作家如郭沫若、魯迅、周作人與梁實秋等人都是一流的翻譯家。就當時的刊物來講，增設國外文學創作與理論的翻譯專欄，亦不在少數，但是《現代文學評論》作為當時帶有「官辦」性質的文學期刊，對於外國文學的譯介尤其是研究，亦有著較為突出的貢獻。

筆者認為，《現代文學評論》對於「五四」以來文學研究的最大貢獻莫過於對外國文學的譯介與研究，而且該刊主張「譯」與「介」的分離，這體現了辦刊者對於「外國文學」這一學科體系的初步認識，從而使得自己與其他刊物相比所呈現出的獨到之處。儘管該刊也發表了諸多優秀的譯著，但是本文主要討論其在外國文學研究上所作出的貢獻，這具體主要體現在兩個方面。

首先是以「介」甚至是以「研究」為主，有了較成體系的外國文學研究與評論，開拓了中國外國文學研究與比較文學早期研究之領域。

必須說明的是，在上個世紀二十年代之前，中國文學界對外國文學的理解與推介，主要體現在留歐、留日和留美的留學生對於外國文學文本的翻譯。「進入民國，翻譯西書仍是西學東漸的重要途徑。但

與晚清不同，民國時期譯書的主體是歸國留學生。」[12]這些留學生主要致力於對外國文學的翻譯與「模仿性創作」，他們工作的意義，並不是為了站在文化的高度進行文學的比較性研究，而是為了促進中國本土文學（譬如語言、文學體例與生產機制）的現代性變革。

在《現代文學評論》中，雖只短短五期，除了大量的理論性譯著之外，還刊登了大量由當時著名學者如謝六逸、趙景深、周揚等人所撰寫的當代外國作家作品評論、研究的原創論文，而且部分論文涉及到阿根廷、土耳其、荷蘭等小國文學，其開闊的視野在當時堪稱獨樹一幟（見下表）。

期數	篇名與作者
第一期	謝六逸〈新感覺派〉，趙景深〈現代荷蘭文學〉，林疑今〈現代美國文學評論〉，葉靈鳳〈現代丹麥文學思潮〉，楊昌溪〈匈牙利文學之今昔〉、〈雷馬克與戰爭文學〉，段可情〈德國短命女作家碧蘿芙的小說〉，汪倜然〈現代世界文壇新話〉、楊昌溪〈現代世界文壇逸話〉
第二期	楊昌溪〈土耳其新文學概論〉，葉靈鳳〈現代挪威小說〉（此兩篇目錄錯印為「譯」），易康〈西線歸來之創造〉，奚行〈「餓」和「哈姆生」〉，向培良〈戲劇藝術的意義〉，汪倜然〈現代世界文壇新話〉、楊昌溪〈現代世界文壇逸話〉
第三期	楊昌溪〈一九三零襲枯爾文學獎金得者佛柯尼〉，趙景深〈英美小說之現在及其未來〉（此篇目錄錯印為「譯」），李則剛〈新世紀歐洲文壇的轉動〉，奚行〈「潘彼德」與「巴厘」〉，汪倜然〈現代世界文壇新話〉，楊昌溪〈現代世界文壇逸話〉
第四期（第二卷一、二期合刊）	楊昌溪〈阿根廷的近代文學〉，周起應（周揚）〈巴西文學概觀〉、張一凡〈未來派文學之鳥瞰〉，奚行〈幾本文學史的介紹〉，汪倜然〈現代世界文壇新話〉，楊昌溪〈現代世界文壇逸話〉
第五期（第二卷第三期）	郁達夫〈歌德以後的德國文學舉目〉，汪倜然〈現代世界文壇新訊〉、楊昌溪〈現代世界文壇逸話〉

12　鄭大華，〈論民國時期西學東漸的特點〉，《中州學刊》，2002.5。

　　通過上表的分析，我們可以窺見《現代文學評論》的辦刊宗旨與對外國文學研究的貢獻所在。尤其是該刊對於「原創性研究」的重視，這在當時是非常少見的。

　　集中推出一大批的外國作家作品的研究論文，並培養、扶持了一大批優秀的青年研究者，《現代文學評論》走在了外國文學研究的前面，譬如為謝六逸、趙景深等學者提供的研究平臺，使得他們成為了「後五四」時期領軍外國文學研究的學者，而汪倜然也因其在《現代文學評論》上的專欄，將自己帶入了外國文學研究的世界，並成為 1949 年之後中國大陸重要的外國文學研究者與翻譯家之一。

　　其次，對於「小國文學」的重視，體現了《現代文學評論》的民族視野。

　　自新文化運動以來，「民族解放」、「國家獨立」等呼聲一直念茲在茲地存在於中國社會各階層，文學界一些學者也一直感同身受地注重對於弱小民族、小國文學的研究，力圖在這些研究中尋得民族、文學的出路。但是從總體上看，除了陳獨秀、周作人、郭沫若與魯迅等知名學者之外，鮮有學者在這方面的研究上獲得突破性的成果。[13]

　　值得一提的是，作為「世界文學」的概念，其實早在馬克思所處的時代就提出了。所謂「世界文學」，便是認同資本解域化流動的早期「全球化」文學格局，「世界文學」尊重文學的多元化，認

---

[13] 宋炳輝在〈弱小民族文學的譯介與中國文學的現代性〉一文中也認為，在 1930 年之前，國內僅有陳獨秀主編的《新青年》（1918 年至 1921 年）系統推出的挪威、芬蘭等作家作品（如《易卜生專號》）與茅盾主編的《小說月報·被損害的民族文學號》（1921 年 10 月，第 12 卷第 10 號）這兩期，並且「這時期，魯迅、周作人、沈雁冰等新文化人士是譯介弱小民族文學的得力提倡者和實踐者」。見宋炳輝，〈弱小民族文學的譯介與中國文學的現代性〉，《中國比較文學》，2002.2。

為資本可以形成壟斷，但是文學必須是多樣化的。尤其是在上個世紀上半葉，世界上一大批小國如土耳其、巴西相繼脫離殖民統治，新的世界格局業已形成。如果對於「小國文學」採取忽視的態度，那麼這是不利於從事世界文學研究的。（右圖為《現代文學評論》所刊載的整版廣告）

在《現代文學評論》中，涉及到小國文學的有荷蘭、丹麥、匈牙利、土耳其、阿根廷與巴西，尤其是後面幾個幾乎被當代文學界亦有所忽視的文學小國。關注這些國家文學狀況的目的乃是在於，如何在文學研究的路子上窺探到為中國尋求「民族解放」的方式所在——在《現代文學評論》創刊的時候，這些「先戰敗，後獨立」的國家都已經在不久之前相繼獨立了。[14]

譬如，在楊昌溪的〈土耳其新文學概論〉中，就有這樣一段話：

> 所以，世界的讀者們只知道有波斯、阿拉伯的故事、詩歌，絕沒有提到土耳其。但是，土耳其也並不是無文學的國家，

---

[14] 譬如 1849 年 4 月 19 日，匈牙利宣佈獨立並成立匈牙利共和國；1923 年 10 月 23 日土耳其國父凱末爾（Kemal）當選為總統，土耳其共和國正式成立；1853 年阿根廷制定第一部憲法，建立了聯邦共和國，烏爾基薩（Justo José de Urquiza y García）當選為第一任總統；1891 年 2 月 24 日，巴西國會通過憲法，定國名為巴西合眾國，次日豐塞卡（Hermes Rodrigues da Fonseca）當選為首屆總統。

不過，他的文學被國際地位和文字的艱深而埋沒了。假如不是有了新土耳其的建立和文字的革命，土耳其文學永遠沒有發揚的一日呢。[15]

對於阿根廷文學，楊昌溪也有同感：

從那時直到 1900 年，阿根廷共和國都是孜孜於從貧困到富有的過程上加以努力，把人們底心固定在物質的建設上，而並不能給與文學的產品上以幸福。不過，現在有一個美好的願望，另一個黃金時代正在進行，而這個時代並不是從原有的黃金時代蛻壇出來，而是在新的方面突越。[16]

周起應（周揚）在〈巴西文學概觀〉中提出了與楊昌溪近似的觀點：

恰如政體正在由君主趨向共和，巴西文學也徘徊於瀕死的古典主義和方興的浪漫主義之間了。至十八世紀末，從來只向母國葡萄牙船艘開放的巴西的海港現在向全世界開放了，同樣巴西的文化也向歐洲各國的思想潮流取著開放主義了。[17]

說到底，「民族主義文學」的指導思潮仍是對於「民族」這一語彙的重視，在對於「民族」的重新詮釋與認識上，《現代文學評論》做的非常好，一方面，他們關注弱小民族、小國的文學狀況，並認同民族、政治與文學之間的關係，另一方面，他們關心國故，整理國粹，亦在曲學、敦煌學等領域做出了較多的探索，這將留在後文待敘。

---

[15] 楊昌溪，〈土耳其新文學概論〉，《現代文學評論・第一卷・第二期》，1931。
[16] 楊昌溪，〈阿根廷的近代文學〉，《現代文學評論・第二卷一、二合期》，1931。
[17] 周起應，〈巴西文學概觀〉，《現代文學評論・第二卷一、二合期》，1931。

三、民族主義視域下的「整理國故」與「比較文學」

正如前文所述，「民族主義」作為二十世紀中國最為重要的社會思潮，發軔於上個世紀初，影響至今未退。[18]如何理性地認識「民族主義」也是《現代文學評論》帶給我們的重要啟示。

從意識形態的角度看，民族主義可以滲透到經濟、政治與文化當中，形成多元化的民族主義意識形態。而這種「民族主義」很容易蛻變為「非理性」，即對於全球化世界大趨勢的抵禦、反抗，從而使得「民族主義」變成一種全民性的狂歡，即馬克思‧韋伯所說的「大眾民主」（mass democracy），[19]在這個過程中，由於民族主義本身的難以控制，很容易形成一種類似於「紅衛兵」式的群體非理性行為──如何理性地使用、控制「民族主義」，構成了中國社會思潮研究的一個重要問題。

也許，對於《現代文學評論》的史料考索會讓我們對於「民族主義」的理解有著借鑑意義──當然，雖說《現代文學評論》作為外國文學研究的主力刊物，但它更是秉承「民族主義」的期刊之一，這並不意味著它對於傳統文化的揚棄。在短短五期（除第一期）中，它刊

---

[18] 上個世紀八十年代末的「新民族主義」成為了中國大陸的主要社會思潮之一，最早是由國內學術界對馬克思‧韋伯「政治不成熟」（Political immateriality）的爭論，即「一個長期積弱國家迅速崛起為經濟大國時，如果不能及時實現政治的轉型而成為『政治成熟』的民族，那麼這種經濟崛起將極其危險。」隨後，何新、蕭功秦、甘陽等學者重新又將「民族主義」提上日程，使得其成為了重新樹立國家形象、喚醒民族認同的意識形態工具，其核心在於對西方世界夢幻的破滅以及對於全球化負面、消極影響的自我抵禦。當然，這與上個世紀初的「民族主義」在本質上的相同點都是由中央政府所贊同、鼓勵的。見於甘陽，〈走向「政治民族」〉，載於《讀書》，2003.10。

[19] 許紀霖、羅崗，《啟蒙的自我瓦解──1990 年代以來中國思想文化界重大論爭研究》，吉林出版集團有限責任公司，2007。

發了一系列「整理國故」的文章——尤其是將《古蘭經》列入了「中國文學」的研究範疇，這是國內研究界較早介入「民族文學」的研究論文，[20]在「破舊立新」的「五四」時期這是難能可貴的（見下表）。

期數	篇名與作者
第一期	
第二期	鄭震〈關於中國近世戲曲史〉
第三期	鄭震〈曲學書目舉要〉
第四期（第二卷第一、二期）	鄭震〈中國歷代佛教文學概觀〉
第五期（第二卷第三期）	馬彥祥〈現代中國戲劇〉、陳子展〈九歌招魂大招皆為楚國王室所用巫歌考〉、鄭震〈宗教思想在中國文學上的影響〉、陳子展〈古蘭經——回教的經典文學〉、陳子展〈最近所見之敦煌俗文學材料〉

通過上表以及《現代文學評論》中所刊發的其他文章，我們可以看出該刊在「整理國故」與「比較文學」上的貢獻大約有如下三點：

首先是對於傳統文化的考證性研究，使得「民族主義」落到了對傳統文化審視的實處。

在「後五四」的一系列文學期刊中，除了專門文學研究期刊如《燕京學報》、《武漢大學文哲季刊》之外，沒有一本綜合性文學期

---

[20] 最早提出「民族文學」應包括少數民族文學觀念的，是魯迅的《中國小說史略》（該書由 1923 年、1924 年分兩冊由北京大學新潮社首次出版），而這一觀念真正被提上文學研究日程卻是在 1955 年 3 月，當時 24 歲的青年蒙古族作家瑪拉沁夫曾給當時中國大陸文藝界的三位領導周揚、茅盾、丁玲寫信，提出中國是個多民族的國家，中國文學是多民族的文學，中國文學的繁榮發展必須是多民族文學的共同繁榮和共同發展。中國作協主席團給瑪拉沁夫覆信說：主席團認為你的意見是正確的。專門為此召開了座談會並落實了很多具體的措施，大大促進了少數民族文學創作，少數民族文學始被寫入中國文學史。

刊——尤其是以「現代」冠名的文學期刊涉及到對於古典文學的研究，《現代文學評論》獨樹一幟地發表了古典文學研究名家鄭震、陳子展的關於屈原研究、敦煌研究、佛教文學與曲學研究的論文，雖然篇數不多，但

古 蘭 經
—回教的經典文學—
陳 子 展

回族爲組成我國的五族之一。回教盛行於國境西北，尤其是新疆甘肅二省；其勢力所播，徧於全國各地通都大邑；至今屠牛--業，差不多都操於彼教中人。可是國人注意回疆問題的，研究回族語言文字宗教風俗的，覺沒有幾個人，也沒有幾本書，這眞是可爲太息的事！

前見鄭振鐸氏文學大綱第五章東方的聖經，說及回教的經典文學，可是語焉不詳。他的參攷書目裏所說"可蘭經也有中文的譯本"究竟何人所譯？何處出版？他沒有告訴我們。直到最近，我纔讀到了可蘭經的譯本了。

學術水平較高，譬如鄭震的〈關於中國近世戲曲史〉一文在中國戲曲研究界影響至今[21]，其〈宗教思想在中國文學上的影響〉一文又運用了當時非常前沿的西方的文化研究理論，使得這篇論文有了跨學科的學術意義，成為了國內較早「洋為中用」的理論批評著述。

「民族主義」在文化上最大的著力點就是認同文學的「民族性」與「本土性」，若是沒有對於本民族文化的充分認識，宣揚民族主義只是空中樓閣。而「五四」以降，「打倒孔家店」口號正盛，「欺師滅祖」、「離經叛道」與「廢典疑古」成為了當時文化人高舉的文化旗幟，《現代文學評論》一方面刊發外國文學研究的前沿著述，一方面對於古典文學、傳統文化的研究、考索採取同等重視的態度。

其次，將《古蘭經》的研究列入「整理國故」的研究中（見上圖），既是民族主義思潮對文學研究的積極影響，也是較早明確「民族文學」這一概念內涵、外延的。

---

[21] 此文是關於日籍學者青木正兒《近世中國戲曲史》的書評。

　　一直以來，由於「大漢族」的觀念深入統治階級內心，尤其是辛亥革命之前「驅逐韃虜」的口號甚囂塵上，使得當時的主流學術界並不重視甚至忽視了對於少數民族文化的研究。但是，作為中國傳統文化的重要組成，少數民族一直憑藉政治（如政權更迭、和親、冊封等）、經濟（如「絲綢之路」、茶馬古道與邊貿「互市」等）與文化（如遣使、譯經等）等交流形式參與中國傳統文化的構建。可以這樣說，不對少數民族文化有所瞭解，也就無法真正全面、系統地瞭解中國傳統文化——只是可惜的是，「五四」新文化運動並未真正重視對於少數民族文化的研究。

　　陳子展在〈古蘭經——回教的經典文學〉一文中開宗明義，論及當時少數民族文學研究的不足與意義，可謂是振聾發聵，發歷史之先聲，只是長此以來，這篇文章的意義被國內少數民族文學理論史學界所忽視了。

　　在文章的起始，陳子展如是說：

> 回族為組成我國的五族之一，回教盛行於國境西北，尤其是新疆甘肅二省；其勢力所播，偏於全國各地通都大邑；至今屠牛一業，差不多都操於彼教中人。可是國人注意回疆問題的，研究回族語言文字宗教風俗的，竟沒有幾個人，也沒有幾本書，這真是可為太息的事！[22]

　　「回族為組成我國的五族之一」是陳子展的基本立論，他不禁「太息」「沒有幾個人，也沒有幾本書」重視這一重要問題。雖然這篇文章頗短，但是這也正應了《現代文學評論》的「民族主義」

---

[22] 陳子展，〈古蘭經——回教的經典文學〉，《現代文學評論‧第二卷第三期》，1931。

辦刊宗旨，更重要的是，它提出了中國文學研究應該包括少數民族文學的觀點，這在當時是非常難得的。

最後，《現代文學評論》的「比較文學」視野，堪稱「理論的先行者」。

畢竟，真正意義上的「民族主義」並不是盲目排外的保守主義，也不是慷慨激昂的憤世嫉俗，而是對於本民族傳統文化的反思與檢討，從而站在跨文化比較的高度，進行「取長補短」式的研究，目的在於為本民族傳統文化找尋一條真正既適應於自身發展，又可以保存文化精神的路徑。在《現代文學評論》中，便有著這樣的視野與方法論。

第一，共時性的「平行研究」。譬如鄭震〈關於中國近世戲曲史〉與馬彥祥的〈現代中國戲劇〉即釐清了「曲劇」之分別，使得戲劇研究與戲曲研究獲得了區分，並且強調了話劇史的研究，這在當時是較為前沿的學術觀點（當時已經有了王國維、青木正兒的戲曲史，但是「中國戲劇」即話劇還未真正受到學術界的重視），再譬如奚行〈幾本文學史的介紹〉中，詳細比較、審理了包括《中國文學流變史》在內的《英國文學史》、《法國文學史》與《俄國文學史》的研究，提出了不同民族文學史所撰寫的差異性，這理念在當時是非常先進的。

第二，在「民族主義」的語境下，從跨文化、翻譯理論等前沿視角的「影響研究」——而且將目光聚集在了非「民族主義作

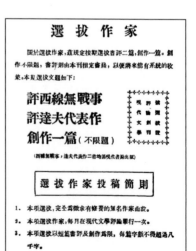

118

家」的無政府主義作家巴金與左翼文壇領袖茅盾的身上，這在當時亦是難能可貴的，這也見得《現代文學評論》對於「民族主義文學」的倡導實際上是理性審思而非盲動性的態度。

因而，在五期刊物中，除卻部分作家作品的品鑑性批評著述之外，有兩篇文章不得不提，一篇是知諸的〈巴金的著譯考察〉，一篇是楊昌溪的〈西人眼中的茅盾〉。[23]

在〈巴金著譯考察〉中，知諸單列了一章，名為〈翻譯的概觀〉，這是新文學史上一篇較早的翻譯理論著述，而且，筆者認為這篇文章是繼林琴南「信達雅」之後的一篇最為重要的翻譯理論文章，因為作者首次提出了翻譯家的「自我作用」。[24]（左圖為該刊「選拔作家」的啟事）

在文章中，作者這樣說：

> 巴金氏是覺得所謂翻譯，不是單把一個一個的西洋文學改為華文而已，翻譯裡面也必須含著創作成分，所以一種譯作底幾種譯本決不會相同。每種譯本裡面所含的除了原著者之外，還應該有一個譯者自己……[25]

「民族主義」刊物將目光投向對於翻譯語言的重視——尤其是從發達大國的語言翻譯為弱小民族的語言時，認為譯著中應該有「譯者自己」的聲音，這一觀點現在看來也是頗為新鮮的。而在楊昌溪〈西人眼中的茅盾〉一文中，又以茅盾作品的英譯本為對象，

---

[23] 這兩篇文章均發表於《現代文學評論・第二卷第三期》。

[24] 近年來我國翻譯界對於「自我作用」是頗有爭鳴的，其代表爭論就是許淵沖與江楓的「神似還是形似」之爭，江楓主張翻譯家的「自我」是次要的，而原著的「他者」則是主要的，即「先有形似，而後才有神似」，但許淵沖的觀點卻恰恰相反。但筆者發現，這類爭鳴卻在當時的《現代文學評論》上已經出現了。

[25] 知諸，〈巴金的著譯考察〉，《現代文學評論・第二卷第三期》，1931。

批評了西方人在翻譯中國文學作品中只顧情節，忽視對本土文化語境的重構，甚至還出現了為圖情節竟刪除文字、零星節譯的現象：

> 在這簡略的論述之外，他（筆者注：譯者）還節譯了野薔薇結集中的創造一篇中的一些零碎的詞語，把整整一篇小說割裂了。或許他們（筆者注：譯者）的目的只是要把創造一篇的故事刪節，而又要使刪節的故事成為一貫的系統。[26]

在翻譯的過程中強調語言與文化的多元化，捍衛民族語言與文化的本土化，這是近年來國際理論界頗為前沿的話題。譬如意裔美籍學者勞倫斯・韋努蒂（Lawrence Venuti）新近提出的英語、法語等語種在翻譯的過程中對於少數族裔話語的軟侵略（即後殖民侵略）而造成譯者的「隱身」。[27]西方學者從民族主義入手，對於翻譯與政治的關係性研究只是近些年的熱門話題，但是中國的民族主義文學研究者卻先行了七十年。

縱觀《現代文學評論》這一「被遺忘」的刊物，以及被塵封、被批判的「民族主義文學運動」，我們不難看出，新文學創造期的文學先行者們，雖然有著政見、觀點的差異，但是他們卻擁有著理性、寬闊、全面的學術視野與批評精神。「民族主義」在他們眼裡成為了進行外國文學研究、整理國故與翻譯理論的指導思想，而「洋為中用」則是具體的方法論。楊昌溪、趙景深、鄭震等一批學者為「民族主義文學」的理論實踐做出了不應該被遺忘的貢獻。當我們今天還在為民族主義與全球化、傳統文化之間該處於何種關係而爭

---

[26] 楊昌溪，〈西人眼中的茅盾〉，《現代文學評論・第二卷第三期》，1931。

[27] Lawrence Venuti，The Translator's Invisibility-A History of Translation，上海外語教學出版社，2004。

論時，其實早在七十年前的《現代文學評論》雜誌，就已賦予了我們一定的啟迪與借鑑意義。

《現代文學評論》主編李贊華的作品，現在已經很難找到，這位曾將中國文壇掀起風起雲湧的「資深出版人」，因秉性直爽，不擅從政做官，最後竟從堂堂《民國日報》總編輯淪為「江西反省院管理科主任」。最後窮困潦倒，默默了此一生。他唯一留給後世的詩作，是一首名為〈遺忘〉的短詩，全詩是這樣幾句：

> 怎樣遺忘
> 怎樣回憶
> 那如朝露般消逝的事
> 哪裡可以尋到痕跡？

對於《現代文學評論》這個剛剛七十年的刊物，我們是否也應該「怎樣遺忘」，然後再「怎樣回憶」呢？

第六章

「那歌聲去了」

——重評《夜鶯》雜誌及史料辨酌

所謂左翼，是為社會全體成員服務，使得每個人正當利益都
應獲得並受到保護的政治思潮，簡而言之，左翼是為底層民
眾而非為黨派的。

——霍布斯鮑姆（Eric Hobsbawm），1980

從意識形態上看，啟蒙、關懷與人道主義構成了左翼思潮的
重要結構組成。

——馬丁·哈特·蘭茲伯格（Martin Hart Landsberg），2008

在中國現代文學史上，有一份只出過四期的文學月刊，累計總
共發行量也僅為萬餘份。這份月刊名為《夜鶯》，因濟慈的詩歌〈夜
鶯頌〉而得名，目的在於「在黑暗中歌唱光明」——學術界普遍認
為，這是一份左翼的文學期刊，但是在「左翼文學」研究領域中，
因它涉及到中共黨史中若干重要敏感問題，而長期被主流現代文學
研究界所刻意「無視」。

「無視」並非是筆者杜撰，縱觀從 1949 年至今的大陸現代文
學研究界，對於《夜鶯》的專題研究論文僅為兩篇（不包括方之中
本人發表於 1982 年 1 月《新文學史料》雜誌上的的回憶文獻〈記
《夜鶯》月刊〉），其中一篇是劉玉凱載於 1992 年第 8 期的《河北
大學學報》〈《夜鶯》與魯迅〉，該文著重評述應國靖《現代文學期
刊漫話》（廣州：花城出版社，1986 年）中對於《夜鶯》論述的五

處史料錯訛之處的考辯，另一篇則是李日 2008 年 4 月載於《湖南農業大學學報》的〈方之中與《夜鶯》月刊〉，該文主要介紹湖南作家方之中以及《夜鶯》月刊的概況——值得深思的是，這兩篇文章所引用的「參考文獻」中，均無一來自於《夜鶯》月刊的一手資料——而且，在這些資料甚至方之中本人的回憶文獻中，都出現了各種各樣的錯誤，譬如方之中回憶〈中國文藝工作者宣言〉曾在《夜鶯》上發表，[1]但史實證明《夜鶯》並未刊發過這樣一份文獻——這一問題在李日的〈方之中與《夜鶯》月刊〉中亦獲得了詳細的推理。

鑒於此，筆者認為，在上海創刊於 1936 年的《夜鶯》月刊，著實不應該被忽視甚至無視。由於其特定的出刊時間、創刊地點、辦刊人員以及對於特定歷史事件的參與，導致了該刊具備頗為重要的研究價值。除了其曾刊登過魯迅的〈三月的租界〉與〈寫於深夜裡〉兩篇重要文獻之外，之於當時「左翼文學」創作、文學關係及期刊狀況而言，《夜鶯》亦是一面較為重要的反射鏡。

本文從全套四期《夜鶯》月刊這一稀缺史料出發，力圖在辨酌史料、正本清源的前提下，從「被無視」原因、刊物內容與歷史影響這三方面入手，詮釋該刊物之於現代「左翼文學」研究之重要意義。

一、《夜鶯》雜誌「被無視」的緣故

關於《夜鶯》雜誌的基本情況，在前文所述的兩篇論文以及應國靖的《現代文學期刊漫話》裡均有提到，這裡不再贅述。但對於該刊的主編方之中，還是有必要提一下的，因為這與該刊物日後「被無視」有著非常直接的關係。

---

[1]　方之中，〈記《夜鶯》月刊〉，《新文學史料》，1982.1。

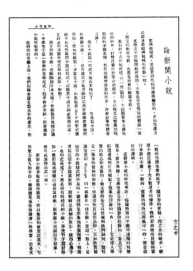

提到方之中，必然涉及到中共黨史中若干重要問題。

方之中這個人名，在大陸出版的《中國文學大辭典》、《軍事大辭海》以及《中國現代文學大辭典》等權威辭書均有收錄。（《夜鶯》封面見左上圖）

在中國大陸軍方出版的權威辭書《軍事大辭海》中，是這樣介紹的：

方之中（1908-1987）中國人民解放軍將領。湖南華容人。1925 年入黃埔軍校第 4 期學習。1926 年參加北伐戰爭，曾任國民革命軍第 6 軍 19 師政治指導員。1927 年加入中國共產黨，同年參加鄂中鄂西起義。土地革命戰爭時期，任湘鄂西工農革命軍獨立第 1 師師長。抗日戰爭時期，任陝甘寧邊區群眾報編輯。解放戰爭時期，任張家口衛戍司令部副參謀長，察哈爾軍區司令部參謀處長，華北野戰軍第 2 縱隊第 5 旅副旅長，第 20 兵團 67 軍 199 師副師長、第 200 師

師長。中華人民共和國成立後，任華北軍區軍參謀長，中國人民志願軍軍參謀長，中國人民解放軍某軍副軍長，河北省軍區副司令員兼天津警備區司令員。1955 年被授予少將軍銜。[2]

但是，在另一本辭書《左聯辭典》中，對於方之中，卻是這樣介紹的：

方之中（1908-1987）左翼作家。筆名方鏡，湖南華容縣人。中共黨員。早年參加北伐，大革命失敗後來上海，入群治大學半工半讀，在該校結識李初梨、馮乃超、潘梓年、陽翰笙、田漢等左翼作家，受到他們的薰陶。1930 年 4 月 1 日《萌芽月刊》1 卷 4 期發表他的第一篇雜文〈文藝雜觀〉。同年 6 月，由陽翰笙介紹加入中國左翼作家聯盟，從此決心獻身左翼文學事業。1934 年 1 月，作〈一年來之中國電影運動〉一文，認為 1933 年的優秀電影，「第一值得我們大書特書的是由小說改成的《春蠶》」，認為這「是一幅真切的農村畫」，「一首樸素的田園詩」。同年 5 月起，為上海《民報》電影副刊《影譚》撰寫電影評論。1935 年，第一部小說集《詩人的畫像》（原名《花家沖》）出版，生活書店經售。1936 年 3 月，編輯左翼文學月刊《夜鶯》，得到魯迅的支持，給刊物送來雜文〈三月的租界〉。在編輯工作中提倡「新聞小說」，認為「在民族解放鬥爭尖銳化的今日」，作家應當「正視現實」，作品要「有充實的內容」，「應是英雄行動的讚美」，以「策勵」讀者「再接再勵的勇氣。」同年 6 月，在〈我們

2　熊武一、周家法總編；卓名信、厲新光、徐繼昌等主編，《軍事大辭海・上》，北京長城出版社，2000。

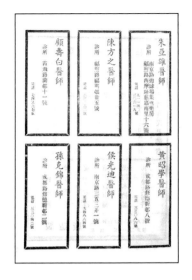

對於推行新文字的意見〉上簽名，支援應用、推廣拉丁化新文字。同年7月，大力協助左翼文學月刊《現實文學》創刊。同年，在以魯迅為首的〈中國文藝工作者宣言〉上簽名，擁護文藝界的抗日統一戰線。同年，小說《速寫集》由上海天馬書店出版。此外還在《中華月報》、《文學叢報》、《現實文學》、《夜鶯》等報刊上發表了許多小說、散文和評論，未收集成冊。[3]

　　稍微有點判斷力的人，或許會從常識出發進而認為，這兩份除了人名相同而其餘並無絲毫雷同的兩份介紹，應該是關於兩個「方之中」的簡歷：前者是一位資歷豐厚、屢立戰功的軍事將領，而後者則是一名創作豐碩的作家兼編輯家。但是事實上，「兩個方之中」卻是同一個人。（上圖為《夜鶯》所刊發的廣告）

　　儘管在李日的論文（下文簡稱李文）中，對於方之中有了較為明確的介紹。但是本文之所以還將兩份方之中的簡歷拿出來對比，主要是為了說明《夜鶯》之所以「被無視」的原因──首先在於方之中「大革命失敗後來上海」這一含混不清的史實──在中共軍方編寫的《軍事大辭典》中的「方之中」的詞條裡，卻絲毫不提及他曾有過「來上海」的經歷。

　　將「方之中來上海」作為引子，根據有案可查的史實與新近發掘的史料，我們可以分析得出《夜鶯》之所以被無視，原因有三：

3　姚辛，《左聯詞典》，北京光明日報出版社，1994。

　　首先，是方之中與當時中共領導人之一夏曦（見右圖）的結怨。

　　提到方之中此事，就不得不提在中共黨史內並未受到應有的重視的「鄂中鄂西起義」──爆發於 1927 年 9 月 10 日的該起義比起中共建軍的「八一南昌起義」只晚了四十天，但是根據該次起義改編為歌劇的《洪湖赤衛隊》（該歌劇始終不宣傳鄂中鄂西起義的全局性意義）卻在大陸膾炙人口。該起義的領導人賀龍、周逸群在當時亦是中共黨內非常知名的軍事領袖。方之中作為早年的中共黨員，遂被中共中央派遣到鄂西地區主持起義工作，在整個起義中擔任總指揮這一重要職務。

　　起義成功後，方之中的農民起義隊伍自命名為「湘鄂西工農革命軍獨立第一師」，方自命為師長兼參謀長，其人數與聲望均名噪一時。但是在隨後當地保安團的「清鄉」中，方部由於多是農民出身，缺乏應有的軍事訓練，損失慘重，最後僅剩下「兩百餘人，三十多條槍」，甚至不得不「隱蔽到洞庭湖的蘆葦叢中」。[4]

　　在最艱苦的時候，接納並支持方之中的是另一位起義將領段德昌，這位介紹彭德懷加入中共的早期軍事領袖，有著非凡的軍事才能，但卻恃才傲物、疏於世故。在黨內軍內有著卓著的軍事聲望的他，卻因為功高蓋世而引起了毛澤東湖南一師的同學兼親信、同為

───────────

[4]　周燕，〈文人武將方之中〉，《百年潮》，2004.2。

中共早期領導人之一的夏曦的嫉妒且並與其結成冤家。在 1933 年的「肅反」運動中，作為「肅反委員會副主任」的夏曦竟然殘忍地將段德昌以莫須有的罪名砍死。[5]1952 年，中共中央成立烈士追認制度，毛澤東將段德昌追認為第一號烈士。

雖然如此，「左」到殺人如麻的夏曦卻始終受到毛澤東的重視、重用，直至其 1936 年落水身亡（直至現在其落水罹難處仍有「夏曦烈士紀念碑」）。遵義會議後，備受黨內聲討的夏曦儘管受到批評與處分，但其後不久根據「中央電報指示」又被任命為新成立的「湘鄂川黔省委委員、軍分會委員和革命委員會副主席」，屬於當地黨政軍的實權人物。而且，作為中共領導人的毛澤東對夏曦這位「極能做事」的同學，竟始終推崇備至。夏曦亡故後，毛澤東曾給其父夏墀變寫信慰問：「東與曼伯（夏曦的字），少同硯討，長共驅馳，曼伯未完之事，亦東之責也。」[6]

可想而知，夏曦處死段德昌這段事關蘇維埃政權的「肅反」歷史，一直是中共黨史中的一個敏感問題，這亦是「鄂中鄂西起義」為何一直被中共黨史低調處理與方之中不得不「脫黨」的原因之一。甚至我們完全可以料到，當時若方之中不跑到上海以求自保，否則在「肅反」中他定然會與段德昌一樣，成為夏曦的刀下冤魂，當方之中敏銳地發現了其直接領導段德昌與中共高層的微妙矛盾後，自己審時度勢，最終選擇潛往上海——或許這也是我們為何一直在任何一份公開的史料中都找不到方之中為何會「脫黨」並且從封閉、落後的鄂西跑到十里洋場辦雜誌的緣由。

---

[5]　夏曦發動的四次「肅反」中陸續殺害了柳直荀、潘家辰與劉格非等中共早期幹部數百人，曾引起中共黨內極大公憤。

[6]　Thomas Kampen，Mao Zedong Zhou Enlai and the Evolution of the Chinese Communist Leadership，香港時代潮流出版公司，2005。

其次，方之中在主編《夜鶯》時，曾攻擊了日後擔任中共領導人之一的張春橋。

上述並非《夜鶯》「被無視」的唯一原因，更關鍵原因在於，《夜鶯》雖然只出刊四期，但卻將矛頭對準了民國期間的上海文壇惡少張春橋──方之中無論如何也不會想到，張春橋日後竟然成為中共黨內的顯赫人物，地位遠在方之中甚至當年的夏曦之上。

這一事件在李文中有著較為詳細的敘述，在這裡只略作介紹。魯迅為蕭軍《八月的鄉村》一書撰序之後，引起張春橋的妒忌與不滿，張春橋遂化名「狄克」在《大晚報》副刊《火炬》上撰〈我們要執行自我批判〉一文借批評蕭軍之名來攻擊、污蔑魯迅。魯迅知道後，果斷在《夜鶯》上刊登雜文〈三月的租界〉，對張春橋的言論予以痛擊。（見上圖）

1949 年之後，曾經的張春橋從華東新聞出版局副局長的位置一路攀升到國務院副總理兼解放軍總政治部主任，這是方之中完全沒有預料的，但當時已經故去的魯迅亦是中共文化界的「旗手」，在中國向來活人無法壓死人──張春橋攀登到政治最高點後，最害怕的「政治污點」之一便是自己早年對魯迅的攻擊[7]（毛澤東去世

7　縱觀張春橋一生，確實是一個非常特殊的政治個案。他一生中就曾有許多反共的行為，但卻在 1949 年之後身居中共高位，這不得不說是中國當代政治史上的一個奇蹟。在上個世紀三十年代其在上海文壇的所作所為，只是

後，「四五」天安門事件中即有文學研究者將矛頭指向當年張春橋攻擊魯迅一事），這也是他為何對《夜鶯》以及其主編方之中憎恨甚至到迫害的原因，方之中本人在「文革」中曾身陷囹圄，險些喪命。

其三，還有一點一直被後來研究者所忽視的是，方之中在主編《夜鶯》時，曾因為捲入「國防文學」和「民族革命戰爭的大眾文學」兩個口號的論爭。

在這個論爭中，方之中旗幟鮮明地與魯迅、胡風等人一道站在「大眾文學」的立場上，而「國防文學」的倡導者正是 1949 年之後成為中共文壇核心領導人物的周揚。在很長一段時間內，大陸現代文學史界對於「兩個口號」的研究與探討都曾被視為與幾乎「肅反」為同類的「歷史問題」禁區，這也是《夜鶯》一直被刻意迴避、忽視的原因所在。

須知，中國大陸官方對「黨內歷史問題」向來十分重視，尤其是在學術研究、文學創作與新聞出版等公共意識形態領域，對於「黨內歷史問題」的反覆強調已然超過了其他領域。尤其是肅反、整風、

他一生中「政治污點」之一，而同為「四人幫」之一的另一位中共中央委員江青（原名藍蘋、李雲鶴）恰恰在上個世紀三十年代亦在上海文藝界有著不好的名聲（因參加中共學生運動而被國民政府俘虜脫黨）。當張、江二人在上個世紀六十年代成為一個利益集團時，則開始對共同的一段共時性歷史予以迴避、否定。這是張春橋為何害怕「三十年代」的歷史、政治動因。「張春橋做賊心虛，對三十年代的活動諱莫如深，他利用篡奪的那部分權力，千方百計不讓人們知道他當年的情況，嚴密封鎖當時上海出版的報刊，殘酷迫害知情人，誰要是知道魯迅先生批判過的狄克就是張春橋，誰就會遭到殘酷迫害，甚至被打成反革命。」見劉之江，〈一打一捧，本相暴露〉，載《中央民族學院學報》，1977.2。而張春橋面對揭露其三十年代歷史、發生於 1968 年的「四一二上海炮打張春橋事件」的參與者則迫害至極。「張春橋對曾經參與炮打張春橋的人，要搞所謂『秋風掃落葉』，必欲置之死地而後快。僅上海大專院校因『炮打』張春橋而受到拘捕、隔離、批鬥或者作檢查、寫鑑定的達三千多人」，見胡月偉，《四一二，上海灘：炮打張春橋事件揭秘》，香港新秀出版社，1987。

反右與文革等若干重大涉及中共黨內鬥爭的「敏感」歷史事件，無論是學術研究還是文藝創作在指導思想、最終定論上都必須嚴格遵循中共中央在 1981 年公佈的〈關於建國以來黨的若干歷史問題的決議〉以及其他官方文獻的具體指示，否則只能選擇迴避不談。

綜上所述，總共發行量不到萬餘份的《夜鶯》，由於屢次陷入到中共黨內鬥爭的漩渦當中，所以一直被刻意「無視」、「被遺忘」，以至於多次從現代文學史學者的視域中隱遁。但這是完全不應該的。作為繼《海燕》之後「左翼文學」的代表期刊，它的出現有著非常獨特的歷史背景，這也是它應獲得應有學術關注的原因所在。

二、從「口號」到「文學」

縱觀「左聯」諸多期刊，如《北斗》、《大眾文藝》、《新地月刊》、《大眾文化》、《拓荒者》、《前哨》與《海燕》等等，以及圍繞「左聯」周圍的「左翼文學」期刊如《文學》、《莽原》、《文季月刊》、《中流》、《太白》、《芒種》、《生生》、《今代文藝》等等（甚至北方「左聯」還有其機關刊物《文學雜誌》），不勝枚舉，堪稱中國現代文學史上內涵最廣的文學體系之一。但是這諸多刊物都反映了同一個問題，即內容上「口號」多於文學，這亦是為何「左翼文學」始終幾乎處於配合「革命」的「文學運動」而非遵照文學自身規律的「文學活動」的原因所在。

當然，這種現象有著內因與外因的兩方面，內因是本身文學創作者資歷不足——雖然「左翼文學」的領導者魯迅、瞿秋白與茅盾等人均受過很好的教育，有著卓異的文學才華，但其他大批「左翼文學」青年卻出身貧苦工農家庭，既沒有很好的國學功底，亦沒有受到很好的西學教育，兼創作時間較短，僅憑一腔激情寫作，這是

無論如何都無法攀登到文學金字塔頂端的；外因則是「左翼文學」在主導思想上片面追求極端左傾、「奉命文學」的政治性而忽視了文學自身規律與價值，並且「左聯」內部派系分裂、爭權奪利而導致矛盾重重。

「左聯」內部的矛盾主要分為「國防文學」與「大眾文學」兩派，「一條戰線，兩派人馬」的現狀，是由茅盾、傅東華、夏丏尊與王任叔等人主張「國防文學」與魯迅、胡風與聶紺弩等人主張「大眾文學」相爭鳴的結果，最後兩派幾乎到了水火不容的地步。魯迅為宣傳與「國防文學」派抗衡的觀點，遂在1936年1月創辦了《海燕》月刊。

但是，這份刊物創刊之後的結局並不好。兩個月之後，這份刊物因為宣傳共產主義思潮而被國民政府查封（有研究者認為，這是「國防文學」派利用自己的政治優勢，向國民政府新聞審查部門揭發告密的結果）[8]。這對於魯迅是一個極大的打擊，他甚至失去了復刊的想法。在致友人的信中，魯迅曾稱，「《海燕》係我們幾個人自辦，但現已以『共』字罪被禁，續刊與否未可知，此次所禁者計二十餘種，稍有生氣之刊物，一網打盡矣。」[9]

魯迅的灰心喪氣，更大原因來自于對於「左聯」內部人員的失望，但是作為中共領導的重要文學組織，「左聯」根本不可能被魯迅個人意志而左右。而逗留在上海的方之中，則主動地向魯迅提出要重新辦一份刊物，當時的魯迅與方之中並不熟悉，之前唯一的一次有案可查的交往，便是方之中在1935年4月函請魯迅為他的小說集《花家沖》撰寫序言，但被魯迅因「身體原因」而婉拒了——

---

[8] 散木，〈關於真話該不該講的考量——續邵燕祥先生《試論假話未必不可講》〉，《同舟共進》，2008.1。

[9] 魯迅，《魯迅全集·第四卷》，人民文學出版社，2005。

但其後方之中並未因此而怨恨魯迅，而是憑藉自己勤於創作的文學熱情與不近派系的處事原則。不斷獲得魯迅的好感與認可。

而且，從身份上看，方之中也是「左聯」中身份較為純粹、辦刊亦較為合適的一個人。首先，在辦刊之前他並未陷入到「左聯」的內部紛爭當中，作為一名從鄂西起義隊伍中近似流浪到上海的知識青年，不但年少有成，且當時沒有涉及門派紛爭，除了身份之外，方之中的政治面貌與文學素養也都較得魯迅的首肯。

更重要的在於，方之中所主編的《夜鶯》，雖然繼承了魯迅對於「大眾文學」的宣揚，以及對於「國防文學」的批判，但它並未陷入到「左翼文學」期刊的「口號為主」的窠臼當中。在《夜鶯》雜誌上，不但刊登有大量廣告，而且創刊號還曾「再版」，其內容也以文學創作、文藝批評為主，這體現了「左翼文學」中對於文學性追求的一面——雖然《夜鶯》並不能作為「左翼文學」的權威代言人。

首先，《夜鶯》涵蓋文學體裁之廣、廣告內容之豐，現代「左翼文學」刊物幾乎無出其右。

與《夜鶯》幾乎同時代（1931 年）的「左聯」機關刊物《前哨》（後改名為《文學導報》）中，幾乎看不到真正像樣的文學作品，除了瞿秋白署名「史鐵兒」發表的幾篇「口號詩」之外，全是〈開除周全平、葉靈鳳、周毓英的通告〉、〈革命作家國際聯盟社書處給各文部的信〉等文告類的文章，儼然一官府文稿彙編，且不說廣告，連啟事都沒人刊登。「左翼文學運動」幾乎變成了「左翼運動」，「文學」二字蕩然無存。

但是，在《夜鶯》月刊中，其文學性是極其濃厚的——編者將刊物分為五個部分：漫談之部、創作之部、理論之部、介紹及批評之部與舊話重提，一批優秀的作家曾是其專門撰稿人，而且刊物內廣告數量之多，門類之廣，堪稱一時翹楚（見下表）。

體裁篇數 不含「舊話重提」 期號	小說	散文（隨筆）	評論（理論、政論）	譯著	詩歌	廣告數量	主要撰稿人
第一期	4	7	1	3	2	21 （含出版廣告）	方之中、唐弢、王任叔、周文
第二期	4	6	5	5	2	10 （含出版、律師廣告）	以群、歐陽山、麗尼、王任叔、楊騷
第三期	2	3	5	4	2	11 （含出版廣告）	魯迅、方之中、胡風、周文
第四期	7	3	8	4	3	10 （含出版廣告）	魯迅、聶紺弩、歐陽山、陳企霞

　　通過這張表格可以看出，在《夜鶯》中，各種文體都是均衡存在的，並非是對於口號、雜文極其推崇。更重要的是，這份刊物刊登了相當多的廣告，且並不上海同時代其他類型雜誌的廣告要少，其廣告遍佈醫院、律師、橡膠生產、輪船航運、禮服訂製與圖書出版等各個門類，甚至作家「草明」還在上刊登了澄清身份的「公開啟事」，試問若是沒有一定的影響，又有誰願意來刊登廣告、啟事呢？

　　而且，這份刊物不「奉命」不「極端」，觀點鮮明，保持了文學刊物應有的立場與判斷力。

　　就方之中本人而言，他並非嚴格意義上的「文壇中人」，亦不是純粹意義上的「黨內人士」。在「文學」與「政治」兩邊，方之中都有相對的獨立性，作為一份刊物的主編，這個身份是非常重要的。就目前的史料來看，方之中所崇拜、敬仰與愛戴是魯迅本人。在當時複雜的政治環境下，「左聯」高層內部如周揚等人對於魯迅實際上是以「利用為主」的態度，這也讓魯迅也非常反感——就在

〈三月的租界〉發表後十天，魯迅曾在信中憤怒地批評周揚等人：「又有一大批英雄（指周揚等）在宣佈我破壞統一戰線的罪狀，自問歷年頗不偷懶，而每逢一有大題目，就常有人要趁機會把我扼死，真不知何故？」[10]

根據上表我們可以獲悉，方之中對於魯迅的愛戴，並非是停留在表面，而是真正地將魯迅當作偶像來崇拜、敬仰的。在這裡，有一個細節值得注意並推敲，魯迅曾無端抨擊過邵洵美，這已是現代文學史上一椿莫名其妙的公案——作為編輯出版家的邵洵美，非但不陷入政治紛爭，更是樂善好施，在當時文壇有「孟嘗君」之美譽，頗受文學界同行的好評與欣賞，但是在《夜鶯》第一期的主編專欄「舊話重提」中，主編方之中竟然竟對邵洵美繼續進行無端的攻擊——由頭是邵洵美參觀了蘇聯辦的畫展，稱讚「始信蘇聯的偉大」，這豈有可置喙之處？但《夜鶯》仍不依不饒，辱罵邵洵美為「清客」（上海方言「騙子」的意思）——將此事評價為「連清客也始信（蘇聯的偉大）了」，畢竟方之中與邵洵美始終既無過從，更未結怨，這種荒唐的攻擊，原因之一恐怕真是因其過於追隨、崇拜魯迅吧。[11]（上圖為魯迅發表於《夜鶯》上的文章〈幾個重要問題〉）

---

[10] 魯迅，《魯迅全集·第十四卷》，人民文學出版社，2005。

[11] 除了攻擊邵洵美之外，方之中還曾順帶攻擊過邵洵美策劃的刊物《論語》

　　所以說來，如果方之中當時真的「堅持黨性」利用文學搞政治投機，他完全不必在終刊號推出「民族革命戰爭的大眾文學」專輯，並刊登了一系列文章，對周揚的「國防文學」進行了針鋒相對的批評。

　　當然，我相信這是方之中本人堅持己見的結果，而非「左聯」的刻意授意，因為當時的「左聯」已經被周揚、田漢等人實際操控，方之中願意上哪條船，純粹悉聽尊便——眾所周知，除了歐陽山之外，「大眾文學」口號的堅持者們到了 1949 年之後結果都不好，吳席儒在延安整風中被「發配」，聶紺弩、胡風幾乎都是從監獄中撿回一條命，而方之中若不是後來棄文從軍，作為《夜鶯》主編的他其境遇在 1949 年之後或許比胡風、聶紺弩更為糟糕。

三、《夜鶯》所刊載文章之文學價值

　　談到刊物內容，就無法將其文學價值避而不談。作為一份文學期刊，《夜鶯》在辦刊中儘量摒棄了「左翼文學」中所弘揚的政治鬥爭，這是值得稱道之處，因而其刊載的文章本身有著較強的文學性價值，這亦是本文研究的另一個重點。

　　首先，是《夜鶯》中的小說、散文創作中的現代性敘事方式，豐富並提升了「左翼文學」創作的文學內涵與價值。

與《人間世》，他曾批評：「從《論語》到《人間世》，沒有一篇文章可當幽默而無愧，充其量也不過是小丑似的打諢而已」。但「提倡小品文最力的是茅盾」，此時茅盾在「左聯」中已經站到了魯迅的對立面，見姚辛，〈紅色勁旅之歌——左聯小史（八）〉，《黨史文滙‧第 11 期》，2007.11。而且據邵洵美之女邵綃紅對筆者回憶，邵洵美生前並不認識方之中，因此，筆者可以判斷，方之中對於邵洵美發動口誅筆伐的原因之一是邵洵美曾與魯迅結怨所致。

在每一期的「創作之部」與「漫談之部」中，《夜鶯》都推出了一批優秀的散文小說作品，雖然這些作品有著較強的時代感，但是並未削弱其文學價值，而且每一期都有數篇優秀代表作——譬如第一期發表王任叔的〈霧〉、第二期發表麗尼的〈行列〉與歐陽山的〈歌聲〉、第三期魯迅的〈寫於深夜裡〉以及第四期葛琴的〈藍牛〉與田間的〈饑餓〉，這些作品不但在當時名噪一時，而且分別成為了作家的代表作之一。

尤其是王任叔的短篇小說〈霧〉，其較為高超的文學性與卓異的敘事策略，堪稱當時短篇敘事之翹楚。在〈霧〉的開篇，王任叔運用了當時仍頗為罕見的白描手法，其細膩的修辭，在當時小說中是較少遇到的。

> 是料峭的春寒天氣。
>
> 驛亭站孤俏地聳立在寒霧裡，白馬湖旁低矮的土山，淡淡的疏疏的染上了新綠，襯出了這小車站的慘澹。
>
> 車站的鐵軌，無力的躺著。一端隱沒在橫堵住的土山下，一端向曠野延展著，漸遠漸隱，終於和山頂屋頂一般，隱沒在寒霧裡。[12]

這段文字所使用的動詞，縱然今天來看，也是頗令人驚歎的，「聳」、「染」、「襯」、「躺」、「隱沒」、「延展」等，堪稱精細入微，而且整篇小說結構精湛，措辭雅馴，情節敘述也頗有曲折，從文學角度看，如此洞見功力的文字實不多見。

而且在左翼文壇中，除了郭沫若、魯迅、茅盾等一批從「五四」走來，有著留洋背景的文學巨匠之外，其餘創作者在政治極端對立的時候，會多陷入政治性的窠臼而忽視其文學性，促使了其作品的

---

[12] 王任叔，〈霧〉，《夜鶯·第一期》，1936 年 2 月 5 日。

文學水平遠低於自由主義、無政府主義作家們文學作品。而以王任叔的〈霧〉為代表的「夜鶯文學」，則意味著「左翼文學」所能達到的另一個文學高度——即對於純文學價值的追求。值得一提的是，王任叔本人對於這篇文章亦是十分滿意，1943 年，他與茅盾、巴金在地球出版社聯合出版的短篇小說集《霧》即選錄了這篇〈霧〉並將其作為合集的書名。

當然，〈霧〉在《夜鶯》所發表的作品中，並非一枝獨秀，其餘文學作品中，運用現代小說技法並有著卓異文學表現的，還有吳席儒（署名奚如）〈生與死〉開篇中對於監獄殘酷生活的細膩描寫、方之中〈候驗室〉中以「對話」推動故事發展的「非描寫性」表達，以及歐陽山在〈明天的藝術家〉中以細節代替情節的敘事方式，儘管在現代文學史上鳳毛麟角，但在《夜鶯》雜誌中還是能看到幾篇的，因而，稱「《夜鶯》作者群」憑藉其優秀的文學水平與寫作技巧，豐富並提升了「左翼文學」創作的文學內涵與價值，實不為過。

其次，《夜鶯》對於文學理論的譯介以及對文學批評的弘揚，為「左翼文學」理論體系「中國化」的建立健全，起到了積極的促進作用。（下圖為《夜鶯》的插圖）

《夜鶯》雖然只出刊四期，但是除了第三期之外，每期都設有的「理論之部」卻是在當時的文學期刊中不算多見，因當時國內有理論學術刊物發行，所以文學期刊一般不負責理論研究。尤其在「左翼文學」體系中幾乎卻沒有一本純粹意義上的理論學術刊物，因此，《夜鶯》在豐富「左翼文學」的理論探索上，有著頗為重要的歷史意義。

一方面，《夜鶯》的理論短評極具特色，構成了當時「左翼文學」理論批評的一道風景線，譬如唐弢（署名「南宮離」）的〈從宣傳過去到接受未來〉、〈談集體創作〉、李平的〈文壇上的眉間尺

和黑色人〉與張天翼的〈什麼是
幽默〉等批評論文，在當時的批
評界都產生了一定的影響，尤其
為「左翼文學」中某些基本概念
釐清與定義也起到了積極的促
進作用。特別是魯迅〈三月的租
界〉一文，亦對「兩個口號」論
爭的催生起到了較重要的意義。

正如前文所述，《夜鶯》第
四期的「理論之部」專門以「民
族革命戰爭的大眾文學」的專題
代之，進行討論，並刊發了魯迅
的〈幾個重要問題〉、歐陽山（署
名龍貢公、龍乙）的〈抗日文學
陣線〉與、聶紺弩（署名紺弩）
的〈創作口號和聯合問題〉、吳
席儒（署名奚如）的〈文學的新

鎔爐的裝置　　　　Dormidontov 作

要求〉與胡風〈抗日聲中的演劇運動〉等一系列評論文章，在「兩
個口號」的論爭中起到了重要的推進意義。

另一方面，《夜鶯》譯介的理論文章之豐富，這樣集中、批量
的介紹在「左翼文學」期刊中也是不多見的。四期中共收入理論譯
文（不含文學創作）共計十二篇，如下：司各脫‧尼爾寧的〈托爾
斯泰——一個非戰的煽動家〉（方土人譯）、S‧瑪拉霍夫的〈屠格
涅夫底現實主義〉（譚林通譯）、高沖陽造的〈現實主義與藝術形式
的問題〉（辛人譯）、愛倫坡的〈新內容與新形式〉（以群譯）、村山
知次的〈蘇聯文學與斯泰哈諾夫運動〉（格收譯）、森山啟的〈作為

意識形態的藝術〉（辛人譯）、高爾基的〈論劇〉（屈軼譯）、法捷耶夫的〈新現實與新文學〉（以群譯）以及第四期中關於「卻派也夫」作者孚爾馬諾夫逝世十周年的紀念批評論文（譯文共計四篇，分別由克夫、吳明與明之三人翻譯）。

《夜鶯》雖只出刊四期，但卻有如此多的譯文，在當時的文學刊物中可謂是難能可貴（從所佔百分比來講，只有邵洵美等留歐作家主編的《獅吼》可與之比擬），這些看似篇幅不長的理論文章，卻恰到好處地豐富了「左翼文學」理論的體系框架，為今後「左翼文學」理論「中國化」的發展起到了積極的作用。無疑，這也體現了方之中本人開闊的編輯視野及開放的批評眼光，筆者認為，在「左翼文學」理論體系的「中國化」過程中，方之中的此舉是有關注價值的。

四、重評《夜鶯》的研究意義

從研究意義看，在中國現代期刊史上的文學期刊大概可分為三種：一種基本無研究意義，不但刊物發行量小，影響面窄，且辦刊者純粹為名利驅使，撰稿者亦是無名之輩且內容媚俗；第二種則已經被研究到非常深入的深度，如《新青年》、《學衡》等刊物，儼然成為當代顯學，再想產生新的研究意義則變得尤為困難；另一種則是在現代文學史研究中並不多見，也不為更多人所知，但卻可以以小見大，考鏡源流。筆者拙以為，《夜鶯》便屬於第三種——在當下重讀《夜鶯》雜誌，意義有二。

首先，《夜鶯》繼承了「五四」以來的文學傳統，在一定程度上豐富了「左翼文學」的精神內涵。

　　「左翼文學」作為「後五四」時期重要的文學思潮，它源於俄蘇，但卻在中國本土形成了自己獨特的理論體系。就當時的「左翼文學」運動而言，以上海為中心、深受俄蘇現實主義影響的城市文學與青年創作成為其重要分支。這種創作雖然關注於底層、民間與當時政權的腐敗，但是它的精神淵藪則是租界文化繁盛、出版體系健全、政治氣氛寬鬆以及城市文明發育頗為成熟的上海，這就決定了以青年知識分子、貧苦產業工人為創作主體「左翼文學」[13]的內涵始終無法迴避「勞資衝突」、「城市貧民」等書寫內涵，[14]但當時中國社會的主要矛盾並非在城市，而是在鄉村。

　　但是，自「五四」以來的底層文學敘事卻是根植於鄉村問題之上的敘事，如王統照、魯迅、葉聖陶等人的小說、散文，均是取材農村，立足現實，這是與中國當時的現實相貼切的。但是「左翼文學體系」中卻不以這樣的作品為主，[15]這也是「左翼文學」中的「城市敘事」與當時中國現實脫節的原因所在。

　　在《夜鶯》裡，雖然也有以學生、產業工人甚至軍人為主題的文學作品，但卻也發表了一篇非常優秀的、以農村生活為題材的文

---

[13] 王堯山在〈憶在「左聯」工作的前後〉中認為，「『左聯』盟員來源大致有：作家、失掉黨的關係找到『左聯』的、青年工人、青年志願學徒、中小學教員、女工夜校中的積極分子等等」，見中國社會科學院文學研究所《左聯回憶錄》編輯組，《左聯回憶錄》，中國社會科學出版社，1982。

[14] 李永東，《租界文化與三十年代文學》，三聯書店，2006。

[15] 客觀上說，中國左翼文學的精神開端應是鄉土文學中關於農民「失去土地」從而形成「漂泊者」的現代性悲劇命題，實際上這反映了中國現代農村邁向現代性的社會發展必然。在上個世紀三十年代左翼文學體系中，其實仍不乏有相對較為優秀的農村題材文學作品，譬如蕭軍〈八月的鄉村〉、陽翰笙的〈暗夜〉、柔石的〈二月〉與葉紫的〈豐收〉等等。曹清華認為，左翼文學創作最大「身份難題」就是「言說者」與「言說對象」究竟是「工人階級」還是「知識分子」的問題，而這恰恰反映了現代左翼文學生產過程中對於鄉村問題的有所忽略。見曹清華，《中國左翼文學史稿（1921-1936）》，中國社會科學出版社，2008。

學作品，即葛琴的〈藍牛〉（第四期），這在當時時興以「工人階級」為敘事客體的「左翼文學」體系中，是不可多得的。這篇文章一定程度上豐富了「左翼文學」的內涵，使「左翼文學」中的「農村題材」中有了更具分量的作品。

作為中共「左翼文學」代表人物之一邵荃麟的夫人，原名孫瑞珍的女作家葛琴曾因在丁玲主編的《北斗》雜誌上發表軍人題材小說〈總退卻〉而聞名左翼文壇。就她本人來說，其創作內容普遍以城市生活為主，較少涉及到鄉村文化題材。但〈藍牛〉這篇小說卻以農村孩童「藍牛」為主人公，講述了當時中國農村飽受戰爭之苦的現實問題。當然，這篇文章得以發表也與《夜鶯》的主編方之中來自於農村並發動過農民起義等豐富的鄉村生活閱歷有著不可分割的原因。

其次，《夜鶯》反映了「左聯」內部的矛盾及「左翼文學」的早期規制問題。

作為由中共發起並領導的文學團體，「左聯」的成立，本身有著不可替代的政治意義。但是對於一批有著文學理想與獨立思考的作家來說，「左聯」本身反映的是更深層次的內部矛盾──文學創作與政治規制之間的矛盾，但是這一問題長期以來一直被掩蓋了，尤其是當時的「左聯」機關刊物因為政令而顯示出「整齊劃一」的姿態，這更突顯了以政令下達取代文學規律的滑稽舉動。

《夜鶯》以文學的形式向「左聯」控制下「政令統一」的局面提出了自己的抗議，尤其是為晚年魯迅的覺悟提供了一份可資參考的活物證，與其說《夜鶯》是「左翼期刊」，倒不如說是「魯翼期刊」──在晚年魯迅與「左聯」發生衝突時，與大多數其他「左聯」刊物不同，《夜鶯》毅然站到了魯迅這一邊。

　　正如《夜鶯》所暴露出來的問題一樣，在「左翼文學」這一特殊歷史產物中，分為兩種不同的陣營。一派以周揚、邵荃麟為代表的，名為「左翼」實為「奉命」的「遵命文學」；一派是以魯迅、胡風與聶紺弩為代表的，名為「左翼」，實則尊重文學客觀規律──即「人的意識」的正統「左翼文學」，在中國大陸所編寫的現代文學史中，來自於左翼文壇內部的這兩大陣營的矛盾曾一度「被掩蓋」。

　　其實，這一矛盾由來已久，早期「左聯」就曾開除過如郁達夫、蔣光慈、葉靈鳳等「自由散漫」的作家，這就曾招致「左聯」內部的不滿甚至分裂。而且這些「自由散漫」的作家，其文學造詣遠遠高於「奉命」的文人。

　　通過對《夜鶯》雜誌的重讀，結合如上兩點研究意義，本文所得出之結論亦有兩點。

　　首先，通過對《夜鶯》雜誌的重讀可以發現，「左聯」無法生產出文學佳作並非因「左聯」這一文學體制本身，實因「左聯」中爭權奪利的內訌，直接將優質刊物、優秀出版家與青年作家們卓異的創造精神強行抹殺了。中共內部根深蒂固的山頭主義、宗派主義所導致的內訌，實質是致使「左聯文學」缺乏佳作的重要原因。《夜鶯》雜誌中所刊載的一些「左聯作品」如葛琴的〈藍牛〉與王任叔的〈霧〉等等，從歷史的眼光看，其實都是現代文學史上非常優秀的作品，但因為《夜鶯》雜誌本身陷入了「左聯」的內訌並觸犯了中共黨內的若干規則，而使得其連帶所發表的文章一道「被遺忘」。

　　其次，以《夜鶯》雜誌為代表的「左聯」文學實際上是對「五四」新文學傳統的賡續與發揚。「左聯」文學並非全然是「口號文學」，而是因為其權力分配不均的輪番內鬥以及優秀創作者的不斷流失，使得「口號」之爭甚囂塵上，但是在這種混亂之下，仍有值

得關注、好評的文學作品與的文學思想，而這恰恰是符合「五四精神」的。正如前文所述，作為「左聯」晚期刊物之一的《夜鶯》，不但推出了一批好作品，更發表了數篇優秀的譯著，無疑，這些也應算是「左聯」文學期刊體系的重要組成之一。（右圖為《夜鶯》最後一期）

值得一提的是，史料證明，《夜鶯》雜誌的停刊，其實是毫無準備的，就在第四期上，方之中還刊登了「約稿規約」，在規約中明確表示「千字改以一元至五元之筆金，但不得事先約定」。但是旋即停刊這是方之中所無法預料的，[16]在《夜鶯》停刊之後，方之中又約上尹庚——這位胡風的摯友，在 1949 年之後竟「被開除公職，趕到農村，以至妻離子散，孑然一身，一度致瘋，淪為乞丐」[17]，兩人重新創刊了與《夜鶯》風格一脈相承的《現實文學》，但這份刊物最後也不幸只維持了兩個月就草草停刊了。

在方之中的回憶文獻中記載，《夜鶯》的刊名來源於濟慈的〈夜鶯頌〉，在〈夜鶯頌〉的結尾，有這樣幾句——

噫——

這是個幻覺，還是夢寐？

---

[16] 在方之中唯一的一篇關於《夜鶯》的回憶錄中，他如是回憶《夜鶯》的停刊，緣故是他本人受到「政治上的壓迫與生活上的困難」，其停刊屬於「內外交迫的情況」。見方之中，〈記《夜鶯》月刊〉，《新文學史料》，1982.1。

[17] 方競成，〈只出了兩期的《現實文學》〉，《金華日報·第 4 版》，2004.11.12 日。

　　那歌聲去了——

　　我是睡？是醒？

　　但是，有史為證，來自於《夜鶯》的「歌聲」，卻著實是不應該「去了」甚至「被無視」的……

　　至於「是睡，是醒？」只好全憑歷史說話了。

第七章

從「話語媒介」到「文學場」
——以《筆談》雜誌為核心的史料考察

> 文學自身的規範、政治話語的規範以及經濟、文化等諸多領
> 域不同的規範,會因為突如其來的戰爭而統一,形成一種強
> 大的思想力量。大家都會在一個規範下,嘗試著對於社會的
> 理解與闡釋。
>
> ——羅蒂(R. Rorty),1978

> 以我這樣的少年,回到少年時代大有作為的中國,正合了「英
> 雄造時勢,時勢造英雄」那兩句話。
>
> ——冰心,1933

　　《筆談》雜誌是著名作家茅盾於 1941 年 9 月在香港創辦的文
學半月刊。這本雜誌曾被譽為「對於鼓舞鬥志、激發全體中華民族
堅持抗戰曾經起過不可低估作用」[1]的刊物之一,也是因抗戰「文
化人遷港」而形成的代表性刊物。與「孤島」上海類似,香港成為
了抗戰時期中國文化人的重要聚集地與創作陣地。而在這個狹小的
半島上,卻存在著近二十餘份新出的文學期刊,作為當時文壇主將
的茅盾,其親自主編的《筆談》雜誌,在當時港島的文學雜誌中,
有著較為重要的意義與影響力。

---

[1]　「國家圖書館館藏抗戰文獻特別展」展品介紹,舊書資訊報,2005 年 8 月
　　15 日。

　　可惜的是，但由於因為《筆談》總共只出了七期，就突然停刊，且該刊又是在香港辦刊、發行，遂造成了這一史料在當下存世缺乏的客觀事實，並直接導致當代研究界對這一珍貴刊物認識不夠、瞭解不足等諸多問題，如陳鴻祥先生就認為「發表於《筆談》的這些言簡意長的短文，均佚散於茅公集外，殊為可惜。」[2]甚至還有學者認為這份刊物是在「孤島」上海出版的。[3]迄今為止，僅有陳鴻祥先生的一篇論文專論《筆談》雜誌，且只是概括性地論述這份雜誌的大致內容、辦刊方式與發行量等等。

　　筆者認為，對於《筆談》雜誌的史料鉤沉，當應結合當時「文化人遷港」這一重要史實出發，並將這一問題容納到當時特定的戰爭語境下進行分析審理。更重要的是，《筆談》雜誌從出刊到停刊，恰反映了其從「話語媒介」向「文學場」轉變的過程，一共七期雜誌，深刻透射了當時文學刊物形成「文學場」的方式與意義——這也是從全套《筆談》雜誌作為史料出發的研究價值。

一、《筆談》雜誌為何停刊之史料辨酌

　　從 1937 年 7 月盧溝橋事變開始，中國大陸進入了全面抗戰時期，直至 1945 年 8 月日本軍隊無條件投降。在這段時間內，不甘淪為亡國奴的中國大陸的文化人大致經歷了四種自我保護性的遷徙，雖都是從淪陷區出發，但去向卻不同：一是遷向「孤島」上海，一是遷向雲貴川大西南，一是南遷香港甚至東南亞，還有一種就是投奔延安。

---

[2] 　陳鴻祥，〈茅盾主編《筆談》的若干史實考辨〉，《出版史料》，2006.2。
[3] 　同註 2。

　　毋庸置疑，人的遷徙自然也帶動了文化的流動——因而，中國大陸在抗戰時期亦經歷了四種不同情況的文化流動，並形成了戰爭語境下獨特的文學格局，而其中又以文化人遷港最為特別，這種遷徙本身所蘊含的文化特質，決定了在戰爭語境下話語媒介的流動趨勢。

　　《筆談》雜誌一共初版七期，逢每月 1 日與 16 日出版，第一期出版於 1941 年 9 月 1 日，第七期出版於 1941 年 12 月 1 日，總共歷時三個月，其辦刊時間之短，在現代期刊史上頗為少見，而且中間沒有停刊、更改出刊時間的情況。每期刊物都由茅盾主編，由筆談社發行，星群書店總經銷，整套出版發行人員也沒有發生更換。

　　與淪陷區、國統區與孤島上海的雜誌不同，《筆談》雜誌有著較為穩定的辦刊環境，這也是抗戰時香港的特有的文化背景，緣何香港可以吸引如此多的文化人，除了可以躲避戰爭之外，多數學者認為，最大的原因還是因為香港擁有較為寬鬆的文化環境，殖民統治與重商主義決定了香港在日軍進犯前既沒有大規模戰爭的侵擾，也沒有嚴酷的高壓政治，《筆談》雜誌在這樣平和寬鬆的環境下，完成了一共七期的準時出刊。（右圖為《筆談》封面）

　　但是，有一個問題在這裡必須提出：《筆談》雜誌緣何停刊？《筆談》雜誌停刊於

1941 年 12 月 1 日，在《筆談》雜誌的最後一期，主編茅盾是沒有
預料到會停刊的，甚至絲毫沒有做好停刊的準備，在第七期的「筆
談」廣告欄目中，主編這樣說：

> 本刊問世以來，備受海外讀者所愛好，尤以各連載文字如柳
> 亞子之〈羿樓日札〉，駱賓基之〈仇恨〉等堪當篇篇傑作之
> 譽。現將本刊一至六期裝訂成冊，另加重磅精印封面，又分
> 類總目三頁，極便保存檢查，手此一卷，不啻擁有四五冊之
> 單行本也。[4]

在這個告示中，絲毫看不出要停刊的兆頭，但是可以肯定的
是，之前《筆談》從沒有過「出合訂本」的先例，而且這個告示的
標題叫做「合訂本第一集」。這說明，編者已經預感到這份雜誌的
延續性或許會受到阻撓，所以第一次出了合訂本，但是編者萬萬不
會想到，這竟然是最後一期──借用魯迅先生的話說就是「剛開了
頭卻煞了尾」。

茅盾在回憶錄中如是說，「第七期出版後的第七天（1941 年 12
月 8 日），太平洋戰爭爆發了」，[5]這大概是《筆談》停刊的主要緣
由，但是卻是先停的刊物，後爆發的太平洋戰爭，而且筆者認為，
這並不能構成《筆談》雜誌停刊的唯一原因。

首先，1938 年茅盾在主編《文藝陣地》時就曾為了躲避戰亂
在上海、香港甚至重慶等地秘密出刊，當時他並未因為戰爭而宣佈
停刊。再者說來，香港並非是一片淨土，早在 1940 年初，港島四
周早已烽火連天，並且導致了廣九鐵路中國段陷落。1941 年冬，
日軍大本營命令日本陸軍第 23 軍攻佔香港，香港保衛戰歷時 18

---

[4]　《筆談・第七期》，1941.12.1。
[5]　茅盾，《茅盾全集・第六卷》，人民文學出版社，1984。

晝夜,最後以港督的舉白旗稱降而告結束[6]——而之前的一些戰事,都是在茅盾創辦《筆談》之前發生的,可以這樣說,茅盾完全能夠估計得到香港的陷落,既然能夠估計的到,那緣何還在戰爭一觸即發的 1941 年下半年創辦這樣一份雜誌?

有始方有終,不知其始,難測其終。茅盾是在 1941 年 5 月 5 日受鄒韜奮的邀約從孤島上海抵達香港,一到香港不足兩個月,就著手辦《筆談》雜誌,可見其心切,初到香港,茅盾一時找不到住房,暫住在一家旅館裡。[7]在辦《筆談》之前,茅盾還在擔任《文藝陣地》雜誌的主編(這雜誌一直辦到 1944 年 3 月)。到了香港的他,對於「孤島」上海仍然有著深厚的感情,他無法放下對於上海的一切,在《筆談》創刊號的「編輯室」(即編輯的話)中,有這樣一段話:

> 此刊出世的時候,轟轟烈烈的「八一三」紀念剛過去,所謂「孤島」的上海,今天究竟是怎樣一個地方,大家是時時在關心的……不甘為亡國奴的中華兒女在此「孤島」上,艱苦鬥爭了四年多,而在文化戰線上的鬥爭,成績尤其燦爛,我們借此機會,對「孤島」上的文化人致真摯的敬禮![8]

可以這樣說,與其說《筆談》是茅盾在港宣傳「孤島」上海的工具,不如說是茅盾寄託對「孤島」上海感情的一塊陣地。可以這樣說,興辦《筆談》遠遠不如興辦《文藝陣地》方便,首先在人生地不熟的香港,很多文化人都是初來乍到,沒有固定的經濟來源甚

6 　雷鐸、曹柯、謝岳雄,〈哭泣的香江——香港淪陷的前前後後〉,《中國藝術報》,2005.8.19。

7 　李廣德,《一代文豪:茅盾的一生》,上海文藝出版社,1988。

8 　《筆談‧第一期》,1941.7.1。

至居無定所，辦一份雜誌本身不是很容易的事情，甚至可以這樣說，《筆談》的創辦，更多程度上是茅盾的個人意志。

這份雜誌每期都有廣告，可見其經濟來源不存在問題；茅盾憑藉其影響力，擁有固定的大量一流作家的來稿，如柳亞子、田漢、胡風、郭沫若等人，可見其稿源也未受到影響，淪陷後的香港，並不是所有的左翼刊物都停刊了，可見《筆談》的停刊並非只因戰爭這一種因素。

而且，茅盾對於淪陷後的香港並未絕望，甚至在太平洋戰爭爆發的第二年的 1942 年 5 月 1 日——這恰恰是《筆談》停刊五個月，身在桂林的他還在〈劫後拾遺〉裡這樣描述淪陷後的香港：

> 黃昏時候，皇后大道中段開始排演著每個星期日晚上照例的繁華節目。血一樣鮮豔的霓虹燈管，配著蒼白色的日光管，還有磷火似的綠光管，不但不覺得有一些不大調和，而且好像非此便不足以顯示都市之夜的美麗。各色各樣娛樂的機構，已經開足了馬力。各路巴士和電車一批一批載來各色人等；娛樂戲院和皇后戲院門前擠得滿滿的，似乎那鋼骨水泥的大建築也飽脹得氣喘了。[9]

在這文字中，茅盾絲毫沒有表現出他對於淪陷後的香港有任何的不適應，甚至表現出了對於香港城市生活的眷戀。但是如下一段史料，似乎更能將這個問題的另一面說得更透徹一些：

> 在中共中央和駐在重慶的中共中央南方局書記周恩來的指揮下，迅速而秘密展開規模宏大的營救行動。早在 1941 年 12 月 7 日，日本侵襲美國海軍基地珍珠港的當天，黨中央

---

[9] 茅盾，〈劫後拾遺〉，《茅盾文集·第五卷》，人民文學出版社，1985。

> 和南方局周恩來就先後兩次急電我戰鬥在港九的黨各方面
> 領導人廖承志（八路軍駐香港辦事處主任）……1942 年 1
> 月 9 日下午 5 時，第一批秘密撤離香港的文化人是茅盾夫
> 婦。[10]

我們可以確信，早在停刊後一周的 12 月 7 日甚至之前，茅盾就已經瞭解到了他要離開香港的可能，因為當時接待他赴港的除了鄒韜奮還有廖承志，並且作為香港文化工作委員會的主要負責人，廖承志一直在負責香港的左翼文化領導工作。[11]茅盾之所以匆忙地甚至在沒有做任何聲明的情況下就將《筆談》倉促停刊，恐怕更多的原因是因獲悉了自己要撤離香港，但不確定撤離的具體日期，所以在 12 月 1 日那一期做了一個合訂本。但是他萬萬沒有想到的是，自己竟會在一周之後就離開香港，而且是一去不復返。

由此可知，茅盾突然接到中共中央南方局的正式通知，並決定在短期內離港，應該是《筆談》雜誌僅僅維持三個月就猝然停刊的最大原因。

二、《筆談》雜誌之特點與香港政論刊物的勃興

《筆談》雜誌從創刊到停刊僅僅只用了三個月時間，只相當於普通季刊出一期的週期。這種短期刊物，在中國現代文學史、新聞史上都非常罕見。加上它又是戰時在香港出刊，主編又是左翼文壇領袖茅盾，使得這份刊物有著更為特殊的地位。

雖然《筆談》存在時間短，但其在當時的影響力卻不小。從現存七期《筆談》來看，大致其影響力有如下幾個方面：

---

[10] 鄒金城，〈茅盾夫婦在香港脫險到惠州的經過〉，惠州文史叢書，2008.6。
[11] 茆貴鳴，〈廖承志和戰時的香港文化作者〉，《百年潮》，2003.2。

　　首先是其獨樹一幟、領軍文壇的作者群。在短短七期裡，除了每期都連載有柳亞子的專欄「羿樓日札」之外，總共還發表了胡風的七篇作品，茅盾的五篇作品，以及郭沫若、田漢、胡繩、胡愈之與馬思聰等名家的單篇作品，這些作家在當時都是具備較大影響力的。尤其是柳亞子的〈羿樓日札〉，曾在當時產生了較大的反響。

　　這些作者中很多都是《文藝陣地》的老作者，茅盾從「孤島」上海轉移到香港，自然這些作者也心甘情願為之重新寫稿，如柳亞子每次都是從重慶郵寄稿件過香港海關，以便其完成「辛亥革命」掌故的專欄〈羿樓日札〉；而以群、戈寶權等作者亦是想千方設百計利用各種渠道將稿子送到香港。可以這樣說，在香港這個文化相對貧乏的殖民地區，因為茅盾的《筆談》，使得其得以在最短的時間內，雲集了中國當時最優秀的作者群與最優秀的短篇作品，構成了戰時香港時評乃至文學創作的一個小高潮。

　　其次，是《筆談》的用稿形式。準確地說，《筆談》並不是一份純粹的文學刊物，因為在一共七期刊物中，基本上看不到中長篇小說，最多的是隨筆、散文與雜文性的短篇作品，在第一期的〈徵稿簡約〉中（見下圖），茅盾這樣說：

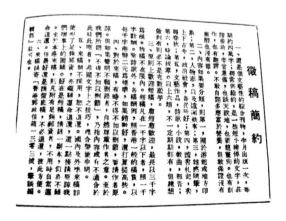

這是個文藝性的綜合刊物，半月出版一次，每期約四萬字；經常供給的，是一些短小精悍的文字，莊諧並收，辛甘兼備，也談天說地，也畫龍畫狗……原則上歡迎短稿，愈短愈歡迎，最長以三千字為限。特稿不在限內。短稿凡在一千字以下者，照一千字計酬。除詩歌外，各稿酬例，照香港一般的稿費，以每千字港幣二元為標準，如果銷數好，還打算提高些。[12]

　　由上述可知，這份刊物主要所採用短稿尤其講求時效性、犀利性的政論短稿，這也是後來現代文學史家將《筆談》雜誌未列入文學刊物並將其從文學史研究視域中去除的原因之一。

　　值得一提的是，現代中國的文人向來以論政為樂，並以「在野黨」自居，茅盾之所以在大陸興辦文學刊物，乃是因為國民政府有著嚴格的書報檢查制度，迫使左翼文人不得不打著文學的幌子，從事政治宣傳。但是香港卻是相對寬鬆的政治環境，甚至此時的茅盾也不得不承認，「二進香港的茅盾發現：香港經過三年的戰火薰染，已有了很大的變化。政治空氣濃厚了……與 1938 年相比，香港是

---

[12] 《筆談・第一期》，1941.7.1。

大大的不同了，那時還是一片文化荒漠，現在已出現了片片綠洲；那時是不准談抗日，現在已能自由宣傳」。[13]

正是因為這種以「短小精悍」的文章為主的用稿策略，遂導致了這份雜誌在當時的獨特影響力。第一期曾再版五次，引起較大反響。在其後的每一期中，都有六個以上不同的圖書、印刷廣告，這亦說明這份刊物的影響力——若是毫無發行量的話，斷然是不會有任何人願意在上面投放廣告的。（上圖為柳亞子的專欄〈羿樓日札〉）

最後，《筆談》雜誌以政論為主的辦刊風格對香港的政論文化產生了一定的積極影響。

政論本身是一種介於文學體裁與新聞體裁之間的創作，長期以來，政論家並不被人當做是文學家，如《新月》的羅隆基、《觀察》的儲安平與《每週評論》的張申府曾長期被遮罩在文學研究的視野之外，[14]但是作為一代文壇領袖的茅盾，他所創辦的《筆談》卻是介於文學與政論之間的，並邀請了一大批文學家、翻譯家撰寫政論稿件，為政論的文學化、通俗化及大眾化開闢了一條新路，這在當時是一次值得稱讚的文學實踐。

在《筆談》創刊後不久，《華商報》、《大眾生活》都不約而同地將目光聚焦到了政論、時評之上，這在之前的香港雜誌上是沒有過的。甚至在《筆談》創刊之前，香港的刊物主要是以文學、通俗類刊物為主，對於政論性質的短評、隨筆，是不大有市場的，夏衍曾在回憶錄《懶尋舊夢錄》一書中如是道：

---

[13] 郭娜，〈1941 年 5 月 5 日輾轉香港的文化精英〉，《三聯生活週刊》，2005.7.14。

[14] 當然，羅隆基、儲安平與張申府被中國大陸的現代文學界所「遮罩」的原因還在於作為自由主義知識分子的他們在 1949 年之後與中共的政治主張產生了強烈的意識形態對抗，成為了「不同政見者」，而且，羅隆基、儲安平仍是至今都未被「改正」的「五大右派」，見於〈「反右」陰影沒有完全消散〉，《聯合早報》，2007.6.9。

> 他（鄒韜奮）對我說：「我們這些知識分子或多或少是脫離群眾的，在香港這個特殊的地方，要接近群眾也不容易，所以我只能從讀者來信中摸到一點群眾的脈搏。」會上還有人提出最好有一連載的長篇小說，內容能夠吸引香港的讀者，否則，全是硬性的政論文章，他們接受不了。[15]

夏衍之言並非出於武斷，而是有著深刻的認識。在 1941 年之前的香港，政論刊物可謂是鳳毛麟角，除了王韜在 1847 年在香港創辦《循環日報》開政論報刊之先河之外，之後政論刊物在香港幾乎到了舉步維艱的地步，到了上個世紀三十年代，香港的刊物基本上構成了「生活類」與「文學類」平分秋色的格局，[16]政論刊物幾無立錐之地。

可以說，是全面戰爭促成了《筆談》雜誌在香港鳳凰涅槃的機遇，作為世界反法西斯戰爭重要戰場的中國戰場與太平洋戰場，香港有著其重要的地理意義與文化價值，在大陸爆發全面抗戰時，香港本身對於國內的戰爭缺乏感同身受的瞭解，而戰爭又迫在眉睫——《筆談》雜誌憑藉其出刊的及時性、作者的影響力與作品的時效性恰恰在這個時候起到了一個資訊傳播溝通者的作用，並成了香港現代政論刊物開先河刊物之一。

當然，香港政論刊物的勃興並非是《筆談》雜誌一家之功，除了前述的《華商報》與《大眾生活》之外，與《筆談》幾乎同時創刊、存在的時政類刊物還有金仲華主編的《世界知識》、戴望舒和葉靈鳳主編的《星島日報》「星座」副刊（《星島日報》是張光宇主

---

[15] 夏衍，《懶尋舊夢錄（增補本）》，生活·讀書·新知三聯書店，2006。

[16] 據筆者統計，1940年香港地區共有公開發行的刊物159份，其中生活類刊物69份，71份是文學類刊物，僅有19份是關於時政類的刊物，而且時政類刊物的發行量總共不過40,000份。

編的）、郁風主編的《耕耘》雜誌、薩空了主編的《立報》、愛潑斯坦為「保衛中國同盟」主編的《新聞通訊》、黃苗子主持的《國民日報》與葉淺予主編和出版的《今日中國》（英文版）等刊物。但在這些刊物中，第一期就再版印刷的《筆談》在當時是擁有最大發行量的，其主編與作者群的影響力也是最強的，甚至在某種程度上影響到了一些文藝類刊物如《星島日報》「星座」副刊向政論刊物轉型。所以，用「開風氣之先」來形容《筆談》雜誌在當時港島政論界的影響力，應毫不為過。

三、戰爭語境下「文學場」的成因與分析

陳思和在〈當代文學觀念中的戰爭文化心理〉中，曾提到過「戰爭文化心理」這一概念，對於這一概念，他這樣闡釋：

> 戰爭文化要求把文學創作納入軍事軌道，成為奪取戰爭勝利的一種動力，它在客觀上的成績是明顯的。戰爭結束以後，隨著全國革命的勝利，黨的工作重點由鄉村轉移到城市，但從歷史發展來看，戰爭對社會生活的影響要比人們所能估計的深遠得多。當帶著滿身硝煙的人們從事和平建設事業以後，文化心理上依然保留著戰時的印痕。戰爭文化心理作為特定時期的文化特徵，對當代中國文學觀念產生了相當廣泛的影響，它包括文學的批評領域和創作領域。[17]

陳思和所提出「戰爭文化心理」的概念，源於對於「後戰爭」時代群體性心理的認同與定義，但是值得注意的是，從陳思和的觀

---

[17] 陳思和，〈當代文學觀念中的戰爭文化心理〉，《中國當代文學關鍵字十講》，復旦大學出版社，2002。

點出發，可以延伸到對於「戰爭期間」文化心理的探求，這種文化心理實際上與「戰爭文化心理」有著先承後續的聯繫。若是不仔細探求戰爭期間的文化心理及其生成機制，那麼就無法以追根溯源的方式研究戰爭期間的話語媒介。而《筆談》雜誌正是戰爭語境下形成的話語媒介。（右圖為喬冠華署名「喬木」在《筆談》上發表的時評）

戰爭作為人與人之間矛盾最大化且無可調和的表現。《筆談》雖然在香港辦刊，但其主編茅盾卻是從「孤島」上海遷至香港的作家，再加上《筆談》雜誌的創刊本身就是茅盾本人對「孤島」上海及其之前《文藝陣地》雜誌的精神賡續。從這點來看，《筆談》雖是香港刊物，但卻仍在內涵與形式上均保留了與當時大陸政治、文學一體性的文化格局——因此，《筆談》雜誌被深深地打上了戰爭文化的烙印。

無疑，《筆談》雜誌是抗日戰爭的產物，若是沒有抗戰，必然不會有《筆談》雜誌的創刊。因此，其創立原因並非基於文化傳統、文學精神或學術論爭，而是基於政治時效——並藉此成為當時港島政論雜誌而非文學雜誌的領軍，這也是《筆談》雜誌為何不為後世文學史家所關注的原因。《筆談》雜誌雖因戰爭所生，卻仍是文人辦刊、文人撰稿，與當時一些政黨、機構所領導的「機關刊物」仍有所不同。

　　沿襲陳思和的觀點，我們可以得知，戰爭無疑對當時文化形態的形成有著巨大的影響作用，但真正影響到整體文化格局的，並非是戰爭本身，而是受戰爭影響的一些刊物、思潮與作品。簡而言之，對戰時、戰後的文化心理與文化形態產生直接影響的，乃是戰爭期間所形成的文化心理與文化形態。對《筆談》雜誌的另一層史料探索，意義即在此。

　　筆者認為，此意義關鍵在於《筆談》雜誌首創並弘揚了「政論小品文」的文學體裁。

　　顧名思義，「政論小品文」是兼有政論風格與小品文風格的一種新文體，這類文體既具備小品文的雅馴、精緻，亦有著政論文章特有的犀利與時效性，它一方面沿襲了五四以來批判現實主義的文學特點，主張文學貼近民眾、關懷民生，一方面，又秉承了文學自身審美意義上的美文特色，既具備政治的「載道」意識，又具備文學本身的審美特質，正如茅盾在約稿函中所說的那樣——「莊諧並收，辛甘兼備」。

　　如《筆談》第一期中袁水拍的文章〈暴發戶的上海，貧困的上海〉即是「政論小品文」的典型，文章雖然充滿對於當時上海城市化與戰爭的不滿，但在這篇文章中，卻以一種白描的、細緻入微的描寫，委婉地表達了作者的立場與觀點：

> 電車公司絕不為乘客減少擔什麼心事，他們說，乘客數目及時間少，總收入和以前沒有上下，乘客們說，賣票揩油，使公司虧本。用不到加價。但這是上海的根深蒂固默契，買短程票，坐長程車，賣票員像泥鰍一樣在車廂內竄。在每一句說話裡拌進了冷嘲：「扎進去點，爺叔，裡面客堂間請坐！」有人把五元，或十元票子要他找，他說：「對勿住，假使大

家拿祖傳的田契來找銅鈿，那我只好吃『爬勿動』（一種殺蟲藥，筆者注）撥儂看。」[18]

　　這樣的細緻、風趣的筆法，很難讓人與政論文相聯繫。當然，這確實既是小品文的寫法，也是一篇政論文的段落——兩種不同的文體在一種文體中混合，形成帶有獨特文學性、時效性與可讀性的新興文體，這不但需要作者擁有卓異優雅的文學表達能力，更需要有著優秀的社會判斷力與洞察力，而《筆談》雜誌恰恰在特定的歷史時期集結了大批一流的作家，這便是「政論小品文」之所以能在《筆談》上肇始的動因了。

　　在《筆談》雜誌之前，中國大陸作家對於小品文的創作，始終很難超越明清文人小品文加英國隨筆的敘事特色。這類文體曾因文學期刊的勃興而在二十世紀三四十年代中國文壇上產生過較大的影響，如林語堂、梁遇春與梁實秋等人的創作曾到達白話小品文的頂峰，但這些小品文始終局限於私人情感的抒發、花鳥魚蟲的才子氣與飲食男女的闡述上，仍然對於家國命運、社會公共立場的反思有所不足。

　　與之相對的則是雜文創作，如魯迅的〈准風月談〉、「語絲派」與左翼雜文家的政論文章等，這類文章雖然與時代緊密聯繫，但卻不如小說與之前的「小品」散文等文體更接近於純文學這一概念，[19]尤其是在魯迅之後，雜文家幾乎全部轉行成為政論家與報人，而純文學的作者又受到「文學無關政治」的影響，使得在小

---

[18] 袁水拍，〈暴發戶的上海，貧困的上海〉，《筆談・第一期》。

[19] 有學者認為，魯迅的雜文其實不算是純文學。「魯迅雜文的文體特點在於它的『雜』，所謂『雜』者，就是它既不同於一般評論文章，而又有別於通常所說的純文學。」見閻慶生，《魯迅雜文的藝術特點》，陝西人民出版社，1983。

品文與政論雜文的兩種創作之間，一時基本上找不到一個合適的切合點。[20]

在當時，茅盾有著很好的身份──他並不純粹地歸屬於自由主義或是左翼任何一種政治陣營，雖然作為中共早期黨員，但作為五四運動最著名的純文學刊物《小說月報》的主編，茅盾在當時的文壇一直擁有崇高的威信與影響力，與魯迅一樣，這種影響力已經讓他跨越了政治主張與黨系派別之爭，無論是自由主義作家如梁實秋、施蟄存或郁達夫，還是左翼作家如胡風、周揚，都與茅盾有著很親密的往來關係。憑藉這種特殊的影響力，茅盾的《筆談》雜誌很容易約到諸多名家如柳亞子、郭沫若等人的稿件，並且這些純文學出身的作家，非常願意回應茅盾的約稿函，「經常供給」《筆談》雜誌「一些短小精悍的文字」。而且，《筆談》雜誌扶持了一批如喬冠華、以群等「政論小品文」的寫作新秀。

在《筆談》七期中，共發稿一百七十三篇（含「編輯室」、「兩周半」、「時文（論）拔萃」與譯著），其中戰時的政論小品文一共一百二十篇，佔到了總發稿量百分之六十九的絕大多數，可以這樣說，這樣集中以政論小品文為主的刊物，茅盾之前沒有辦過，之後也沒有辦過，或者嚴格地說，在《筆談》之前除了《筆談》之外，「五四」的主流作家都未曾辦過這樣以政論小品文為主的刊物，《筆談》無疑是一個例外。筆者認為，作為一份有著一定特殊

---

[20] 筆者認為，從文學創作者的政治立場上看，雜文與小品文本身分屬兩種不同的政治思潮陣營，受日本、俄蘇影響的左翼文學家，往往因為屠格涅夫、果戈理與廚川白村等人的影響，傾向於尖刻的時評雜文創作（但周作人卻是例外），而有著英美留學背景的自由主義文學家，則受到王爾德、羅瑟蒂等唯美主義、浪漫主義作家的影響，傾向於小品文的創作。由於當時左翼與自由主義的嚴重對立，這也是導致兩者一時根本無法找到切合點的另一重要原因。

影響力的刊物，《筆談》順利地完成了從話語媒介向文學場的過渡。[21]

布迪厄認為，「諸種客觀力量被調整定型的一個體系（其方式很像磁場），是某種被賦予了特定引力的關係構型，這種引力被強加到所有進入該場域的客體和行動者的身上，」[22]這便是「文學場」的定義。《筆談》雜誌雖只存在三個月，但是卻雲集了當時最優秀的文壇精英——老一輩如柳亞子、章士釗，壯年如田漢、郭沫若、茅盾，年青一代如胡風、袁水拍、駱賓基，翻譯家如戈寶權、樓適夷等人，都是在《筆談》上各領風騷的一時才俊，其中如柳亞子、茅盾與胡風三人總發稿量接近《筆談》七期總發稿量的五分之二。由是可知，《筆談》已經形成了固定的寫作群與讀者群。

但是這並不意味著僅憑此就可以形成一個「文學場」，文學場的生成條件除了上述關係之外，還需要權力的平衡。而在當時的香港，話語媒介的話語權本身是建立在政治權力與經濟權力之上的，並且，不是所有的話語媒介都可以過渡為文學場——作為文學場，最重要的條件之一就是各種權力的相互制約、平衡，而《筆談》雜誌則很好地平衡了政治與經濟這兩項重要的權力。

作為《筆談》主要撰稿人的胡風，曾如是回憶他為《筆談》寫稿的經過：

---

[21] 這裡所說的「文學場」並非是一個判斷文學性標準的概念，而是「文學」在現代語境下生成、傳播與接受過程中的機制、元素及其範式。《筆談》及其作品的本質其實仍是文學文本的生成、傳播與接受，正在這個過程中，《筆談》逐漸從純粹追求宣傳目的、忽視文學性的「政論刊物」向政論與文學「兼備」的「綜合刊物」轉型。

[22] 皮埃爾·布林迪厄，《藝術的法則：文學場的生成和結構》，劉暉譯，中央編譯出版社，2001年。

> 1941 年抗日戰爭中，為了抗議國民黨進攻新四軍的皖南事變，我們從重慶到了香港。茅盾在香港編了一個散文刊物《筆談》。不言而喻，它是負有政治任務的。他專程約我寫稿，好像第一期第一篇就是我的雜文。他怕犯禁，最後還刪了幾行，用「□□□……」代替。《筆談》出了幾期呢？我只記得情不可卻才寫了那一篇。但今年上海友人抄給了我一個目錄。原來出了六期或七期，期期都有署名胡風（還有高荒）的文章。原來是我記錯了，真是每期都要我寫了文章……[23]

胡風說的很明瞭，這份雜誌既「負有政治任務」，但又「怕犯禁」，作為當時文壇領袖、社會名流的茅盾，他是絕對不會公開地站到國民政府的反面的（而且當時正是國共合作的抗日階段，茅盾的政治覺悟也促使他不會選擇在意識形態上與國民政府對抗），他為《筆談》雜誌選擇的發行人，乃是一位身份中立但又熱心出版事業的的青年港紳曹克安，而香港這個相對穩定的避風港，便是這份雜誌得以在政治權力的博弈的夾縫中存在的原因。

但是在戰時，政治（軍事）權力是一切權力的主導，《筆談》雜誌「文學場」的形成，除了依附於高銷量、發行支持者，以及穩定的讀者群與作者群這種經濟權力之外，因「政論」蜚聲文壇的《筆談》仍然有著自己的政治立場，這也是其形成文學場的動力所在。

抗日戰爭作為全民族的戰爭，民族矛盾消弭了之前的黨派、政見之爭，《筆談》之所以能夠將小品文與政論合二為一形成新的文體，並邀請到各派一流文人為之撰稿，除了茅盾本人的影響力之外，很大程度被戰爭語境這個特殊的社會環境所決定。大敵當前，政論小品文既可以起到鼓舞士氣、救亡圖存的號召作用，亦可以以

23　胡風，《胡風全集·第 7 卷·集外編 II》，湖北人民出版社，1999。

筆談（半月刊）
第四期（三十年十月十六日）

本刊文字 ★ 非經尤許 ★ 不得轉載

主編　茅盾
社長兼督印人　曹克安
發行所　筆談社
總經售　星辰書店　香港雲咸街太子行
印刷所　國際印刷公司　香港七姊妹馬寶道

西文地址
Boîte Lettres
P.O.Box No 1908, HONG KONG

定價

	全年（廿四期）	半年（十二期）	時期定費
逢一日十六日出版　每冊零售港幣二角			
港澳郵費	四元八角	二元四角	二角四分
南洋郵費	四角八分	二角四分	六角
美郵費	二元一角		一元

小品文創作的形式，使創作者保持「文格」，不至於淪為「報屁股」的花邊時評作者。（上圖為《筆談》的「版權頁」）

　　誠如陳鴻祥所言，「如有博雅君子為之（《筆談》雜誌，筆者注）輯集釋注，竊以為：當比一炒再炒、重複翻印『知堂小品』之類，更有新的思想與學術價值。」[24]由此可知，《筆談》如何在戰爭語境下形成的「文學場」這一課題，時至今日仍有較大的學術價值與探索空間。

---

[24] 陳鴻祥，〈茅盾主編《筆談》的若干史實考辨〉，《出版史料》，2006.2。

第八章

烽火中的呐喊

——以《呐喊（烽火）》週刊為支點的學術考察

> 在令人沮喪的 1930 年代，當國民黨實施的「白色恐怖」因
> 日本入侵華北而更為加劇時，知識分子們試圖復興「五四運
> 動」的思想。既是被攻擊為有害於全國一致的抗日鬥爭，他
> 們仍然堅決號召從傳統文化中解放出來……他們相信，沒有
> 啟蒙就不能救國。
>
> ——舒衡哲（Vera Schwarcz），1990

> 戰爭讓文明顯得更加文明。
>
> ——湯因比（Arnold Joseph Toynbee），1968

　　《呐喊》週刊是茅盾、巴金 1937 年在上海創立的文學期刊，
這份刊物出刊兩期後旋即更名為《烽火》，第十三期改由廣州出刊。
作為新文學的兩大巨擘的茅盾與巴金，在抗日軍興的上海創辦這樣
一份抗戰雜誌，理應受到文學界、史學界的廣泛關注與深入研究。
筆者認為，當下的現代文學研究界對於這份刊物卻是這樣一種狀
況：提到的多，研究的少；既不批評，讚譽也少。

　　「提到的多，研究的少」是因為這份雜誌的主辦者茅盾、巴金
兩人在 1949 年之後先後擔任中國作家協會主席長達五十餘年，關
於茅盾、巴金的學術論文、人物傳記汗牛充棟、蔚為壯觀，堪稱中
國現當代文學研究界的一道獨特景象。既然做他們的專門研究，就
不能不論及他們在抗戰時的文學貢獻，於是這樣就提到了這份雜

誌，但是筆者始終未曾看到過關於這份雜誌的專門研究與論述，論述篇幅較多的唯一一篇論文亦是將其與胡風的《七月》雜誌聯合研究的，而且論文作者吳永平還這樣說：「要想如實地評價《七月》週刊或《吶喊》（《烽火》）[1]週刊的歷史功績，非進行比較式的綜合研究不可」。

「既不批評，讚譽也少」則是拜《七月》主編、作家胡風的言論所賜，他曾這樣說：

> 1937 年上海發生「八一三」事件，抗戰開始了硝煙彌漫，戰火紛飛。當時上海原有的一些刊物的主辦人都認為現在打仗了，大家沒有心思看書，用不著文藝刊物了，所以都紛紛停刊。只剩下一個縮小的刊物《吶喊》（後改名《烽火》），卻陷入了一種觀念性的境地，內容比較空洞。我認為這很不夠，不符合時代的要求；這時候應該有文藝作品來反映生活、反映抗戰、反映人民的希望和感情。[2]

這段話後來被收入了《胡風文集》，這是胡風在 1982 年接受美國威斯康辛大學文學碩士研究生柯絲琪訪談時的發言。[3]這一年恰恰是茅盾去世後的第二年，一批在上海參加過「文化抗敵」的老作家、老學者與老出版人都在歷次政治鬥爭中相繼病故，而作為飽受政治迫害「倖存者」與「孤島文學」見證者之一的胡風，其發言自然就有了一定的權威性與真實性。自此之後，大多的文學史學者在提及《吶喊（烽火）》週刊時，多半就從胡風的這段話出發闡釋。

---

[1] 為行文方便，若是兩刊合論，下文概統稱為《吶喊（烽火）》，若是單論其中之一，則只稱為《吶喊》或《烽火》。

[2] 胡風，〈關於《七月》和《希望》的答問〉，《胡風全集·第 7 卷》，湖北人民出版社 1999 年版，第 216-217 頁。

[3] 關於此問題請參閱「補記」，此文發表於《書屋》雜誌 2010 年第 10 期。

但是，這份雜誌的主辦者茅盾與巴金乃是並不等同於邵洵美、林語堂等自由主義作家，而是繼魯迅之後在「十七年時期」與「新時期」大陸文壇的旗手與統帥，除了胡風這一特殊個例之外，誰也不敢輕易否定他們倆的文學成果。於是，中國現代文學的研究者對於該刊物，索性採取既不批評、也不讚譽、匆匆一提並不帶深入研究的態度。時至日

久，這份刊物落入「提到的多，研究的少；既不批評，讚譽也少」的冷門境地也就不足為奇了。

本文的主旨在於，借胡風對於《吶喊（烽火）》雜誌的界定，從客觀、具體的史料出發，以《吶喊（烽火）》雜誌為支點，試圖審理其在「抗戰文學」中的獨特價值與文化貢獻，澄清現當代文學界對於這一刊物的偏見與誤解，從而進一步審理左翼文學期刊與抗戰文學（或曰「抵抗文學」）的具體關係所在。

一、是「剩下一個縮小的刊物」還是「烽火中的吶喊」？

《吶喊（烽火）》週刊創刊於 1937 年 8 月 25 日的上海。（上圖為《吶喊》創刊號的封面）

在這份雜誌創刊前的十二天，日本海軍陸戰隊登陸上海寶山並截斷淞滬鐵路，發動震驚世界的「八一三」事變，淞滬戰爭遂爆發。炮火喧天的戰爭持續了三個多月，而 8 月 23 日清晨的「吳淞登陸戰」（又稱「上海保衛戰」）則是整個淞滬戰爭最慘烈的一仗，日軍上海派遣軍第 3、第 11 師在強大火力的掩護下，於川沙河口、獅子林、吳淞一帶強行登陸，由於中國守軍人少裝備差，使得日軍強行進入上海境內，「孤島上海」失守。為挽救危局，次日由陳誠、羅卓英、薛岳、關麟徵、何柱國與李仙洲等抗日名將組成前敵總指揮部的國民革命軍第十五集團軍先後分批趕至上海，向登陸入城之敵發起猛烈反擊。由於上海是由街道、弄堂組成的城市，兩軍無法進行炮戰與空戰，只有進行巷戰與白刃戰，戰爭持續竟達半月，雙方在「吳淞登陸戰」均傷亡慘重。整個淞滬保衛戰堪稱抗日正面戰場上犧牲最為壯烈的戰役之一[4]——正是在「吳淞登陸戰」之後的第三天，《吶喊（烽火）》雜誌創刊了。

在 1938 年之前的上海，各類文學刊物可謂是蔚為大觀，隨著日軍的進犯，一批不願意投敵從事「和平運動」的作家與出版人遂開始從事「抵抗文學」，但這並不能從根本上挽救一批文學雜誌的被迫停刊甚至遭遇恐怖迫害，在創作上，「絕大多數雜文作家完全

---

[4] 縱觀整個「吳淞登陸戰」戰局，其中發生於 1937 年 10 月 26 日的「大場防線保衛戰」尤為慘烈，即國民革命軍第 88 師 524 團副團長謝晉元指揮的「八百壯士死守四行倉庫」一役。該役成為當時整個亞洲、太平洋戰場當時最壯烈、最具國際影響的戰鬥之一，國軍在此役中的悲壯之舉震驚國際媒體。戰役爆發後，英文《大美晚報》發表社論：「吾人目睹閘北華軍之英勇抗戰精神，於吾人腦海中永留深刻之印象，華軍作戰之奮勇空前未有，足永垂青史。」英國倫敦《新聞紀事報》也指出：「華軍在滬抵抗日軍之成績，實為任何國家史記中最勇武的諸頁之一。」1941 年，作為國際抗日名將的謝晉元遭到日本特工的暗殺。遇難後，謝晉元被國民政府追授陸軍步兵少將軍銜。

停止了寫作」，[5]在刊物上一系列刊物相繼停刊、終刊，如黃源主編的《譯文》月刊（1937 年 6 月停刊）、魯少飛主編的《時代漫畫》（1937 年 6 月停刊）、卞之琳等主編的《新詩》（1937 年 7 月 10 日停刊）、錢瘦鐵等主編的《美術生活》（1937 年 8 月 1 日停刊）、朱光潛主編的《文學雜誌》（1937 年 8 月 1 日停刊）、黎烈文主編的《中流》（1937 年 8 月 5 日停刊）、洪深與沈起予主編的《光明》半月刊（1937 年 8 月 10 日停刊）、傅東華主編的《文學》月刊（1937 年 11 月 10 日停刊）以及在 1939 年日本特務對於《大美晚報》文藝副刊《夜光》編輯朱惺公的暗殺，將軍事殖民統治對抵抗文學的迫害推向了高潮。

在這樣的語境下，《吶喊》雜誌的創刊顯然有著非同於一般的意義。拋開內容不談，其刊名亦是有著強烈的政治指向，甚至可以說是因為戰爭而成立的一個定向刊物。出刊的目的就是為了宣傳抵抗，而且就在日軍進犯之下的上海出刊。

在創刊號的發刊詞裡，「《吶喊》週報同人」這樣說：

> 滬戰發生，文學、文叢、中流、譯文等四刊物暫時不能出版，四社同人當此非常時期，思竭棉薄，為我前方忠勇之將士，後方義憤之民眾，奮其禿筆，吶喊助威，爰集群力，合組此小小刊物，倘蒙各方同仁，惠以文稿及木刻漫畫，無任歡迎，但本刊排印紙張等經費皆同人自籌，編輯寫稿，咸盡義務。對於外來投稿除贈本刊外，概不致酬，尚祈共鑒。[6]

5　本段部分引文與史料資料來源於 Unwelcome Muse: Chinese Literature in Shanghai and Peking,1937-1945, E. Gunn, Columbia University Press, 1980, Shanghai 1927-1937:Elite locales et modernization dans la Chine nationaliste, Christian Henriot, The Regents of the University of California, 1993。

6　《吶喊‧創刊號》，1937.8.25。

而在鄭振鐸（署名「郭源新」）執筆的〈站在各自的崗位（創刊獻詞）〉中，有這樣一段話：

> ……我們一向從事與文化工作，在民族總動員的今日，我們應做的事，也還是離不了文化──不過，和民族獨立自由的神聖戰爭緊緊地配合起來的文化工作；我們的武器是一支筆，我們用我們的筆，曾經描下漢奸們的醜臉譜，也曾經喊出了在日本帝國主義鐵蹄下的同胞的憤怒，也曾經申訴著四萬萬同胞保衛祖國的決心和急不可待的熱誠……我們的能力有限，我們不敢說我們能夠做得好，但我們相信我們工作的方向沒有錯誤！[7]

由是可知，《吶喊（烽火）》決非是「剩下來」的刊物，從史料而論，茅盾始終是抗戰期間「抵抗文學」的主要辦刊者，無論是重慶的《文藝陣地》，還是上海的《吶喊（烽火）》，以及後來香港的《筆談》，若無茅盾，這些刊物斷然不可能出現。尤其在魯迅逝世之後，茅盾在當時左翼文學界的影響力，除了郭沫若之外，幾乎無人可堪匹敵。

《吶喊（烽火）》之所以能夠出刊，並非是「剩下來」的緣故，也不是「縮小的刊物」──此刊乃是由巴金和靳以主持的「文季社」、黎烈文主持的「中流社」、黃源主持的「譯文社」與鄭振鐸主持的「文學社」「四社合併」辦刊的結果。這四個文學社在當時的「孤島文壇」都有著自己獨立發行數年的刊物與固定的讀者群體，已然形成了頗具規模的文學機構。而且巴金、鄭振鐸等人在當時文壇的影響力，亦非一般作家所能匹敵，而茅盾作為「總盟主」形成的「四刊合一」的期刊出版業「康拜恩」，乃是實至名歸的強強聯合。

---

[7] 郭源新，〈站在各自的崗位〉，《吶喊·創刊號》，1937.8.25。

在發刊詞中，刊物的立意說的很明確。是為「忠勇之將士」與「義憤之民眾」「吶喊助威」，這乃是《吶喊（烽火）》創刊的緣由所在，而且「四社合併」乃是人力資源合併，在當時經濟崩潰的上海，根本無法有多餘的資金為作者發放稿酬，這在發刊詞中也說得很明瞭。

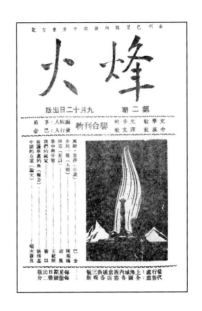

作為「抵抗文學」的雜誌代表，《吶喊（烽火）》週刊有著非常特殊的意義，在大批刊物停刊的環境下，它創刊了——而且是「吳淞登陸戰」期間上海唯一的一份抗日期刊。值得一提的是，胡風的《七月》雜誌創刊於同年的九月十一日，其時不但晚於《吶喊》，甚至比《烽火》還要晚六天，此時「吳淞登陸戰」已經基本結束，國民政府國防部已開始向上海開始大量增兵，蔣介石親自擔任負責滬杭地區的第三戰區總司令，並將顧祝同、朱紹良、張發奎與劉建緒等名將悉數調往上海，戰爭進入到了相持階段，上海本地的局勢也有所穩定。（上圖為《烽火》的封面）

二、是「很不夠」，還是「群賢畢至、少長雲集」？

正如上文所述，《吶喊（烽火）》乃是真正在最艱苦、最危險的時日裡創辦的一份抗日期刊，這是其他刊物所不能比擬的。因此，《吶喊》雜誌體現出了極強的時效性與影響力。

　　首先是作者群的「名家雲集」以及對青年作家的培養，起到了健全中國大陸新文學創作者梯隊的意義。

　　雖然每期文章不多，看似薄薄一冊──《吶喊》創刊號僅為小三十二開本，十五頁，且均不給付稿費，但其中每一個作者都是在當時中國文壇具備極高知名度的人物，如第一期裡的文章全部由鄭振鐸、巴金、蕭乾、王統照、靳以、黎烈文、黃源、胡風與茅盾這九人所寫。其中，黃源是當時翻譯屠格涅夫的著名翻譯家，亦是1949 年中國作家協會的創始人之一；而黎烈文則是《申報》副刊「自由談」的主編，其餘的作者，其知名度更是不用贅述。

　　這樣由名家主辦且由其他名家一起撰稿的刊物，在當時非常鮮見。而且撰稿作家群相對固定，在第二期中，亦還是這樣一批作者（除胡風之外，其中巴金用筆名「餘一」）。我們可以毫不懷疑地說，只有茅盾才有這樣的影響力，且僅在抗日救亡這樣戰爭語境下，大多數作家才可以這樣團結起來──包括已經和茅盾有了不愉快回憶的胡風。

　　在其後的《烽火》雜誌中，文學名家、大家們更是層出不窮、競相來稿──許廣平、郁達夫、郭沫若、豐子愷（漫畫稿）、葉聖陶、端木蕻良、劉白羽、盧焚、駱賓基、田間、陸蠡、蔡若虹、艾蕪、魯彥、趙家璧、碧野、唐弢、阿壠（署名「SM」）、騫先艾、楊朔與《吶喊（烽火）》的發起人茅盾、蕭乾、靳以、巴金及王統照等人一同構成了「《吶喊（烽火）》作者群」，如此龐大、如此豪華的陣容，在三十年代末的雜誌中當是獨一無二，決非胡風所稱的「縮小的刊物」。

　　而且，我們可以看到，雖然處於戰爭中，但《吶喊（烽火）》雜誌並非放棄對於文學創作多元化的重視與青年作家的培養，其中有豐子愷、郭沫若、茅盾、巴金與葉聖陶這樣早已成就斐然的作家，

亦有魯彥、駱賓基、王統照與騫先艾這樣的「文壇邊緣人」，其中更重要的是，像碧野、劉白羽、楊朔與鄒荻帆這樣剛剛二十出頭的年輕作家，亦在《烽火》雜誌上獲得了發稿的機會——在戰爭動盪的三十年代末，伴隨著大量文學雜誌的停刊，「和平主義」雜誌的盛行，一批熱血文學青年亟待獲得培養與平臺——《烽火》為碧野、劉白羽等人提供了一個走上文壇與名家同臺的機會。正因此，劉白羽的小說、碧野的詩歌與楊朔的散文，恰恰成為了 1949 年之後中國大陸新文學在主流創作題材在風格上的典範之作。[8]

　　其次，是這份雜誌本身的發展與影響，見證了「抵抗文學」在「孤島」以及全民抗日戰爭中所作出的抗爭與努力。

　　《吶喊》創刊號雖然名家雲集，但從裝幀上看僅僅十五頁，八張紙。由文化生活出版社、上海雜誌公司、開明書店與立報館四家書店代售，定價每冊兩分。無怪乎胡風要說這是一份「縮小」的雜誌。但到了第二期，由卜五洲主持的「五洲書報社」與鄒韜奮主持的「生活書店」也參與到「代售」即發行的書店當中；及至更名《烽火》後，「發行」與「代售」均獨立出來，成立了自己的「發行部門」——這是一份報刊從「同人」走向「市場」的顯著標誌。其發行處為「上海城內西倉橋街三號」（今上海市黃浦區西倉橋街近河南南路與復興東路交界處），這是上海一直以來的鬧市區，可見其辦刊規模已經擴大。且「代售處」也不是之前的區區六家，而是「全國各書店各報販」；到了《烽火》第四期，已經有了「杭州總經售

8　從廣義上說，《吶喊（烽火）》是一份與「左翼文學」有著一定淵源的刊物，但是它的意義更在於對於中國大陸新文學作家作品的培育，值得注意的是，該刊物與當時的中共組織也有著一定的直接聯繫。譬如在第十七期曾出現了署名「易河」的一篇報告文學〈隴海東行〉，而「易河」正是新四軍文化幹部楊仲康的筆名，楊於 1945 年遭日軍殺害。

東南圖書公司」與「重慶總經售文化生活社重慶分社」，這種蒸蒸
日上的趨勢一直持續到南遷廣州的第十三期。

該刊於 1938 年 5 月 1 日南遷廣州之後，改為旬刊，但其影響
力有增無減，始由「文化生活出版社總經售」，且在「上海漢口廣
州重慶」均有分售，而且在開明書店、生活書店與上海雜誌公司可
以「代售」，定價也由兩分漲到了五分。

在南遷廣州之前，該刊沒有稿費制度，採取的是「歡迎投稿，
暫以本刊為酬」的方式，但是南遷廣州之後，在「本刊啟事」中，
有這樣兩條：

> 一、本刊自第十三期起移在廣州發行……又本刊並未委託
> 外埠書店翻印，倘有此類情事發生，當提出嚴重交涉，
> 希各地書業注意。
>
> 二、本刊為文學社、文季社、譯文社、中流社聯合刊物，經
> 費亦由同人自籌……外稿一經刊載，當略付薄酬……[9]

這個啟事說明了兩個問題，第一，這是南遷廣州的第一份
刊物，但是已經提出了對於盜版者的抨擊，這說明在上海辦刊
時，雖然條件艱苦，但是已然出現了盜版，這足以說明其銷量
與影響力是相當大的；第二，《烽火》開始實行稿費制度，這說
明該刊的經濟狀況已經好轉，不再是之前那份在資金上捉襟見
肘的刊物了。（下圖為巴金發表於《烽火》上的〈給一個敬愛的
友人〉）

《烽火》第十三期的〈復刊獻詞〉這樣寫道：

9　〈本刊啟事〉，《烽火・第 13 期》，1938.5.1。

……國軍退出淞滬大上海完全淪陷以後，我們還竭力使我們的「烽火」燃燒在敵人的陣地，但我們的發行處卻已經成為灰燼了。接下來的禁止和封鎖斷絕了我們和許多作者讀者的關係，我們不能夠在中立區域裡自由地揚起我們的呼聲，但我們也不願讓敵人永遠窒息了他。現在經了一些時日努力的結果，我們又在自己的土地上重燃起我們的「烽火」……[10]

給一個敬愛的友人（一）

巴金

南國的氣候十分炎熱，在你們那里櫻花謝了沒有多久，正是嬌媚的暮春天氣，能還記得三年前我一個陌生人萬想不到這會是許多純真的青年景慕過的聖地。簡陋的房屋傾斜的籬園和曲折的小路我一沒有機會聽到你那里進香謁武理想之火的演講。那父親的慈祥教誨般的談話讓說不出一切迫害以前被明的天空沾污了我的眼睛以前被的我站在千歲村的樸實的農家時法西斯之火的魔杖已經像暴雲一般地把時明的天空沾污了……我在這田園裡的詳細的敘述中的……

〈復刊獻詞〉所表現的是，雖然辦刊地點變了，但是其主旨、核心沒變，還是之前的那個《烽火》，甚至在這篇〈復刊獻詞〉的後面，還加上了當時鄭振鐸所寫的《吶喊》發刊詞〈站在各自的崗位〉，以表現兩種刊物的一脈相承性。但是毋庸置疑的是，此時的《烽火》，雖不說是「財大氣粗」，但至少日子也好過許多，二十五頁的頁碼，加上從未有過的書刊廣告，這份刊物隨著其南遷廣州，順利地完成了從「同人雜誌」向「商業雜誌」的基本轉型，其影響力的擴大，亦不言而喻。

10　〈復刊獻詞〉，《烽火‧第 13 期》，1938.5.1。

這充分說明，該刊的不斷發展壯大，已經吸引更多的作家尤其是青年作家、二線作家與社會評論家的積極回應，由之前「群賢畢至」的「群英會」，變成了「少長雲集」的「百花園」，而且越到後面幾期，廣告越多，若是沒有足夠的發行量，是決然不會騰出版面刊載廣告，也不會有商家願意在上面投放廣告的。

一份刊物，從戰爭正嚴峻的時刻創刊，到最後移師廣州，成為一份日益壯大、影響深遠的文學期刊，它在國難當頭之際，集中了當時中國最優秀的作家如郭沫若、茅盾、巴金與郁達夫等，說他是「剩下一個」、「日益縮小」的刊物，這是有違史實的。正因此，對於《吶喊（烽火）》的重新挖掘與研究，不但有了「辨章學術」的史學價值，更亦有著「考鏡源流」的翻案意義。（上圖為《烽火》的「敬告讀者」）

三、是「觀念性的境地」，還是「戰爭敘事」的必然？

《吶喊》創刊伊始，確實看似內容片面，幾乎每篇文章以抗戰宣傳為主，但這卻不是「陷入」了某種境地，而是主編有意而為之。

期刊雜誌作為現代主義文學與現代性媒介的文本載體，其本身有著除了文學之外的社會、政治與意識形態語境。尤其是在都市文化勃興的上海，這一點尤為明顯。當「八一三」事變爆發以後，日

軍對於上海的報館、雜誌社所採取的辦法是「收買」加「封殺」，利用雜誌尤其是文學雜誌成為鼓吹「大東亞共存共榮」謊言的工具，並命名為「和平文學」運動（在華北淪陷區則命名為「新民文藝」運動）。偽政權配合日本佔領軍在淪陷區範圍內發行的一系列雜誌如上海的《新世紀》、《中國與東亞》、《眾論》、《新申報》、《遠東月刊》、《國民新聞》，北京的《中國文藝》、《朔風》以及南京的《同聲》等等，在當時均頗具影響。

在抗日與親日二元對立的政治語境下，此時的文學刊物必然不可能超然二者而存在。看一份刊物究竟是否片面，除了觀察其內容之外，更要審理其辦刊人、辦刊宗旨與主要作者究竟為何，作為之前有過豐富辦刊經驗的茅盾與巴金，決然不是政治吹鼓手，也不是初出茅廬的文學青年，之所以在《吶喊（烽火）》中，茅盾和巴金將「抗日」當做主旋律來對待，甚至招致「片面性」的置喙，筆者認為，從史料出發，可資分析的原因有二。

首先，「左」而不偏，是《吶喊（烽火）》雜誌的辦刊精神。

1930 年 4 月，茅盾曾當選為「左聯」執行書記，雖作為「左聯」乃至中共的早期主要成員，但茅盾一直沒有捲入黨內的派系紛爭。1936 年左聯自動解散之後，兩年後茅盾就主編《吶喊》雜誌，可他並未向當時的左聯核心作家約稿。所以，在整個《吶喊》以至於後期的《烽火》中，始終未曾見到周揚、馮雪峰、田漢、陶晶孫、徐懋庸、樓適夷、陽翰笙、王任叔（巴人）與阿英等人的名字。

這些早在上個世紀三十年代初就已經揚名國內文壇的「左翼文學猛將」，並未在名家雲集、新人輩出的《吶喊（烽火）》雜誌上露臉，按道理茅盾不會不認識他們，而且作為一份抗日刊物，沒有這些激進的「左聯文學家」也是說不過去的。但是事實上，整份雜誌

雖然充滿了抗戰的激昂，但卻沒有「左聯」的黨派之爭，主要作者都是以巴金為代表的、左聯的「週邊作家」。

當然，我們完全可以認為是《吶喊》的另一位主編、「無政府主義作家」巴金的緣故，因為巴金始終沒有進入到「左聯」體系的內部。中國的抗日戰爭作為一次全民甚至全人類的戰爭，既是救亡圖存的戰爭，也是第二次世界大戰反法西斯的主要戰場，其並不以某種意識形態、黨派的利益為出發點，這亦是《吶喊（烽火）》創刊的緣由；同樣，我們還可以進而認為，因為他們所處的是上海，而上海是國民革命軍的正面戰場，在他們的觀念裡，本身就是國民政府作為抗戰的主導力量。

但無論怎麼說，事實卻在《吶喊》創刊獻詞裡被鄭振鐸寫的明明白白：

> 向前看！這裡有炮火，有血，有苦痛，有人類毀滅人類的悲劇；但在這炮火，這血，這苦痛，這悲劇之中，就有光明和快樂產生，中華民族的自由解放！只有採取獨立自由的中國，就能保障東亞的乃至世界的和平！同胞們，堅決地負起你們自己解放的任務！被壓迫的日本勞苦大眾和被驅遣到戰場上來的中國士兵們，也請認清了你們的地位，堅決地負起你們自己解放的任務。[11]

這段話的立場，在抗戰軍興的「抵抗文學」中，非常罕見。其民族主義[12]精神，昭然於紙上，反政府不反民族，呼籲「被壓迫的日本勞苦大眾」甚至「被驅遣到戰場上來的中國士兵」一起投入到

---

[11] 郭源新，〈站在各自的崗位〉，《吶喊‧創刊號》，1937.8.25。

[12] 長期以來，1949 年之前的「民族主義」文學似乎一直未受到大陸學界應有的正面評價，而在 1949 年之後，「民族文學」自然本文所述的民族文學，則是一種以全民族利益為核心利益、以民族救亡圖存為核心命題的文學。

反法西斯的戰鬥當中，這是絕大多數中國人的主張。但是，《吶喊》又始終未向梁實秋、邵洵美、陳西瀅、凌叔華與林語堂等自由主義作家們約稿。可以這樣說，在政治立場上他們是中立的，而他們所表現出來的「抗日主旋律」恰恰又是民族主義的立場，而非如之前的「左翼文學」那般片面、偏激。

其次，《吶喊》體裁全面，既考慮到了戰爭敘事的需要，亦照顧到了其辦刊的文學追求。

《吶喊》創刊，本是應戰爭之景，屬於「定向出刊」，這一點無可厚非。若是批評其「內容比較空洞」，比起一些政論刊物、生活雜誌來，《吶喊》已然是純文學的路徑，尤其在其後出版的《烽火》，不但作家梯隊層級分明，而且體裁豐富，文體全面，且不說勝於抗戰期間的口號性、時政類刊物，縱然是「後五四」時期純文學刊物如《語絲》、《新月》等刊物亦未必有此等辦刊層次。

在此順便說明一下，從文體上看，中國現代文學的主潮實際上是中國文學體制現代化進程的體現，而這個進程同時有三種形式存在：一種是以俄蘇、日本為師的左翼現實主義文學，其作品講求政治功利性，充滿了小林多喜二、契訶夫與果戈理的諷刺精神，在現代中國則以魯迅及其雜文為代表；而另一種則是以歐美為師的自由主義以及浪漫主義、唯美主義文學，其風格雅馴清麗，主張王爾德的「為藝術而藝術」，作家直接從美國南部文藝復興作家與毛姆、羅瑟蒂的英國隨筆家那裡吸取文體營養，在現代中國則以梁實秋、林語堂等人的美文為代表，而第三種則是從「左翼文學」發端，在延安得到豐富、以趙樹理、周立波為主的「延安派」文學，其創作實踐則是左翼文學思想與中國傳統的文學敘事，其理論則是來自於毛澤東的《在延安文藝座談會上的講話》。

　　魯迅及其雜文風格在「左翼文學」中有著不可撼動的地位，在魯迅之後，蕭軍、聶紺弩、巴人與王實味等人高揚「魯氏雜文」大旗——雖然他們在之後並未因為自己接過了魯迅的大旗而受到新政權的青睞，[13]但是在魯迅之後，雜文已然構成了左翼文學的「投槍匕首」，因為從論戰、筆談等方面來看，雜文語言確實有著不可替代的力量，在左翼刊物如《北斗》、《朝花》中，雜文佔了相當多的篇幅，但是在《吶喊》中，雜文（包括短論與雜感）卻只有區區46篇，佔到總共187篇文章的24.6%，大約與詩歌、小說、散文（報告文學）等其他體裁的發稿量相持平。從這點來看，《吶喊》並不是一個鬥爭味十足、「空洞」的左翼期刊。

　　為進一步地說明問題，同時筆者亦分析了左翼文學期刊的代表《前哨》，這份被稱為「中國左翼作家聯盟機關雜誌」的刊物創刊於1931年4月25日，其出刊也是一件「應景之作」——即悼念「左聯五烈士」的「紀念戰死者專號」，但是在其後第二期（1931年3月5日），便改名為《文學導報》。這份自命「文學」的「導報」一共出刊8期，8期雜誌竟然沒有一篇小說、散文與報告文學，除了文告、理論批評、口號詩歌就是魯迅風格的雜文，而這也是「左翼文學雜誌」最為鮮明的代表，但在《吶喊》中，卻絲毫沒有這種傾向。

　　由是可知，《吶喊》雖然誕生於炮聲隆隆的戰爭年代，作為一份旨在「吶喊助威」的期刊，但其並不失文學家辦刊的激情，亦有著一份文學刊物應該具備的文學精神，它不依靠任何黨派，不做任何政治勢力的傳聲筒，這是《吶喊》雜誌所傳遞的精神所在。但是，

13　王實味在延安整風時被處死，聶紺弩在反右時被判處無期徒刑，而巴人與蕭軍在文革時也遭遇了不同程度的迫害。從廣義的文體上看，姚文元亦是魯迅雜文的繼承者，但他的結果也不好。

他對於抗戰的吶喊，對於人類和平的呼籲，這恰恰不是其「空洞」的表現，而是戰爭敘事的必然。

四、結語：「時代的要求」究竟是什麼？

作為新文學的重要史料，重新審理《吶喊（烽火）》雜誌的意義與價值，顯然有著較為重要的意義。但筆者認為，《吶喊（烽火）》只是一個支點，研究者的力度不應該僅僅只是作用在具體的文本、史料之上，而是應該全面、客觀地把握「極左文學」（並非單純意義上的左翼文學，而是被極左思潮所控制，以黨派利益、山頭主義為核心的文學規制）與「抵抗文學」（或曰抗戰文學）的關係。

首先，「抵抗文學」與「極左文學」並無本質聯繫。

「抵抗文學」，是一個特定時間下的語彙，即專指第二次世界大戰期間在中國大陸以鼓舞全體國人士氣為主要目的的文學體系，而「極左文學」，則是片面地以極左意識形態為主導的一種文學運動。「極左文學」到最後發展為「黨派文學」，即成為黨內少數人意志的踐行者。但是左翼文學與延安文學之間，卻因「抵抗文學」而斷裂，在初期的「抵抗文學」中，就有作家開始拋棄左翼文學的黨派教條，而將目光投向了泛人類意識下的戰爭敘事。[14]

---

[14] 其中最有名的作品是女作家葛琴（1908-1995）的《總退卻》，魯迅曾為該書撰序，稱該書中「人物並非英雄」（見於趙家璧，編輯生涯憶魯迅，人民文學出版社，1981年）；而另一位女作家楊之華（筆名文君，1901-1973）的《豆腐阿姐》亦是另外一部出自左翼文學但主張泛人性論的「抵抗文學」，楊是中共領導人瞿秋白第二任妻子，在瞿秋白的推薦下，《豆腐阿姐》亦受到魯迅的關照，並在「當天下午便改妥，而且還改正了裡面的錯字，分別寫出楷體和草書。然後用紙包好送回。」見於陳鐵鍵，《從書生到領袖：瞿秋白》，上海人民出版社，1995。

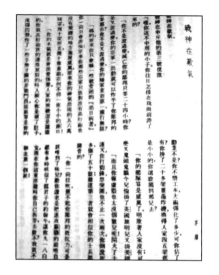

《吶喊》雜誌雖為抵抗文學雜誌之翹楚，但卻未曾陷入極左文學之窠臼。極左文學與抵抗文學相比，最大的特點便是極左文學不但反日，而且還反政府，譬如在《前哨》雜誌裡，就有這樣的詩作：

> 還要問一問國民黨竟是什麼人／原來是資本家地主的假名稱／他們都是奴才性／賣國賣民都要賣的乾淨。

只怕碰著工農兵／外國的中國的大人都驚心／國民黨就賭咒發誓去打紅軍／哪知道打了半年打不勝／帝國主義說我對你不相信／要想親手來打中國的工農兵／這也是東洋軍閥出兵的大原因。[15]

這首詩歌寫的簡單粗糙、斯文全無，其立論令人匪夷所思，日本人侵略中國，竟然是幫國民黨打紅軍？其作者政治素養堪比中學憤青。但是詩的作者「史鐵兒」不是別人，正是中共領袖、著名作家瞿秋白。論瞿秋白的文采與政治素養，寫這樣的詩歌，實在是有些失文格，但是這也從另一個方面見證了瞿秋白被極左思潮干擾到了何種境界──畢竟在「極左文學」的視野中，任何鬥爭都是階級鬥爭，連日軍侵華這樣的世界戰爭，竟然也變成了「干涉中國內政」的「洋槍隊」。[16]（上圖為茅盾發表於《筆談》上的〈戰神在歡氣〉）

---

[15] 史鐵兒，〈東洋人出兵〉，《文學導報‧第 5 期》，1931.9.28。

[16] 筆者曾與武漢大學方長安教授探討這一問題時，方教授認為，拋開內容不

但是，在《吶喊》雜誌中，全無這種狹隘的文學政治觀，甚至還有相當多的篇幅，歌頌中國軍隊——即國民黨領導的中國國民革命軍在正面戰場上的功績。在《吶喊》第一期中，就刊載了黃源的〈空軍的處女戰〉一文（見右圖），在第二期裡，又有鄭振鐸的〈為士兵們做的文藝工作〉以及黎烈文的〈略談慰勞工作〉，充分反映了編者、作者的捐棄黨派紛爭、以全人類、全民族利益為重的文學民族主義視野，絲毫不見之前「極左文學」中的偏激與狹隘。

其二，「抵抗文學」更符合「時代的要求」，而這恰恰是「極左文學」並不具備的。

在抗戰期間，左翼文學內部曾就此分化為「國防文學」與「民族革命戰爭的大眾文學」兩大陣營，周揚認為，「（國防文學）將暴露帝國主義的侵略戰爭的猙獰面目，描寫各式各樣的民族革命戰爭的英勇事實……使它（中國）成為真正獨立的國家。」[17]但是，在另一位作家周立波心目中嶄新的「國防文學」是「幫助民族意識

空軍的處女戰

黃源

八月十四日，中國空軍在抗日的民族解放戰爭中第一次顯示了英勇的姿態，上海三百萬民眾懷著同樣的又驚又喜的心情，仰著頭，親眼看見了牠的英勇的戰鬥的姿態，這聲喜將立即隨時捷報擴大到全中國，慰撫著四萬萬顆跳躍不已的心！

那天一朝，我從炮聲中驚醒過來，聽著蕭然的大炮聲，同時看著表，差不多是每隔一二分鐘一砲，還使我興奮起來

談，這類詩歌在左翼文學中並不在少數，此並非是作者創作能力的退化，而是因為他們希望讓更多文化層次不高的民眾可以通過這種詩歌來瞭解、接受左翼政治主張，筆者同意方長安教授的觀點，但本文在此處援引這首詩歌的目的乃是在於從其內容入手，分析瞿秋白這篇詩作所傳播政治意識形態的荒謬之處。

[17] 企（周揚），〈「國防文學」〉，《大晚報‧火炬》，1934.10.27。

的健全成長，促成有著反抗意義的弱國的國家觀念，歌頌真正的民族英雄。」[18]

在這場論爭中，所暴露出來的就是左翼陣營對於「大眾文學」的推崇，甚至還意圖讓「大眾文學」作為一個總口號，來統領包括國防文學、救亡文學甚至抗日文學在內的所有文學。歷史地看，這兩大口號的論爭，實際上是左翼文學內部宗派主義、山頭主義矛盾的總爆發。由巴金、包天笑、林語堂、周瘦鵑、陳望道、郭沫若與魯迅共 21 位各派作家代表在 1936 年 10 月 1 日發表《文藝界同仁為團結禦侮與言論自由宣言》之後，左翼文學的內部紛爭才在表面上塵埃落定。

「左翼文學」被迫讓位給「抵抗文學」，使其成為了上個世紀三十年代中期至四十年代中期中國文學的主潮，此為不爭的史實。這也是《吶喊（烽火）》雜誌緣何會「低開高走」的原因，尤其在移師廣州的《烽火》雜誌中，辦刊者更增加了純文學作品的分量，譬如小說、散文的篇幅，甚至還推出了「烽火小叢書」，主要是以小說散文為主，其作者群為茅盾、巴金、靳以、王統照與茅盾等文學大家，「烽火」大有燎原之勢，這足以見得胡風貶低《烽火》「不符合時代要求」純粹是個人恩怨作祟。

當然，《烽火》後期的暢銷與巴金經營的「文化藝術出版社」不無關係，在抗戰艱難環境下，一份刊物可以從發不出稿費，僅僅數頁的「同人刊物」發展為插有廣告、厚達數十頁並有較大銷量的市場類刊物，這也見得了《烽火》的生命力──同時，帶有黨派利益、山頭主義的「極左文學」在這最為艱苦的時刻卻銷聲匿跡了，「時代」畢竟「要求」順應時代者，站在全民族利益之上的《吶喊

---

[18] 立波（周立波），〈關於「國防文學」〉，《時事新報・每週文學》，1935.12.21。

（烽火）》雜誌，便奏出了那個時代的最強音，而這聲音，不但可以消弭炮火之聲，還能洞穿歷史，顛覆一切來自於暗處的非議。

補記：胡風茅盾的四次交惡

1982 年，美國威斯康辛大學（University of Wisconsin）文學碩士研究生柯絲琪訪談剛剛被獲得「自由」的中國大陸文學理論家胡風時，兩人同時提到了抗戰時的「抵抗文學」刊物，談興正濃的胡風竟然說了這樣一番話：

> 1937 年上海發生「八一三」事件，抗戰開始了硝煙彌漫，戰火紛飛。當時上海原有的一些刊物的主辦人都認為現在打仗了，大家沒有心思看書，用不著文藝刊物了，所以都紛紛停刊。只剩下一個縮小的刊物《吶喊》（後改名《烽火》），卻陷入了一種觀念性的境地，內容比較空洞。我認為這很不夠，不符合時代的要求；這時候應該有文藝作品來反映生活、反映抗戰、反映人民的希望和感情。[19]

與其說這是牢騷，倒不如說這是詆毀，因為 1982 年恰恰是茅盾去世後的第二年，一批在上海參加過「文化抗敵」的老作家、老學者與老出版人都在歷次政治鬥爭中相繼病故，而作為飽受政治迫害「因言獲罪者」的代言人與「孤島文學」見證者之一的胡風，又恰逢思想解放的八十年代，其發言自然就有了一定的權威性與真實性。但自此之後，大多的文學史學者在提及《吶喊》（該刊後更名為《烽火》，為敘述方便，下文統稱為《吶喊》）週刊時，多半就從胡風的這段話出發闡釋。可我們並不能因為胡風飽受政治迫害進而將其的憐憫轉換為對其

---

[19] 胡風，〈關於《七月》和《希望》的答問〉，《胡風全集・第 7 卷》，湖北人民出版社，1999。

的信任，我們也不能因為胡風是「過來人」就認同其口述史為正史。

事實上，胡風所說的是史實嗎？

近兩年筆者一直在做民國期刊史料、新文學作家書信日記的辨酌與考索，就此專門查閱了相關史料考證後得知，由茅盾主編的《烽火》雜誌，在上海、廣州兩地均曾辦刊，其創刊於淞滬戰爭「吳淞登陸戰」之後的第三天（1937年8月25日）的上海，剛一開始時雖然名家雲集，但卻無經費支付稿酬，

> ## 「做正經事的機會」
>
> 胡風
>
> 他們背着包袱，扁着箱子，有的已坐在馬路邊或摩瑪上，有的仍然在朝東動。我們一路走，一路看見人們在銳速着他們從容逃過來的情形。一個逃捕的開團團着許多人，他指爭着蓋的證。
>
> 「先看見，一只飛機，飛得不高，發着外白渡橋的那邊飛，我當是日本飛機，想不到的啦，……二八的時候，日本飛機不是時常飛來示威。突然日本兵艦上開砲了，一只飛機斜飛到浦東那邊，一下由東邊把日本兵艦擊來，嚇了一個雲雀，嚇天的響，日本是拼命放砲，但已飛去了。可惜，差一點，否則那兵艦早就完了。」他說着又指指那停在日本領事館旁邊的出雲艦。「你看了快樂麼？還是指揮日本兵艦打扐的，臺面學着他們的司令官。」「當然快樂咧！我是中國人啊！」他笑開了嘴笑起來。中國空軍的第一次出動，驚蟄了敵人的膽，鼓舞了我們四萬五千萬顆跳躍不已的心！
>
> 放寨寨。
>
> 是的，他們沒有放棄他們的機會。第一個站了起來，而且用盡了所有的力量。
>
> 在神聖的抗日戰爭中第一個站上前線的民族英雄底心公開表示情感底，卻是那麼簡單而又平靜。這裏血液有憤慨激昂，憩而使我們感到了最大的真誠和平靜。一種看透了一切以後而生命執着了一點的真誠和平靜，這樣
>
> 在淪有防禦設備的寂苦城孤軍抗戰的吉星文向豐險前去訪問的記者說：人生難得有一次做正經事的機會，我們這會才能夠有百折不屈的決心，這樣才能夠有有種赴死的勇敢。

1938年5月1日，該雜誌被迫移師廣州，主編茅盾更增加了純文學作品的分量，譬如小說、散文的篇幅，並推出、扶持了劉白羽、楊朔等一批年輕左翼文學作家，甚至還出版了頗有影響的「烽火小叢書」，主要是以小說散文為主，該雜誌的發行量也隨之大增，這些無論如何與胡風的那些惡評是沾不上邊的——而且有趣的是，在胡風認為「內容空洞」的《吶喊》創刊號上，其本人也發表了雜論〈做正經事情的機會〉一文（見上圖），並在《烽火》第二期發表了詩歌《同志》。

所以說，無論是其創刊時間、社會影響，還是其文學內涵，《烽火》都並非胡風所論述的那樣「陷入觀念性」甚至「內容空洞」、「不符合時代要求」，這足以見得胡風貶低《烽火》純粹是個人恩怨作祟。

　　那麼，胡風是和誰有著這樣的恩怨呢？

　　縱觀胡風一生，其人雖有光明磊落、坦蕩激昂之處，但是其在文學界的人緣並不太好，自己也曾因為性格、喜怒等諸多原因而醜化、抹黑他人。一直以來，由於大陸學界對胡風及其人道主義的弘揚，反而將他本人的一些恩怨過節忽視掉了，譬如胡風與另一位同時代作家茅盾之間的恩怨，卻從未有學者梳理過——筆者認為，在胡風接受柯思琪的訪談中，恰恰反映的是他與茅盾之間的糾葛過節。

　　筆者認為，胡風茅盾兩人的矛盾，早已有之，而胡風對於《烽火》雜誌的批評，似乎可以理解為在胡風被「解放」之後，在寬鬆的政治環境下對於茅盾個人恩怨的不滿表現。縱觀茅盾與胡風長達半個多世紀的交往，共有四次頗為嚴重交惡。這四次交惡，徹底讓茅盾與胡風兩位左翼文學巨擘「化友為敵」。

　　早在上個世紀三十年代，美國作家史沫特萊曾托茅盾找一人為史沫特萊翻譯的《子夜》的英譯本寫序，茅盾覺得自己親自去求人寫序，萬一若是被拒則有失臉面，於是轉請魯迅為自己找一個批評家為自己撰寫序言，魯迅當時適逢病中，又為瞿秋白遺稿《海上述林》的出版而奔走，無暇顧及此事，遂將此事轉給了自己的學生胡風。魯迅擔心胡風做不好，在 1936 年 1 月 5 日魯迅致胡風的書信裡，又將此事明確了一道：

> 有一件很麻煩的事情拜託你，即是關於茅（按：茅盾）的下
> 列諸事，給以答案：
> 一、其地位。
> 二、其作風，作風（style）與形式（form）與別的作家之區別。
> 三、影響——對於青年作家之影響，布爾喬亞作家對於他們
> 　　的態度。

這裡只要材料的論述，不必做成論文，也不必修飾文字；這大約是做英譯本《子夜》的序文用的，他們要我寫，我一向不留心此道，如何能成，又不好推脫，所以只好轉托你寫，務必撥冗一做；最好自然是長一點，而且快一點。

如需買集材料，望墊一墊，日後賠償損失。[20]

　　魯迅在這封信裡交待的非常詳盡，胡風也就完全照辦了，這與彭燕郊先生所回憶的「後來聽說，茅盾先生曾託魯迅先生要胡先生為《子夜》的英譯本寫序，胡先生拒絕了，留下一個不愉快的回憶」，「並批評《子夜》為『有太多的客觀主義』」[21]並不一致，胡風在之前曾多次拜會魯迅商談撰寫序言的具體事宜，同年 2 月 2 日當晚，魯迅便將胡風趕好的序言寄給茅盾，並在附信中說「找人搶替的材料，已經取得，今寄上；但給 S 女士時，似應聲明一下，這並不是我寫的。」[22]但是，這個英譯本因為第二次世界大戰的原因，並未在美國出版，且茅盾對於胡風所撰寫的序言並不滿意——因為這個序言裡有對於這部小說非常中肯甚至嚴厲的批評，因此，茅盾事後隻字不提對胡風的感謝，只說是魯迅的功勞——四十年之後的1977 年，在回憶文章中茅盾絲毫不提及胡風的撰序，只感謝魯迅的提攜，由此可見兩人感情早已破裂，此為兩人第一次交惡。

　　兩人第二次交惡是在後來四十年代「國防文學與民族文學」的論爭中，當時已經是左翼文壇領袖的茅盾認定胡風當時提出「民族文學」這個口號「來對抗已經提出將近半年的『國防文學』口號」，是想「製造混亂，分裂當時左翼與進步文藝界」。由此，茅盾「坦

---

[20] 魯迅，《魯迅書信・第一冊》，人民文學出版社，2006。
[21] 彭燕郊，〈記憶中的胡風與茅盾〉，《湘聲報》，2002.12.6。
[22] 魯迅，《魯迅書信・第一冊》，人民文學出版社，2006。

率地說，當時不但馮雪峰為胡風所利用，魯迅亦為胡風所利用」。
接下來，茅盾並進一步將胡風定性，自己和「四條漢子」等人都認
為「胡風行蹤可疑」，而魯迅竟然「聽不進一句講胡風可疑的話」，
茅盾此言論讓胡風極為不滿，並構成了兩人的第二次交惡。[23]

　　對於茅盾的抨擊，胡風一直耿耿於懷，甚至在伺機報復。1948
年，胡風等人主編的《螞蟻小集》中曾用尖銳言辭載文批評茅盾的
《腐蝕》，指其「創作方法的血肉的存在上，卻仍然負擔著資產階
級沒落文學的陳腐的包袱」，這篇文章除了直接導致了茅盾對胡風
的痛恨，促使兩人關係徹底破裂之外，還引發了一批作家的公憤，
一些老作家紛紛著文指責其對茅盾的無端的批評不利於統一戰線
的建立，表示「斷然不能容許把思想鬥爭引導到無原則的喧罵上
去」，郭沫若甚至將胡風打入「託派的文藝」批評，提出「應予消
滅」——值得注意的是，作為胡風本人及其追隨者而言，他們所崇
尚的是「五四精神」，這與後來左翼文學的文學為政治服務的宗旨
是差之千里的，但這亦不意味著胡風就擁有不受限制的批評甚至詆
毀權力，在這第三次交惡之後，胡風開始被排斥出純粹的左翼文學
陣營，受到了茅盾、郭沫若等一批老資格作家們的反感。

　　1949 年 7 月 4 日，茅盾在第一屆文代會《在反動派壓迫下鬥
爭和發展的革命文藝》報告中「關於文藝中的『主觀』問題，即關
於作家的立場、觀點與態度的問題」這一部分，對胡風進行了不點
名的批評，大概佔了全篇幅的十分之一。胡風本受聘為茅盾報告起
草人之一，當時因對此章節有異議而未參加，但作為新體制下文學
代言人的茅盾卻在報告後的《附言》中注明「胡風先生堅辭」，等
於「直接將胡先生推到了被告席上」（彭燕郊語），這促使了新政權

---

[23]　茅盾，〈需要澄清一些事實〉，《新文學史料・第二輯》，1979.2。

對於胡風的完全反感，並為之後的「胡風事件」埋下了伏筆。[24]換言之，正是茅盾此舉，將胡風徹底打入了政治另冊──此為茅盾與胡風的第四次交惡，此後，胡風既沒有機會，也沒有資格與茅盾交惡了，兩人在新政權下的待遇，可謂是雲泥之辨、天壤之判。

　　不久，中華人民共和國成立，茅盾成為了中共領導下的文壇領袖與新文學的代言人，曾任中華人民共和國文化部長、中國作家協會主席，而他的對頭胡風卻一直鬱鬱不得志，最後竟因言獲罪，坐牢數十年，直至 1982 年茅盾病逝以後，他才有機會「發發牢騷、澆澆塊壘」，胡風固然可悲、可憐，但這些不負責任的論斷卻給後來的史料研究者造成了極大的誤導──作為抗戰抵抗文學代表的《吶喊》雜誌，卻沒有一篇專門研究論文予以介紹，甚至還有學者還認為《吶喊》尚不如胡風主編的《七月》，「要想如實地評價《七月》週刊或《吶喊》週刊的歷史功績，非進行比較式的綜合研究不可」（吳永平語）。

　　我想，這也是胡風、茅盾兩位新文學先驅在天之靈所不願意看到的吧。

---

[24]　周正章，〈胡風事件五十年祭〉，《二十一世紀》，2005.8。

第九章

上清舊文學之弊，下開新儒家之源

——關於《學衡》雜誌的再思考與再認識

> 五四以來，一些中國知識分子一直嘗試著在不忍丟棄的傳統
> 學術與充滿誘惑的舶來西學之間尋找一個完美的切合點，其
> 實他們不知道，這個切合點其實是並不完美的。
>
> ——孔飛力（Alden Kuhn），1983

> 正是由於「西學」對中國文化的衝擊，使得我們得到對自身
> 文化傳統有個自我反省的機會。我們逐漸知道，在我們的傳
> 統文化中應該發揚什麼和應該拋棄什麼以及應該吸收什
> 麼。因而在長達一百多年中，中國人在努力學習、吸收和消
> 化「西學」，這為儒學從傳統走向現代奠定了基礎。
>
> ——湯一介，2009

1922 年，東南大學教授吳宓、梅光迪、胡先驌在南京創辦了《學衡》雜誌，從而以梅光迪為核心的學人集團也被稱之為「學衡派」。值得注意的是，《學衡》雜誌在中國現代學術史上的地位一直是毀譽參半，莫衷一是。筆者認為，誕生於思想交鋒期的《學衡》雜誌本身並非「守舊」、「庸俗之邪書」，更不是「洋奴」刊物。而且諸多史實也表明，一方面，《學衡》雜誌的確為舊文學積弊的去除做出了極大的貢獻，另一方面，它也為「新儒家」思想的誕生在客觀上起到了促進作用。基於如上觀點，筆者隨之提出了關於《學衡》雜誌的「再思考」和「再認識」的看法，並提出其在當下的學術價值所在。

一、為何談《學衡》：探求其本質和價值

　　《學衡》雜誌誕生於新文化運動後期的 1922 年（見下圖）。在這部雜誌創刊之前的 1914 年，章士釗已經在日本興辦了《甲寅》雜誌。由於《甲寅》雜誌的創刊者本身就是一批日本留學生，這就決定了《甲寅》雜誌帶有強烈的「日式漢學」的影子。兩種雜誌，一種是留學英美者創辦，一種是留學日本者創辦，思維觀念和思想體系都有著極大的分歧。這就為《甲寅》和《學衡》的論戰埋下了主因。

　　在中國現代學術初創之時，學術術語和學術內容多半是從日本和歐洲借鑑而來。東西方學術起源是複雜而又截然不同，故其差異決定了東西方學術結構的差異。在「五四」那個思想交鋒的年代，《學衡》雜誌所扮演的角色是很特殊的。

　　一方面，早在《甲寅》創刊之前，康有為就為改良派撰寫了《孔子改制考》，對儒學進行了全面的反思，首次提出了儒學之所以變得陳腐而不符合時宜，並不能怪孔子，而是由於從孔子之後的漢儒和宋明理學的興旺導致儒學的畸形。他還提出需要給現行的儒家經典「加注文」的做法。按照他的思想，這種做法可以恰當的、明確的表達並傳授儒學經典的意義與價值。

　　另一方面，新文化運動的另一個重要思想是對儒學的全面否定，這種「有破無立」的革命性

學術浪潮表現出了非常不切實際的一面。「打倒孔家店」的口號彌漫於中國學術界之上，吳宓說，孔子降生二千多年來，「常為吾國人之儀型師表，尊若神明，自天子以至庶人，立言行事，悉以遵依孔子，模仿孔子為職志。又隆盛之禮節，以著其敬仰之誠心」。但是，時至今日，「孔子在中國人心目中之影像，似將消滅而不存矣。」[1]這足以說明了吳宓對於儒學陷入人為困境的焦慮和反思。這種反思並不是魯迅先生所批判的「於新文化無傷，於國粹也差得遠」，[2]而是一種基於學理性的學術思考。

二、《學衡》雜誌被誤讀之歷史緣由

近十年以來，《學衡》雜誌成為了文學史界研究的重要話題。吳宓研究幾乎成了熱門。胡先驌、湯用彤、梅光迪等人的文集也相繼再版。僅就作者本人而言，就收藏有不同作者的不同版本。學衡派在近百年之後重新出場，給我們提出了一個十分迫切的問題：如何讀《學衡》才算是正讀？

我們可以從誤讀《學衡》的原因入手。首先，誤讀《學衡》的最大原因在於不能全面地讀，不能歷史地去分析，而是斷章取義，將《學衡》中某個篇目，某個作者提出，作為整個雜誌的縮影。這種錯誤的閱讀方法是最大的誤讀緣由。所以說，我們必須要用歷史研究的眼光去分析歷史、解讀《學衡》雜誌，而不能片面地、局限地來審理。

這樣說是否就代表著《學衡》的觀念都是正確的呢？不是。從宏觀、歷史的研究眼光來看，《學衡》雜誌裡面肯定有不少的篇幅是不符合歷史潮流的。對於這部分內容，我們一方面要加以客觀地

---

[1]　吳宓，〈白璧德中西人文教育談‧編按〉，《學衡‧第三期》，1922。
[2]　丁守和，《中國近代啟蒙思潮》，社會科學文獻出版社，1999。

理解、借鑑。一方面我們要把這些內容放到整個歷史的大環境中去分析。用歷史的眼光來分析，在當時那個環境下，部分守舊內容的存在，是否是必要的？如果我們再把眼光放遠一些，當時的一流學府北京大學都採取相容並包的政策，辜鴻銘、劉師培這些守舊派學者均能在北大的講壇上各抒己見，那麼《學衡》雜誌擁有一批固定的守舊派作者，也就無可厚非了。

值得注意的是，如何讀《學衡》才算正讀？還有一方面則是體現讀書的眼光上。我們讀過去的理論作品，並不完全是吸收其學術內容，而是在於能夠真正地領悟、借鑑其研究方法、治學思想和態度。《學衡》雜誌自 1922 年創刊以來，大量學者對其傾其畢生心血，包括其發起人梅光迪、吳宓等人。即使在雜誌無以為繼沒有經費刊行的緊要關頭，吳宓都「夜以繼日」、「不遺餘力，奔走呼號」，這種勤奮嚴謹的治學態度，是值得當下學界學習和借鑑的。

《學衡》雜誌被誤讀，是中國學術界的損失，也是中國文學史研究的不幸。在我們研究《學衡》雜誌被誤讀緣由的時候，我們也必須注意到一點，那就是誰誤讀了《學衡》？他們為什麼誤讀了《學衡》？要回答這個問題，我們更應該從《學衡》雜誌的誤讀者談起，按照誤讀原因的大致分類，一種是有意的曲解誤讀；而另一種則是無意的誤會誤讀。

正如第一節結尾所言，《學衡》雜誌所主張的觀點一直由於魯迅先生的批判而被當時學術界斥責為「擬古不化」、「冬烘子遺」。魯迅甚至還帶頭嘲諷「假古董放的假毫光」、「我所佩服諸公的只有一點，就是這種東西居然也還有發表的勇氣。」[3]這種錯誤的批駁導致中國的學術界之前對於《學衡》雜誌一直存在著一種無法磨滅的偏見。

---

[3]　魯迅，《魯迅雜文集·熱風·估學衡》，百花文藝出版社，1999。

除辜鴻銘等個別人之外，身為留學生和早期「學貫中西」的傑出學術代表人物基本上是很少主張這種盲目的復古主義的，實際上在 1923 年《學衡》雜誌就率先提出了非常先進的「學術結構重建」的主張。學衡派的主張非常明確：一、禁止廢除文言文；二、要求文言文與白話文並用；三、大力提倡白話文，從而使中國的語言文字分化為「書面底文言文」和「口頭底白話文」這兩種分類。

另一位公開表示不贊成《學衡》雜誌的是著名學者柳亞子。相對於其他推崇唐詩的守舊派學者來說，他是比較支持白話詩運動，贊成廢除舊詩的。他曾說「五十年後無人可懂平仄」。並且對《學衡》雜誌對於傳統文史結構的維護大加鞭笞，稱其為「擬古頑時」之作。

無論是魯迅還是柳亞子，他們對於《學衡》雜誌的批判都是始於學術的，他們的批駁並不是惡意誹謗，更不是人身攻擊。我們可以肯定一點，這種誤讀，一方面有著學理性的公正性，一方面又有著學術主張的偏見性。所以說，這種誤讀，實際上是有意的曲解。

但是和其他前輩學者相比，在建國後很長一段時間裡，魯迅先生和柳亞子先生受到了當時社會一定的推崇。在學術上曾經被他們批判過的相當多的一些知名學者比如說胡適、梁實秋、周作人、林語堂等先生都是在以後被重新認識重新估價的。建國後，《學衡》雜誌被很多不明歷史的學者進行了不公正的攻擊，這種受既定觀念影響的誤讀，則是一種無意的誤讀。

分析了被誤讀的原因之後，我們應該注意的是，作為一個文化符號的《學衡》雜誌，被誤讀，究竟在哪些方面呢？從學理性的邏輯上分析，這種誤讀一般來說是三個層次：

一種是游離於表面的淺表誤讀，那就是曲解了《學衡》雜誌本質。這種自詡為「管中窺豹」、「見微知著」的誤讀其實更多是一種一葉障目的曲解。他們企圖用先前既成的思想和觀念來全面否定

《學衡》雜誌所有內容。由此可知，這種主觀的、片面的誤讀，是表層的。

這類誤讀一般集中在對於《學衡》中某些刊發的文章的斷章取義。作為公共性出版物的雜誌，在新聞管制寬鬆、強調輿論自由的民國初年，它不可能只刊發某種觀點的文章，當其他主張的文章被刊發在《學衡》上時，這只能代表文章作者的觀點，而不能代表《學衡》的觀點，更不能構成「學衡派」的代言。

更深層次的誤讀則是對於其負面內容的過度注視、誇大。這也是當下中國現代文學史研究的一個問題所在。對於《學衡》雜誌，不能全面地、綜合地把握閱讀，而是過多地注意他的負面因素，這種負面影響的存在也是巨大的。而正是因為這種負面影響的存在，才導致《學衡》雜誌長期被扭曲，被誤讀。

而最嚴重的誤讀則是最深層次的誤讀，這種誤讀也是當下中國學術界重新評價《學衡》所面臨的困境。這種誤讀抹煞了《學衡》雜誌的歷史價值，從研究範式看，這種評價方式往往是一個大概念概括了整個雜誌的歷史意義。

這種研究範式最常見於「現代文學史」的撰寫，這並不是研究者學歷不逮，也非只是現代文學史的篇幅有限，而是因為自從唐弢、王瑤兩位先生之後的很長一段時間裡，中國大陸現代文學史的編寫陷入了「觀念先行」的地步，即以既定的政治觀念來描述、篩選甚至改寫文學史裡的史實，並結合「二元對立」的片面研究方式為複雜的歷史現象武斷、絕對地下論斷、做結論，使得文

學史喪失了歷史研究的意義，而淪為了政治教化、代言的工具。在這樣的語境下，《學衡》雜誌遭到否定、責難也就不足為奇了。(上圖為《學衡》雜誌社啟事)

三、新文學時期：《學衡》的積極影響

說到《學衡》雜誌，就不能不說到胡適和梅光迪的一次論爭。早在美國留學期間，胡適就發表了關於否定中國傳統文化的言論，可是這種言論在美國的中國留學生中並沒有市場，甚至還遭到了強烈的質疑和反對，其中就包括胡適的同學兼同鄉梅光迪。當胡適提出「要須作詩如作文」之後，立即受到梅的批評，兩個人最開始是以朋友的口氣討論、相勸，但無效。二人關係越來越僵，口氣越來越不好聽，[4]可以說學衡派和改良派的交鋒，是在美國開始的。回國之後，兩個人分別選擇自己的學術陣營，並成為了其中主要成員。

《學衡》雜誌是思想交鋒的產物，在論戰的開始，梅光迪就試圖用西方的文學理論來否定胡適的「作文」與「作詩」相同的觀點。梅光迪觀點的出發點也不是對於胡適關於「詩文」觀點的否定，而是想利用這個機會，來弘揚自己「昌明國粹」的觀點和主張。而梅光迪的觀點和學術主張，也是《學衡》雜誌的學術主張。

《學衡》創刊伊始，梅光迪就提出了《學衡》的辦刊宗旨，並把這個宗旨印在每一期《學衡》雜誌的扉頁上，稱之為〈學衡雜誌簡章〉(見下圖)，這一段話如下：

> 論究學術，闡求真理，昌明國粹，融化新知。以中正之眼光，
> 行批評之職事，無偏無黨，不激不隨……以切實之功夫，

4　李汝倫，〈似淡卻濃學衡雲煙〉，《書屋》，2004.11。

為精確之研究，然後整理
而條析之，明其源流，著
其旨要，以見吾國文有可
與日月爭光之價值。博取
群書，深窺底奧，然後明
白辨析，審慎取擇，庶使
吾國學子，潛心研究，兼
收並覽，不致道聽塗說，
呼號標榜，陷於一偏而昧
於大體也。[5]

正是這段話，《學衡》雜誌
才召集到了全國最優秀的人文
學者。除了梅光迪之外，胡先驌、梁啟超、王國維、陳寅恪等多位
國學大師都主動為《學衡》撰寫稿件。他們基本上大部分的文章都
貫穿一個宗旨，就是維護固有文化，重建民族自尊，反對全盤否定
傳統文化。[6]學衡派本身所強調的，只是一種學術主張。這種主張
放到整個歷史裡面來看，顯然有著極高價值，他們強調的不是封
建，而是傳統。在一個交鋒的時代裡，傳統的東西是不能徹底廢除
的，特別是文史傳統，必須要延續。

　　說《學衡》雜誌是「文言之吹鼓手」，亦是嚴重違背史實。《學
衡》雜誌曾經就刊登過吳宓本人的白話文小說，學衡派維護的是中
國文化，他們推崇漸進式的改革，而不是大破大立，他們極端憎惡
攻訐中國文化的言行，梅光迪批駁這種言行是「日以污蔑祖國名譽，

---

[5]　〈學衡雜誌簡章〉，《學衡・第一期》，1922。

[6]　李剛、張厚生，〈學衡雜誌初探〉，《東南大學學報（哲社版）》，2002.4。

繁衍外人為事」，「日以推倒祖國學術為事」，「要亡漢文」，實為亡民族。說他們「真非中國人也」。[7]

在學術上，《學衡》雜誌的基本精神是舶來的，這也說明了《學衡》雜誌本身不是四書五經宋明理學的衛道者。他們的學術基本精神來源於美國著名人文主義大師、哈佛大學白璧德教授，他認為中國傳統文化與歐洲的人文主義在精神上是一致的，中國傳統文化關注的是人，人的尊嚴，人的道德、修養，而不是上帝，不是神，不是某種超自然的力量。這種人本思想顯然是西方先進的社會思想，而不是其他。

由此可知，《學衡》雜誌對於白話文、對於新文學，並不是一味抵觸，一味批判的。學衡派的諸多學者都是有著極強學理思維的學術大師，他們看待一個問題的眼光，是複雜的，也是深奧的。對於新文學，他們所持的態度，是支持的，但是這種支持不是鼓吹，不是喊口號，而是採取冷靜的態度，客觀的分析，在傳統模式下漸進地接受。（上圖為梅光迪的〈評提倡新文化者〉）

7　梅光迪，〈評提倡新文化者〉，《學衡・第一期》，1922。

四、關於新儒學：《學衡》雜誌的學術開源

所謂新儒學，即以梁漱溟為主的新儒家學說（新儒家代表還有馮友蘭、熊十力）。梁漱溟認為，新儒家作為一種思想流派，在研究的方法論上主要要求用現代人的觀念來解釋儒家思想。而在世界觀的本質上，則是意欲主義的文化哲學。

對於儒學的現代詮釋與轉換，是新儒學的基本主張。而在中國近現代思想史上，這一切卻是從《學衡》雜誌開始的。

《學衡》雜誌為新儒學的發展在客觀上做了較為重要的準備。這種準備大致分為兩個階段，第一個階段是從傳統的思想來對儒學進行現代詮釋；第二個階段就是從西方的新人文主義思想來重新審視儒學的現代價值，從而對儒學進行系統的研究和整理。其代表人物杜亞泉等人通過中西方文化的對比，宣揚中國文化將在世界範圍內復興，鼓吹東方文化拯世救國論。這種思想的形成，極大促進了新儒家日後形成生機主義宇宙觀與直覺主義認識論的哲學體系。[8]

作為一個無黨派的學術團體，《學衡》雜誌之所以開始對儒學進行現代性反思，源於封建割據勢力和政府當局方面對孔子和儒學的利用、糟賤，這主要是民國以來大小軍閥以及地方勢力利用孔子，拉大旗作虎皮，掩蓋並美化自己的爭權奪利，欲行專制統治的政治行動，如恢復孔教，舉行祀孔儀式，要求學校尊孔讀經，並呼囂把「孔教定為國教」，即企圖把儒學變成真正的宗教以為其服務，「以禮教立國」，[9]這自然談不上對孔子儒學的認真研究和正確理解，更談不上學術利用和學術研究。梅光迪極為痛恨這種現象，認

---

[8]　卜祥記，《哲海探航：20世紀中國哲學的艱辛開拓》，西苑出版社，2000。
[9]　張衛波，《民國初期尊孔思潮研究》，人民出版社，2006。

為這是「形式之尊毀，禮儀之隆殺」。他們本著以正視聽的目的，開始對儒學進行全面的闡釋。

還有就是 1919 年，杜威來華講學，他把詹姆士的實用主義、羅素的新實在論與柏格森的生命哲學作為世界三大流派，並介紹入中國，而後者尤被推崇。《學衡》派便是一開始就對這些思想進行了翻譯、介紹。其中體現白璧德的人文主義思想的作品翻譯最多，1922 年第 3 期的《學衡》雜誌還特以〈白璧德中西人文教育談〉（見上圖）為題，全文翻譯了白璧德在波士頓美東中國同學年會的演講。而這些西方的現代思想，恰恰又是新儒學建立體系的必要因素。

這兩件事情是激發學衡派對於儒學重新定位的直接動因。此動因皆是出於對於傳統文化的維護。這種維護不是簡單的高喊口號，而是落實到真正意義上的學術詮釋。在中國大張旗鼓的反對儒學、利用儒學的時侯，美國的新人文主義學者白璧德正在研究儒學。這件事對於梅光迪和吳宓的刺激非常大。在國際上，新人文主義者對中國孔子及儒家文化甚為推崇，認為中國儒家的人文主義傳統是中國文化的精華，也是東西文明融通，建立世界性新文化，促成一個「人文國際」的基礎。[10]

---

[10] 韓星，〈學衡派對儒學的現代詮釋和轉換〉，《唐都學刊》，2003.2。

　　這就決定了學衡派的思想觀點，他們企圖用世界的眼光來重新審視中國的儒學。這是學衡派的最大貢獻，吳宓認為：「理論方面，則需融會新舊道理，取證中西歷史，以批判之態度。思辨之工夫。博考詳察。深心領會。造成一貫之學說。闡明全部之真理。然後孔子之價值自見。孔教之精義乃明。」同時，梅光迪也認為程朱僅發展了孔子學說中「修己」的「心性之學」，使後人把儒學看成了倫理政治學。這種誤會的流弊，演變到近代，終於使儒學傳統面臨前所未有的生存危機。對此，他通過閱讀西方哲學並與孔子比較，才站在更高角度發現了儒學的現代價值。

　　正是因為這種高瞻遠矚的看法，才促成了後世新儒學的勃興。遺憾的是，關於《學衡》雜誌對於新儒學建立的卓越貢獻，在目前已經沒有多少人知曉了。

五、重新思考與認識《學衡》的學術價值所在

　　《學衡》雜誌創辦至今已經有八十年的歷史了，在這八十年裡，中國的文化結構發展呈現了多元化的趨勢，各種問題也逐漸呈現。總的來說，目前中國學術界出現的問題大致可分為兩類，一類是話語體系的缺失；一類是文史結構的坍塌。這兩大問題在學術界被賦予不同的稱謂，諸如「失語症」、「文史結構重建」等。關於如何解決這種問題，其實《學衡》雜誌早就給了我們答案。

　　學衡派早在八十年前就會預料到國內學術界這種問題的發生。當胡適和陳獨秀的「文化需要闖將」的觀點成為學術界主流的時候，學衡派就憂慮地提出了「吾之中國人負笈留洋、入教求學，以得歐美文化為榮」；「中國之衰病，是難以抵抗的，結果就是中華民族的衰亡」，儘管這種說法有的是振聾發聵，有的只是危言聳聽，

但是在事實上這種憂慮本身是不無道理的。當舉國上下以西化為正統為榮的時候，《學衡》雜誌在思想上獨闢蹊徑，另成一格，這足以顯示了他們高瞻遠矚的一面。

關於解決這種問題，學衡派提出了三種觀點，分別以柳詒徵、吳宓和梅光迪為代表。柳詒徵認為，文化問題不能簡單的依據進化論「新必勝於舊，現代必勝於過去」的觀念，因為人文學科不同於自然科學，人文科學是「積累而成，其發達也，循直線而進，愈久愈詳，愈久愈精妙」，真正的新文化，是中西古今一切優秀文化積澱融彙而成，正是基於這種觀點，他提出了具體而微的「文化重建和文史結構重構」的思想。[11]

而吳宓解決問題的思想則是以新儒學為中樞的，他提出要「儘量多」地保存中國傳統文化，從而使中國傳統文化走向世界，這種站在古今中西文化衝突，站在世界文化發展高度的思想是極其難能可貴的真知灼見。[12]他為當下人在工業化環境下的發展提出了自己的構想，指明了方向，為中國文化與世界文化在本世紀的平等交流對話作出了奠基性的貢獻。

梅光迪敏銳地在中西文化中找到了共同之處，他主張在接受西方文化的同時在學理性上貫通這兩種思想，從而獲得真知——這種真知是屬於全人類的，不是站在狹隘的民族主義思想上或是洋奴主義思想上的偽學術。這種思想在當時不僅有很大價值，即使在現在，也有一定的時效性。

綜上所述，《學衡》雜誌與學衡派在東西文化、思想交鋒的伊始，就敏銳地提出了關於文化重建的觀點與具體解決方法。文化思想交鋒在現在仍然是一個熱門問題，關於這種問題，海內外仍然有

11　柳詒徵，《中國文化史·上卷》，東方出版中心，1988。
12　吳宓，《吳宓日記》，三聯書店，1998。

大量的學者在探討、思索。筆者認為，學衡派主張的這種解決方法，或許應該值得當下借鑑。

關於現代文學期刊研究的建議與思考

> 我想像它建立在神秘的山巔……，我想像它隱沒在稻田之中
> 或水底下，我想像它是無限大的，不只是有八角形的亭臺樓
> 閣，而且還有河流、省區、王國。這是一座迷宮中的迷宮……
> 一座蜿蜒迂迴，永遠擴展著的迷宮。
>
> ——波赫士（Jorge Luis Borge），《岐路花園》

一

現代文學史料是現代文學史的忠實記錄，也是從事現代文學研究的學者必須去關注、去審讀的一個重要領域，但是就「現代文學研究」而言，大家往往忽略並遺漏了該研究最重要的一個字：史。因此，精確地說「現代文學研究」應該是「現代文學史研究」。

這個「史」字特別重要，從語法學角度講，一旦遺漏「史」字，研究基礎就從「歷史研究」轉變成了「文學研究」，但從具體的研究範式上看，兩者並不是一回事。

歷史學家金毓黻在《中國史學史》裡關於歷史研究的方法論有這樣的說法：

> 即就史學而論，亦無不用考證學，為其治史之方法也，果其
> 所用之方法，日有進步，則舊書可變為新，否則不惟不進步，

> 而且呈衰頹之象，則新者亦變為舊矣。是故研究之對象，不論其為新為舊，而其研製之方法，則不可拘守固常，而應日求其進步，其所謂新，亦在是矣。[1]

金毓黻認為，歷史研究要注重兩個問題，一是史料要舊，二是方法要新，在研究過程中必須兩者並舉，缺一不可。

值得注意的是，在土耳其裔美籍歷史學家阿里夫・德里克（Arif Dirlik）的名著《革命與歷史：中國馬克思主義歷史學的起源（1919～1937）》中，有著另外一段話，與金毓黻的這段話相比，兩段話放在一起，彷彿更能說明一些問題：

> 這一時期，顧頡剛的研究重心從「文獻批評轉向了社會批評」，說得更精確些，從對史料真實性的關注轉向了研究導致那些對於史料的歪曲的決定性的社會動因。儘管沒有直接的證據表明顧頡剛的這一轉變是否是由馬克思主義史學家示範而引起的，但是在 30 年代他的史學方法與當時流行的史學方法是一致的。[2]

兩者不約而同提到了「史料」對於歷史研究的重要性，但是前者強調史料與新方法的並用，但是金毓黻並未闡明：究竟什麼是新方法？但是德里克從對顧頡剛歷史研究范式的解讀，認同史料研究的方法是「研究導致那些對於史料的歪曲的決定性的社會動因」——這個是否是新方法，我們已然不得而知，畢竟時過境遷至今，方法層出不窮，顧頡剛所採取的方式，現在看來或許早已過時。

---

[1]　金毓黻，《中國史學史》，河北教育出版社，2003。

[2]　（美）阿里夫・德里克，《革命與歷史：中國馬克思主義歷史學的起源（1919～1937）》，江蘇人民出版社，2005。

　　但是任何歷史研究方法若是放置到現代文學史（在這裡我必須要強調「史」的意義）的研究中，我想稱其為新方法應該都不算是「過時」的。因為這麼多年以來，關於現代文學史的研究，始終停留在對於文學研究理論的更新——譬如對於文本的解讀、對於社會文化環境的闡釋，甚至對於作者的心裡潛意識的推測，都構成了被引入的新理論，但是作為歷史研究的「現代文學史」卻停滯不前、原地踏步，每年雖然都有不同的「文學史」問世，但是卻基本上都是千篇一律的通史、斷代史或是文體史，這些在歷史研究中早已不再被認為新的理論，卻在「現代文學史」研究的領域裡不斷精彩上演。

　　弄錯了一門學科研究的基礎，這門學科的前途無疑是充滿憂慮的。部分學者們長期以來模糊「現代文學史」與「當代文學史」兩者的概念，甚至還有一些學者拿「二十世紀文學史」來涵蓋現代文學史與當代文學史所包含的一切內容，希望兩者不但在研究範式上同步，而且還要在學術意義上統一。但事實上這兩者並不是一回事，我們可以參與構建「當代史」——若干年之後，我們或許都會從研究者變成研究對象，但是，我們誰也無法進入「現代史」，這就是兩者最大的區別。若兩者可以在一個空泛的「二十世紀」之下統一，我們是否還可以將其上限再進一步上溯，形成所謂「十九～二十世紀文學史」甚至「西元以來文學史」？

　　當我們無法參與某項歷史的構建時，對於學者來說唯一要做的就是還原歷史的真相。而相對於元明清文學而言，「現代文學史」本身就是充滿了吊詭、疑惑甚至假像的。一批批「失蹤者」構成了現代文學史研究領域裡的學術富礦，須知經歷了歷次政治運動與時間洗禮的史料，此刻顯得尤為珍貴。可以這樣說，現在是將「現代文學史」還原到「歷史研究」的最好時機。

二

就現代文學史的史料而言，若論重要性莫過於期刊雜誌。

筆者此言決非武斷，因為「期刊雜誌」本身是現代文學史的獨特產物，縱觀之前歷朝文學史，在晚清以前，哪朝也沒有雜誌可供研究。尤其是「現代文學史」中的「現代」一詞，更使得了以期刊雜誌為核心的史料研究有了重要的意義。

阿蘭‧布魯姆（Allan Bloom）繼承了亞歷山大‧柯耶夫（Alexandre Kojeve）的「前現代」與「後現代」的觀念，並進一步總結了「現代」這一概念的三重內涵。筆者認為，就布魯姆所言的「現代」應包含三重呈現方式：其一是資訊傳播的革新，即與「前現代」相比，「現代」的資訊傳播有了新的範式，這與科技的革新密切相關；其二是公共交往的產生，「現代」語境下的交往打破了之前點對點的交往，而是點對多點或多點對多點的公共交往，即一個人不再生活在「私人空間」中，因為交往，他的語言、觀念被迫走向了公共領域，從而形成了「意見」；其三是意識形態的進化，即「現代」不再是以「自我」為核心，因為每個人都是公共領域中的組成，這種網狀結構強迫每一個具備社會屬性的個人走向「大眾性」，精英階層因此萎縮，大眾階層與中產階級會在「現代性」的旗幟下走向勃興。

這一段關於「現代」的論斷及其諸要素分析對於強調「期刊雜誌」之於「現代文學史」之意義，因為「期刊雜誌」的意義本身所具備的三點特性實質上與布魯姆所闡述的三重「現代」含義不謀而合。首先，期刊雜誌之於現代文學史的最大意義便是拓寬了文學傳播的渠道，當然，與此同時廣播、電影的興起使得文學文本在中國

現代史中有了自由馳騁的可能，從結構主義的角度來看，文學創作不再是寫作者的「言語」，而是可以在公共語境中被任意闡釋的「語言」，這也是德里達緣何提出「作者之死」的理論前因；其次，期刊雜誌使得「寫作者」與「閱讀者」之間以及不同寫作者之間的關係走向了新的交往空間，文人結社雖是古老的傳統，但是文人絕少考慮到接受者們的願望，期刊雜誌的興盛，使得編輯者開始考慮閱讀者們的取向——在這樣的「逆向」狀況下，寫作者開始向閱讀者部分妥協，形成了全新的交往格局；最後，期刊雜誌作為一種先進、現代的文學傳播方式，其編輯者、撰稿者所生產的文學文本都是充滿「現代」觀念的，即「進入到文學消費語境中的白話文與現代文體」——這裡的「現代」並非意味著「先進」，而是一種與整體大趨勢的切合程度，與觀念自身無關。

如此看來，期刊雜誌之於現代文學史之意義，並非其他史料如信札、檔案、書籍所能比擬，雖然書籍、檔案等等亦是現代社會的產物，但是並非如期刊雜誌一樣，可以從三個不同的角度與現代文學史產生一種天然的聯繫，因此，現代文學史研究必須要從現代文學期刊雜誌入手，既有助於發現「失蹤者」，也可以管中窺豹地通過一些吉光片羽的細節窺得中國現代文學這一龐大體系的精神本質。

三

從理論上說，絕非所有的期刊雜誌都有研究意義。

有些期刊雜誌已經成了當代顯學，如《觀察》、《新青年》、《現代》與《萬象》等等，對於刊物的解讀、文本的分析、史料的辨酌，甚至裝幀設計的研究，在海內外中國文學界、史學界都有了成規模

的論文與學術梯隊，甚至相關研究的專題專著在近年來也有了出版。縱然我們再獲得這些史料，已然喪失了研究新意。

所謂研究新意，不但是要「回到歷史現場」，更要尋找「歷史空白」。當然我並非在這裡攛掇後學者做語不驚人死不休的標新立異，而是避免重複做無用功。「一手史料」研究的好處是，可以鉤沉史實，發現新論，但是其危險性就在於：若是沒有完全的準備，很容易與前人研究相「撞車」，如有著足夠的能力、充分的史料與敢於挑戰前人的勇氣，這種「撞車」未嘗不可，說不定還可以推翻前論，從而使得對某一問題的研究更進一步，但是對於更多的研究者來說，「論從史出」的前論並非如此容易推翻。

那麼，對於某些珍稀期刊來說，也並非全部都有著較強的史料意義。

從考古學的角度嚴格地說，任何文物都有價值，任何史料都有意義。但是史料意義的多少直接決定了從該史料出發成果的意義大小，筆者認為，有些現代文學期刊雖然是珍稀史料，但是卻沒有太大的研究意義。一般來說，這類文學期刊分為兩類，研究者在下決心從史料出發發現問題時，一定要避免與這兩類期刊打交道。

一類是「殘缺期刊」。如果現有期刊只有半冊，另外半冊被其他原因拆散、毀壞，那麼這份期刊的研究意義大打折扣，因為研究者不知道另外半冊究竟講了什麼問題？是否還有著其他更為重要的問題？誰也不知道。史料研究最怕遇到「孤證」，因為任何歷史的發生都不是片面、孤立的。因此，研究者若是遇到這類史料，一定留待以後再行甄別，萬勿輕易下定論。

期刊的出版有著其自身的延續性與連貫性，研究者不但要在具體某本期刊、某篇文章與某頁廣告上摸爬求索，更要根據某期刊的

延續性（某些只出了一期的期刊例外）來歸納其辦刊規律，既要辨酌細節，又要顧及整體。因此，在這樣的前提下，某些只有一冊的刊物（創刊號、停刊號除外）也是沒有太大研究價值的，因為研究者憑藉一冊刊物，不可能全面地知曉這份刊物的發展軌跡，尤其是現代史中戰亂頻發，許多雜誌都是幾易刊名、辦刊地與主編，甚至出版時間都不規律。因此，若是研究者只有一冊期刊，那麼他所面臨的研究難度會非常之大。若是遇到只有一冊期刊的情況，最好想方設法搜集全套（或是某一特定年代如「八年抗戰」內的連續出版）之後再就某一個具體的問題下定論。畢竟，歷史研究無法脫離歷史的語境，現代文學史研究亦不能超越這一真理。

　　另一類是「無名期刊」。這裡所說的「無名期刊」並非是未見研究界提及的「失蹤者」，而是一些缺乏研究價值——尤其是缺乏文學史研究價值的期刊。因為連年征戰，導致國民政府對於新聞出版的管理相對寬鬆，一些學生團體、文學社甚至宗教組織都有辦刊的經歷，某些刊物屬於某些中學、非文學研究類學術團體、企業機構與地方文士所辦，雖然歷史久遠，也可成套，但卻缺乏一定的歷史與專業語境，通過對這類刊物的解讀，很難窺探以「現代文學史」為核心的若干重要問題——我們這裡只談以「文學史」為核心的學術意義，當然，研究經濟史、社會史、風俗史與語言史等等其他學科的學者，對於這些期刊必然不能放過。

四

　　我們再將話題回到德里克的那段話上，歷史研究的方式在於史料研究，其目的在於「研究導致那些對於史料的歪曲的決定性的社會動因」，對於現代文學史的研究，我們也應該本著這個原則，甚

至筆者之所以在這裡反覆強調「史料」的意義，乃是在於窺探「史料」被「歪曲的決定的社會動因。」

1949 年以前，戰亂頻繁，1949 年之後，大陸又經歷了多次政治運動。在這樣動盪不安的歷史環境下，大量現存的現代文學期刊遭到了毀滅性的損壞、散佚，部分期刊甚至連國家圖書館只保留存目。而且，在高度統一的意識形態下，大陸現代文學史研究界之前又普遍存在著「革命壓倒啟蒙」的主導思想，在研究的過程中製造出了大量的「失蹤者」。因而，與其他斷代文學史相比，現代文學史包含了更多的疑惑、吊詭、假像以及被遮蔽的史實。

近年來，學術的話語空間獲得了一定的自由。學者不會再因臧否現代文學史中的人物、作品與思潮而「因言獲罪」，但是值得注意的是，「臧否」並非是根據個人主觀喜好而無中生有、捕風捉影地隨意下定論，而是根據「一手史料」來試圖還原歷史的細節、真相與片段。

在這裡，研究者必須要樹立一個類似於學術史譜系的前置性觀念，1949 年之後尤其是上個世紀八十年代之前由中國大陸研究界編撰的現代文學史，本身是存疑的。在「極左」思潮控制下，「御用研究者」篡改史料、省略事實、遮蔽真相甚至顛倒黑白的歷史研究，早已是人所眾知的事實。而到了上個世紀八十年代，隨著「解放思想」大旗的高揚，研究者雖然開始「覺今是而昨非」，但是一方面面臨史料的缺乏，一方面又被「重寫文學史」的新思潮所激勵，在「現代文學史」的書寫上存在著刻意將既存經典顛覆並「拉下神壇」的研究思路，及至上個世紀九十年代至今，西方人文社科前沿理論不斷進入國內思想界，使得「現代文學史」變成了「現代文學」，研究者開始利用後現代、解構主義詩學、女性主義、傳播政治經濟學等理論關注現代文學中的文本及其生產、傳播與解讀範式，而不

再傾力於枯燥的史料鉤沉、版本辨酌與史實校勘。久而久之，研究界對於以「史料」為核心的「現代文學史」的研究普遍不再關注，而是急於建立一套以新理論、新話語與新方式為核心的「現代文學」研究範式。

那麼，現在重提「現代文學史」這一概念及其研究意義，本身就有著「去偽存真」的意義，即德里克所說，發現史料是一方面，另一方面還要發現史料被「歪曲的歷史動因」，從而還原歷史真相，使得研究者與研究對象同處於一個「歷史現場。」

從發掘被「歪曲的歷史動因」的角度來講，期刊雜誌也顯得尤其重要。縱觀「五四」甚至洋務運動以來，期刊往往成為了中國文化、社會以及意識形態「現代性」發展的最大推手，因為「現代性」的本質是社會變革，而社會變革的原動力又是意識形態的變革，意識形態的變革必須要依靠以「話語」為表現形式的意識形態傳播，那麼，期刊雜誌便構成了「意識形態傳播」過程中最好的話語媒介。因此，對於期刊雜誌的研究，則必須從話語媒介入手所做的一次對歷史語境中「意識形態傳播」的「現場還原」。

五

金觀濤與劉青峰在《論歷史研究中的整體方法：發展的哲學》有這樣一段表述：

> 這（新的歷史研究範式，引者注）使得二十世紀後半葉的歷史學家進退維谷。一方面他們必須遵循科學規範所要求的實證和清晰性，這使得他們傾向於尋找具體而又細小的題目；另一方面，運用現代科學理論和方法不但掌握起來有巨大困

難，而且還具有相當大的危險性，這又促使他們向傳統的史學方法（包括考據方法）倒退。為了掩蓋這種倒退，他們不得不在這些細緻瑣碎的小題目上給出點類似於「小玩藝兒」的理論解釋。[3]

金觀濤說這番話的語境，正是上個世紀八十年代末新思潮並起的時代。他用「歧路花園」來形容歷史研究中的兩重困境，即「新方法」與「史料研究」如何可以兩全？由是可知，他將金毓黻的定論變成了一個問題，然後將這個問題指出了一條妥協的策略：在這些細緻瑣碎的小題目上給出點類似於「小玩藝兒」的理論解釋。

不寧唯是，金觀濤的想法幾乎代表了崛起於八十年代的大部分歷史學家、人文學者的想法。一方面，歷史學家不願意放棄被認為是「倒退」的史料鈎沉、考據方法的使用，一方面，他們又很難抵禦新理論、新思潮的誘惑。這種「進退失據」的心理吊詭很容易干擾到與歷史研究相關的學科──經濟史、文學史、社會史等等，使得本身應屬於歷史研究範疇的「學科史研究」成為了「學科研究」。

正如前文所述，現代文學史中的期刊雜誌重新受到重視是近些年的事情，隨著歷史研究領域中重新對史料的重視，「現代文學」又開始重新回到「現代文學史」的領域，使得研究重心又回到了「歷史研究」之上。當然，這也與近些年來新理論的勃興是分不開的。可喜的是，我們看到了新理論開始與史料研究獲得了一定的對接，而不是金觀濤、劉青峰當年所憂慮的只能弄弄「細緻瑣碎的小題目」，搞搞「小玩藝兒」。

---

[3]　金觀濤、劉青峰，《論歷史研究中的整體方法：發展的哲學》，陝西科學技術出版社，1988。

　　隨著近些年城市文化（包括文化地理學）、傳播學、文化產業與傳播政治經濟學等等領域研究不斷與日常生活與實際問題的靠攏，這也構成了現代文學期刊雜誌重新回歸到「現代文學史」視野的主要動因。作為現代大眾傳播的早期實踐，現代文學期刊雜誌開始進入研究者們的視野，使得現代文學史料重新回歸到現代文學研究的核心當中。

　　值得一提的是，在港臺學術界，反倒一直都重視現代文學史料的研究，如臺灣的《文訊》雜誌、香港中文大學的《二十一世紀》等刊物一直在關注並致力於現代文學史料的研究，大陸的《新文學史料》、《中國現代文學研究叢刊》、《書屋》等雜誌以及其他一些高校學報、學術期刊日益也成為現代文學史料研究的重要陣地，並且在兩岸三地已經有了頗成規模的現代文學史料研究的學術機構與時常舉辦的研討會。筆者相信，在未來的數十年裡，現代文學研究勢必會回到「現代文學史」研究的框架內，從而形成以「現代文學史料」為核心，以跨學科理論為新方法論的「現代文學史」全新研究範式。

後記與致謝

好快，八個月了。

記得第一次準備從事現代文學史料研究時，是今年二月初，初春，萬物復甦，思想也特別活躍，與你再度相識，生命裡有了絢爛的色彩。手頭意外得到的數十套現代文學期刊，竟讓一向氣盛的我成為了這個領域的闖入者。

之前的我，確實曾做過這方面的探索，譬如五年前，曾在中國社科院王達敏教授的指導下，完成了關於《學衡》雜誌的考辨文章，本次做了修改，一併放在內；兩年前，在中國新聞史學會名譽會長趙玉明教授的指導下，作了現代民營廣播史的論文，並被《人大複印資料·新聞傳播卷》全文轉載，但是，遲遲沒有真正、純粹地地切入到「史料」的研究當中。因為，我的目光在當代，在「新時期」文學，在所謂的後現代、後殖民等諸多前沿理論的譯介與研究。

活在當下，是「數位化生存」，那麼活在歷史，當是「詩意的棲居」了。

猶記得，今年四月武漢大學博士生複試，我抽的是「一號籤」，方長安師那句補充的問題「現代文學期刊與現代文學的關係」，當時的我心裡是如何的驚喜——是的，若是沒有我的導師樊星師以及於可訓、陳國恩、張箭飛與方長安諸師的培養，若是沒有百年武大珞珈美景與安靜的楓園所賦予的靈感，若是沒有韋照周、周建華、呂東亮、但紅光諸兄弟的深情厚誼，這本書無論如何不會如此順利完稿的，而且尤其值得一提的是，樊星師曾逐字逐句地為這本小冊

219

子進行修改指正，這令我深覺感動，而且樊星師又答應學生的不情之請：為此書代序，讓這本微不足道的小冊子大大地上了一個檔次——這無疑是學生在學術研究領域裡前行的動力與財富。

同時，學生深切地向北京師範大學楊聯芬教授、中國傳媒大學周華斌教授、美國哈佛大學王德威教授、中國社會科學院王達敏教授、臺灣政治大學鄭文惠教授、山東大學賀立華教授、北京大學洪子誠教授、四川大學趙毅衡教授、廈門大學謝泳教授、臺灣中央大學呂文翠教授、人民文學出版社郭娟編審、邵洵美先生之女邵綃紅老師對我撰稿時的指導表示最為誠摯的感謝，尤其感謝香港城市大學榮譽教授、瑞典皇家人文、歷史及考古學院院士張隆溪先生對我長期以來的提攜。最後，向「中央高校基本科研業務費專項資金」對本人為完成此書而尋找文獻、購買資料上所進行的資金扶持，表示誠摯的感謝。

以及《船山學刊》、《新文學史料》、《書屋》、《社會科學論壇》與《東方論壇》等期刊對本書部分篇章的全文刊發，感謝感謝蔡登山、林泰宏二先生慧眼識珠，使得此書在臺灣秀威資訊出版公司獲得出版的機會。

謝謝你們！

我不確定我在「史料學」這個比較陌生的學科裡會走多遠，但是「現代文學以史為主，當代文學以論為主」已成了我心裡的一個研究信條。或許，這是這本書賦予給我本人最大的獲益之處。

而且，二〇一一年作為辛亥首義的百年紀念，這本事關上個世紀上半葉中國社會、文學與意識形態的小冊子，亦是對這場革命的最好紀念。

最後幾段話，是寫給女友小萱的——

這些文字，其實見證了我從一名碩士到博士生的全過程，絕大部分篇章完成於我最艱苦的歲月，焦灼的等待與你給的溫暖並存。期刊雜誌研究本是你擅長的領域，但是，我在你的「後花園」裡除了看到學術的靈感之外，還看到了讓我應該幸福並去珍惜的一切。你知道，從黃石的書房到武大楓園宿舍，因為你一切都是如此的愜意與快樂，讓我有足夠的時間與精力完成這樣一本冊子。而在完成的過程中，每段文字，你都是第一個讀者；這些文字，甚至還曾闖入過你溫暖的夢境——或許，皆因這本書開始動筆於我們重新認識的二月初的那天，而完稿於我們相識的第九百天。

所以，這本書更是獻給你的。

已經泛黃的雜誌，恍如隔世的十里洋場，枕流公寓裡的旗袍胭脂與留聲機，雖遠似近的石庫門，這些懷舊的色彩，記得很久以前你在博客裡曾說過，是你最喜歡的場景之一，我也是。這裡，我只是希望用這理性與感性相混雜的敘述，讓你一直成為第一個讀者的同時，可以感受到這來自於半個多世紀的歷史想像——如果夢幻點說，這也是「重回歷史現場」。

真誠地希望這本洋溢著溫暖的書，可以獲得更多善意的批評與關注。

二〇一〇年十月十三日凌晨一點，初稿於武大楓園
二〇一一年五月三十日，定稿於成都

語言文學類　PG0534

可敘述的現代性
──期刊史料、大眾傳播與中國現代文學體制
（1919～1949）

作　者 / 韓　晗
主　編 / 蔡登山
責任編輯 / 林泰宏
圖文排版 / 陳宛鈴
封面設計 / 陳佩蓉

發行人 / 宋政坤
法律顧問 / 毛國樑　律師
出版發行 / 秀威資訊科技股份有限公司
　　　　　114 台北市內湖區瑞光路 76 巷 65 號 1 樓
　　　　　電話：+886-2-2796-3638　傳真：+886-2-2796-1377
　　　　　http://www.showwe.com.tw
劃撥帳號 / 19563868　戶名：秀威資訊科技股份有限公司
　　　　　讀者服務信箱：service@showwe.com.tw
展售門市 / 國家書店（松江門市）
　　　　　104 台北市中山區松江路 209 號 1 樓
　　　　　電話：+886-2-2518-0207　傳真：+886-2-2518-0778
網路訂購 / 秀威網路書店：http://www.bodbooks.com.tw
　　　　　國家網路書店：http://www.govbooks.com.tw

2011 年 7 月 BOD 一版
定價：280 元

國家圖書館出版品預行編目

可敘述的現代性：期刊史料、大眾傳播與中國現代文學體制
　　（1919-1949） / 韓晗著. -- 一版. - 臺北市：秀威資訊
科技, 2011.07
　　面；　　公分. -- (語言文學類；PG0534)
BOD 版
ISBN 978-986-221-768-9(平裝)

1. 中國當代文學　2. 文學史料學　3. 期刊文獻

820.908　　　　　　　　　　　　　　　　100009965

讀 者 回 函 卡

感謝您購買本書，為提升服務品質，請填妥以下資料，將讀者回函卡直接寄回或傳真本公司，收到您的寶貴意見後，我們會收藏記錄及檢討，謝謝！
如您需要了解本公司最新出版書目、購書優惠或企劃活動，歡迎您上網查詢或下載相關資料：http:// www.showwe.com.tw

您購買的書名：_____

出生日期：_____年_____月_____日

學歷：□高中 (含) 以下　　□大專　　□研究所 (含) 以上

職業：□製造業　□金融業　□資訊業　□軍警　□傳播業　□自由業
　　　□服務業　□公務員　□教職　　□學生　□家管　　□其它_____

購書地點：□網路書店　□實體書店　□書展　□郵購　□贈閱　□其他

您從何得知本書的消息？

　　□網路書店　□實體書店　□網路搜尋　□電子報　□書訊　□雜誌

　　□傳播媒體　□親友推薦　□網站推薦　□部落格　□其他_____

您對本書的評價：(請填代號　1.非常滿意　2.滿意　3.尚可　4.再改進)

　　封面設計____　版面編排____　內容____　文／譯筆____　價格____

讀完書後您覺得：

　　□很有收穫　□有收穫　□收穫不多　□沒收穫

對我們的建議：_____

_____

_____

_____

11466
台北市內湖區瑞光路 76 巷 65 號 1 樓

秀威資訊科技股份有限公司　　　收

BOD 數位出版事業部

....

（請沿線對折寄回，謝謝！）

姓　　名：＿＿＿＿＿＿＿＿　年齡：＿＿＿＿　性別：□女　□男

郵遞區號：□□□□□

地　　址：＿＿＿＿＿＿＿＿＿＿＿＿＿＿＿＿＿＿＿＿

聯絡電話：(日) ＿＿＿＿＿＿＿＿＿　(夜) ＿＿＿＿＿＿＿＿＿

E-mail：＿＿＿＿＿＿＿＿＿＿＿＿＿＿＿＿＿＿＿＿